诺贝尔文学奖作家作品

丛林之书

THE JUNGLE BOOK

[英] 约瑟夫·鲁德亚德·吉卜林 著
付晓云 译

北京出版集团
北京出版社

图书在版编目（CIP）数据

丛林之书 /（英）约瑟夫·鲁德亚德·吉卜林著；付晓云译．—北京：北京出版社，2020.1（2025.7重印）

（诺贝尔文学奖作家作品）

ISBN 978-7-200-14185-6

Ⅰ. ①丛… Ⅱ. ①约… ②付… Ⅲ. ①儿童故事—作品集—英国—近代 Ⅳ. ① I561.85

中国版本图书馆CIP数据核字（2018）第151569号

诺贝尔文学奖作家作品

丛林之书

CONGLIN ZHI SHU

［英］约瑟夫·鲁德亚德·吉卜林 著

付晓云 译

*

北京出版集团
北京出版社 出版

（北京北三环中路6号）

邮政编码：100120

网址：www.bph.com.cn

北京出版集团总发行

新华书店经销

三河市天润建兴印务有限公司印刷

*

140毫米×202毫米 32开本 8.5印张 197千字

2020年1月第1版 2025年7月第6次印刷

ISBN 978-7-200-14185-6

定价：47.00元

如有印装质量问题，由本社负责调换

质量监督电话：010-58572393

责任编辑电话：010-58572757

作家小传

约瑟夫·鲁德亚德·吉卜林（Joseph Rudyard Kipling，1865—1936）于1865年12月30日出生于印度孟买。1871年，6岁的吉卜林被送到英国读书，1882年从英国联合服务学院毕业后返回印度担任拉合尔（今属巴基斯坦）《军民报》助理编辑，也从此开始了自己的创作生涯。1884年9月，吉卜林在《军民报》上发表短篇小说《百愁门》。1886年，吉卜林担任安拉阿巴德《先锋报》编辑，创作作品也日趋丰富。诗集《歌曲类纂》与包括《山中的平凡故事》《三个士兵》在内的7部短篇小说集的发表，让他在文坛初具影响力。

1889年，吉卜林辞职后开始了一段游历生活。他周游了中国、日本、美国、加拿大、南非、意大利和英国等许多国家，并在这段时间里创作了大量的优秀作品。1892年，《军营歌谣》的出版，使得吉卜林名声大噪。同年，新婚的吉卜林举家迁往美国定居。在美国的几年，是吉卜林创作生涯中极富成就的一段岁月。其间，他发表了长篇小说《消失的光芒》。此后，他又陆续创作了大量儿童读物，包括《丛林之书》（1894）、《丛林之书续篇》（1895）和《吉姆》（1901）等，这些作品也被视为儿童经典读物。

《丛林之书》及其续篇，是吉卜林最重要的作品。故事以孤儿莫格里在丛林中的经历为主线，描述了丛林中各种动物的思想和生活，从而歌颂了爱、勇敢、团结、善良，抨击了虚伪、懦弱、贪婪和残暴。作者用寓言式的文字，不仅让各种动物能够说话，具有可爱的性格，还鲜明地表现了他们的个性；但是其故事又具有合理的逻辑性，动物的行为都没有超出他们自己的生活范围，因此得到了儿童读者的热爱。

1896 年，吉卜林因为和自己的妻弟产生分歧，举家回到英国，在苏塞克斯郡的罗丁迪恩村定居，他的创作题材也不断丰富，小说《吉姆》就是在这一时期创作的又一部优秀的儿童文学作品，带有浓厚的印度民族风情。

1915 年，吉卜林的儿子在第一次世界大战中负伤后失踪，这让吉卜林备受打击，也影响了吉卜林晚年的创作风格，使吉卜林的作品中出现了不少与战争创伤有关的阴晦、悲怆情绪的作品。

吉卜林一生创作了大量的作品，其文学种类也很多。儿童文学作品《原来如此的故事》（1902），小说《普克山的帕克》（1906）、《奖赏和仙女》（1910）、《各式各样的人》（1917）等都具有很大的影响力。此外，在他逝世一年后，他生前完成的回忆录《我的经历》出版，为他的一生做了更好的诠释。

吉卜林的作品也存在一些非议，因为他的大多数作品都以有利于大英帝国的殖民统治为基础，所以吉卜林也被称为“帝国主义诗人”。晚年的吉卜林声誉明显下降，然而不得不承认，作为一个小说家，吉卜林对 20 世纪英国文学有着不可磨灭的贡献。

1936 年 1 月 18 日，吉卜林逝世于伦敦，英国政府为他在威斯敏斯特大教堂举办了国葬，他的骨灰就安葬在狄更斯、哈代墓的旁边。

授奖词

瑞典学院常任秘书　C.D. 威尔逊

本年度诺贝尔文学奖候选者众多，在这一备受瞩目的奖项评选中，不乏成就卓著的竞争者。最终，瑞典学院将这一荣誉授予一位杰出的英国作家。

英国的文学成就繁荣昌盛了千百年，丁尼生不朽的抒情诗歌没有因为他的陨落而成为绝唱，琴格耐尔身故时也没有带走全部的文学财富。人们伤感悲伤，悲悼“诗神”，但“诗神”的诗歌并未消亡，也永远不会磨灭它崇高的地位，它将身披新时代的盛装卷土重来。每一个拜读丁尼生诗歌的读者都会领略他充满奇幻意境的文风，在风格和他迥异的作者身上同样也有类似的特点。瑞典学院本年度文学奖授予约瑟夫·鲁德亚德·吉卜林，他就是这样一位既有文字美感，又能生动描述时代紧迫感的作家。他深刻细腻地传达了人物谋生中的痛苦和焦虑，是新时代作家的代言人。一位热衷于研究英国文学的法国作家曾说："吉卜林，是英国文坛近年来最闪耀、最令人瞩目的作家。"

吉卜林出生于孟买，6 岁被送到英国接受教育，17 岁重返印度，并在报社谋得职位，几年后担任安拉阿巴德《先锋报》主编。其间，他遍游印度各地，对印度的风土人情、历史变迁、人文情怀、社会观念和大众的情感与追求有了全面的了解，对英国军人在印度的生活也深入考察、全面了解。这种对印度发展的准确把握和深入了解，在吉卜林的相关作品中得到了充分的体现。有些人认为他的作品拉近了英国人和印度人之间的距离。这种文学桥梁的贡献和作用，甚至胜过苏伊士运河的开辟。

吉卜林早年以一部讽刺性的诗集《歌曲类纂》（1885）崭露头角，其中大胆的隐喻和不俗的语调尤其引人注意。其后出版的两部短篇小说《山中的平凡故事》（1888）和《三个士兵》（1888），他巧用牟文尼、欧世礼和季若德分别代表三种不同类型、不同阶级、不同观念的士兵，形象又生动，使读者感到自己与人物间有或多或少的联系与相似点。相似的同期小说还有《黑与白》（1888）、《盖茨比一家的故事》（1889）、《雪松下》（1889），都是很生活化的作品。1891 年，他发表了系列短篇小说《生活的阻碍》，但相比之前的作品显得异常严肃。同年，他还发表了《消失的光芒》，虽作品不乏生动多彩的段落叙述，但风格上稍显生硬晦涩。

经过不断创作与尝试，到 1892 年发表《军营歌谣》时，吉卜林已经渐成气候，是个成熟的诗人了。书中的军人歌谣，既富有豪迈的激情，又具有摇曳的情趣。作品中描写汤米 · 艾金斯赴汤蹈火、英勇作战的种种经历则相对写实，与轻快的诗歌形成了鲜明的对比。吉卜林这种不拘一格，用人的本能和悲喜交加的叙述手法，阐述人们内心不得不面对经历的苦难、生活和工作，行文不需要华丽虚荣的文辞装饰，便足以撼动人心。其中，在描写士兵们的诗歌中，他用地道的军人专用语言叙述，更贴切地表现出他们的进步思想和愉悦心情。英国人此时发现，吉卜林正是他们最需要的时代诗人的代表。

1894 年，吉卜林出版了他享誉国际的儿童读物《丛林之书》。他把故事假设在了神秘的丛林，描述了一个孤儿独自在危机四伏的丛林中生存、生活的故事，其中有刚毅的黑豹巴希拉和棕熊巴鲁，有狡猾强大的蟒蛇卡奥、白眼镜蛇奈格和叽叽喳喳的蠢猴子，而中心人物和掌控局面的则是狼孩儿莫格里。书中有一段描写莫格里坐在巨蟒卡奥的身上缅怀往昔的文字，充满了怀旧的人文情怀，而书中那条见过许多生老病死、万物更迭的老蟒蛇，就像历史的明镜与见证者。书中有很多恢宏的自然情景描写，充分展现了作者丰富的知识储备和卓越的叙述水平，绝对是吉卜林的登峰造极之作，其最终的呈现甚至优于吉卜林后期出版的《识途的船》（收入 1898 年出版的《工作的一天》一书中）。

《识途的船》是一篇想象大胆、创意无限的故事。作者把机器人格化处理，引发了很多有趣的故事和深刻的思考，但因为想象太过超前，难免让读者感到不可思议和怪异。

《丛林之书》一举奠定了吉卜林在世界儿童文学中的地位，就连成年人也乐于参与到阅读中来，因为这些妙趣横生又跌宕起伏的故事，勇敢无畏的动物和智勇双全的孩子，清新风趣又想象无边的描述，让成年人和孩子们一起，重拾童趣，重返童年。

吉卜林的另一部佳作是 1901 年出版的《吉姆》，全书以高雅的风格，描述了在朝圣老僧身边，顽劣可爱的小弟子吉姆的故事。全书叙述轻松自然、形象生动，让吉姆天真淘气的形象跃然纸上。

每一个作家都会面临非议，吉卜林也不例外。有人指责他写作偶尔粗鲁，引用军用俚语是低级趣味，但所有的非议最终都淹没在吉卜林恢宏豪迈的笔法和激情昂扬的精神力量下。他不但是英、印两国最杰出的大文豪，并且早已征服了世界各地的读者。1889 年，吉卜林在美国生病，美国的报刊十分重视，每天都会跟进报道他的病情，德国国王获悉后也致电吉卜林的夫人以示慰问。

现在我们来分析一下，吉卜林究竟是靠什么赢得了世人的尊敬与爱戴，他具体在哪些方面值得我们推崇和学习，又是出于什么原因，我们将诺贝尔文学奖授予他，理由如下。

吉卜林最为我们称道的地方，首先，是他细致入微的观察力，他能把现实生活中最细碎的细节捕捉到，并完整地呈现；其次，是他无与伦比的想象力，他没有简单地一味描述，尽管他能把事物描写刻画得如照片般准确，但是他却选择了更艰难的道路，那就是加入了他内心的意向和感受，加入了他的想象，通过准确贴切的比喻直达事物的本质。吉卜林曾经说过："上帝负责创造事物，我会从这一角度去描绘它们的。"这句话，充分说明了吉卜林已经体会到自己在写作上的责任。

吉卜林的风格雄浑有力，有时用力过猛显得粗率，可是他也有柔美纤细的笔触，比如《穆罕默德 · 丁的故事》，虽然描述平实简单，却蕴含着感人的真情，同类型的典范还有《山地故事》和《攻陷龙墩奔》。

这位细致入微观察人生与人性的作家，内心深处蕴含着高贵的灵魂。在《真正的罗曼史》这首诗里，作者描述了对一些不能实现的理想执着的奢望。而这种理想，投射在感官世界的景色和情绪之中，难以回避：

在梦中又见到又摸到
你的衣角，我的愿望
你已去了上帝身边
而我却无法跟随

吉卜林有着十足的《旧约》气息，人生观亦如清教徒般虔诚，诚实不做作，直白不啰唆，坚信“敬畏上帝即智慧之始”，而那儿确实也存在着一个上帝：

我们先祖时期所知的上帝
在他那威严的手掌之下
我们占有了土地……

从美学角度来说，吉卜林具有诗人的敏感和直觉，而从道德、宗教、圣经信仰的角度与责任感出发，他又是理想主义者。他坚信一个道理：只有国民恪守法律，并克己自律，国家才会越来越强大。吉卜林推崇上帝是全能的主宰，他在《生活的阻碍》中将之称为“大监督”。英国人认可这样的概念，于是吉卜林顺应潮流，成为著名的国家诗人，不但写了很多激昂深刻的军人诗歌，并在1897年为庆贺维多利亚女王登基60周年，发表了一首真诚谦卑的《赞美诗》，浓浓的宗教情怀感人至深：

骚乱和喧嚣都已沉默，
名将与君主悄然离去；
只剩下对您的献祭之物，

和一颗谦卑忏悔的心。

《赞美诗》的尾声歌颂了民族自豪感，诗中告诫人们傲慢自大的危险。与布尔人战争期间，对于布尔人的骁勇善战，他给予了公正的赞扬，但吉卜林还是无条件地站在英国人一边。

英国文学历史悠久，作品丰富，莎士比亚更是永垂不朽。吉卜林的想象力和观察力同样强大，他没有华而不实的绚丽文体，也摆脱了寻欢作乐的不良倾向；他没有无病呻吟的伤感，也没有亚历山大诗体的堆砌。

吉卜林喜欢言简意赅，避免不切实际的抽象和拖泥带水的描述，穿插引用一针见血的警句。有人把他和布勒特 · 哈特相比，又有人把他比作皮埃尔 · 洛蒂，更有人把他比作狄更斯，可他不是谁第二，也不与谁雷同，他既有无穷无尽的创造力，又是奉公守法、崇尚纪律的倡导者。丛林法则也是自然法则，它的中心思想就是“奋斗和尽职地遵从”，所以，他推崇勇敢、自我牺牲和忠诚，最厌恶没有骨气、不能自律的人，深知骄傲必败的真理。

吉卜林虽然独树一帜，但也兼具和学习其他优秀作家的优点，毕竟再伟大的宗师也要汲取他人所长。吉卜林身上有类似哈特那种对自由与流浪生活的赏识，有和笛福一样严谨务实的作风，有狄更斯那种对劳苦大众的同情，以及描写人物细致动作的幽默感，更重要的是他坚持自己独特的风格。他的文笔写实；他的作品有趣生动，虽并非篇篇都是佳作；他的风格有时讥讽辛辣，但饱含了对士兵们由衷的同情。

吉卜林成名很早，可仍然不断求知和精进，撰写他生平的一位作家说，他的作品有三种“语调”：在《歌曲类纂》《山地故事》《盖茨比一家的故事》《消失的光芒》中，用的是充满讥讽嘲弄的语调；在《穆罕默德·丁的故事》《生活的阻碍》《没有教会豁免权的情侣》中，用的是慈悲仁德的语调；在《生活的阻碍》中，用的是道德的语调。这种分类法或许不能对他的全部作品一概而论，但吉卜林歌颂的热衷工作、恪尽职守和爱国是值得肯定的。吉卜林对于大不列颠帝国的热爱深刻入骨，他倡导帝国的成员之间密切团结的合作不容否定。

吉卜林在他的作品中身临其境般地为我们描述过许多未知的国家，他并没有肤浅地描述表面现象，而是时刻怀揣着一个伟大的目标：他已经准备好，“在职责的召唤下准备就绪”，并静候时机成熟，像战士一般视死如归地去见上帝。

瑞典学院决定将今年的诺贝尔文学奖授予鲁德亚德·吉卜林，并向伟大的英国文学界及英国当代小说界最有才华的天才表示深深的敬意。

按：因瑞典国王逝世，颁奖典礼取消，故获奖致辞从缺。

目　录

丛林之书

第一章　莫格里和他的狼族兄弟们　2

第二章　卡奥的厉害　24

第三章　老虎！希尔汗　40

第四章　稀有的白海豹　60

第五章　猫鼬和蛇的故事　81

第六章　小托梅和大象跳舞　99

第七章　动物们的仪仗队　112

丛林之书续篇

第一章　恐惧的由来　130

第二章　神僧普兰达斯的传说　146

第三章　让丛林进入　155

第四章　收尸者　177

第五章　驯象刺棒的诅咒　191

第六章　巨狗幽灵　205

第七章　红杀手　220

第八章　回归　240

约瑟夫·鲁德亚德·吉卜林作品年表　253

丛林之书

第一章　莫格里和他的狼族兄弟们

黑色渐渐涂染丛林的树梢，夜幕就要降临了。狼爸哈着腰，长长地伸出自己的前爪，张着嘴排解着困倦，尽管睡了一个白天，但疲倦还在眼皮上打架。狼妈在给撒娇的幼崽儿们当靠垫，她的鼻子、爪子、尾巴都是小家伙们赖觉的玩具。“呜——嗷呜呜”，狼爸抖擞精神，站在洞口准备出发。

胡狼塔巴奎在草丛里等待已久，他蹿到狼爸身边，夹着长长的毛尾巴，奉承道：“狼大王，相信您今晚一定能满载而归，祝福您的小狼们也都有十足的好运气，永生永世不用挨饿、不受凄苦，顺便别忘了关照关照我们这些长期挨饿的可怜虫……”

塔巴奎，丛林里人人唾弃的小偷和疯子。他总是躲在阴暗的角落，窥探着别人打猎，并且惦记着其他动物嘴里的猎物；他总是漫不经心地等待食肉动物们吃完，然后迅速溜到猎物边，扯下一大块皮肉就叼回自己的巢穴；他经常撒各种谎骗吃骗喝，饿极了还会溜到人类的村子里捡拾残羹剩饭。不过动物们远离塔巴奎的主要原因是他的疯狂，有时他会发狂地在丛林中奔跑、吼叫，循着动物尸体的腐烂味，像一支定向飞镖，两眼因为饥饿和疯狂流露出凶恶的红光，哪怕是威风凛凛的狮子，或是占山为王的老虎，都不敢和他正面冲突，常常将猎物拱手相让。塔巴奎不顾一切的病态疯狂，动物们称之为德瓦力，也就是我们说的“狂犬病”。

狼爸并不欢迎塔巴奎的到来，他嫌弃地说：“我这里没有食物。”

塔巴奎才不会顾忌狼爸的心情，也不会相信狼爸的话，他把脖子探出一尺长，嗅嗅嗅：“嗯，嗯，嗯，我可是闻到了骨头香。您应该知道，我们胡狼从来不挑食，我只需要您牙缝里的一点点残渣剩饭就已经心满意足了。”他闪身蹿进洞里，在墙角吃剩的骨头堆里，刨了段骨头，津津有味地嘬起来。

昏暗中，塔巴奎两只狡猾的眼睛，不怀好意地扫向小狼们。“他们可真是漂亮啊，瞧瞧这些大眼睛，就是黑暗里的探照灯啊，这些爪子这么锋利，这些小腿，一定很有力量。”他转向狼爸，谦卑地说，“狼大王，您的孩子们一定会跟您一样出色，跟您一样迅猛、灵活。哦，未来您的大家庭一定不用为美食发愁，小伙子们就是未来的丛林之王啊。”

狼妈狼爸听着塔巴奎天花乱坠的奉承，都有点儿尴尬。他们知道，这无数的赞美，不过是这只狡猾的胡狼在向他们示好，为的是在这个狼家庭里讨一张免费饭票而已。

塔巴奎吧唧吧唧的声音，让狼妈反感透了，她刚要开口轰走塔巴奎，只听他话锋一转：“你们还不知道吧，希尔汗正在往你们的领地转移，快则今晚，慢则明晚，你们就有个老虎邻居一起捕猎了。”

“他怎么敢?！谁给他的权力！动物们都要遵守丛林法则，不管是谁也不能藐视规则，不能随意地更换领地。哦，我这两天为了给孩子们补充食物，需要加倍猎食。他这只蠢老虎来了，小动物们都得加倍警惕，我的难度就要加大了。”狼爸抱怨着，当然也只能抱怨，毕竟丛林法则是靠大家自觉遵守的，赶上个别乱了规矩的大型食肉动物，大家也只能敢怒不敢言。

“快滚！”狼爸把满腔的不满都发泄在了塔巴奎身上，都是这个万人厌的家伙，扫了他刚刚要开始的夜晚捕猎的兴，真是懊丧透了!

“嘘，听。”狼妈示意大家安静。隐约中，似乎有老虎发出的嗷呜声。这家伙来丛林的第一天，动静可真不小，看来是要跟小动物们打招呼呀。因为这种举动，除了打草惊蛇，什么作用也没有。

“不对啊，这个叫声……”狼妈比烦躁的狼爸要多些细致和耐心，结合自己多年积累的知识，她平静地通过声音在判断希尔汗的意图，“这家伙还要吃人不成?”

没错，狼爸和狼妈都已经察觉到希尔汗不平常的低吼声。这种嘤嘤呜呜的呻吟声，是任何一种动物都懂的假象，目的是让印第安人或吉卜赛人不明真相，心里发慌，不知所措。往往经验不足的猎人或樵夫，会承受不住，防线崩溃，企图逃跑，但一旦行动起来，反而暴露目标，被老虎逮住吃掉。

决不能发生吃人的事故，狼爸捏了一把汗。丛林法则明确指出，非紧迫环境下和幼崽儿狩猎演练，不得攻击人类。人类虽然是世界上最好攻击的族群，但是也是攻击代价最大的族群。他们会拔光草铲平灌木，会拿着枪和火把，不管三七二十一扫平丛林，生灵涂炭，让小动物们被迫迁徙。最重要的是，传说中吃了人的猛兽，都会得一种怪病，掉光牙齿，活活饿死。

“吼呜！”那是希尔汗发动攻击的号角，说明猎物已出现，猎手正在攻击。

狼爸狼妈心里一沉，不该发生的看来还是发生了。

“呜呜呜”，一声惨叫划破夜空，希尔汗的惨叫声都听不出是老虎了，狼妈心里直含糊，她招呼狼爸：“怎么回事，快去瞅瞅！”

狼爸噌的一声蹿上洞口，往传来声音的方向张望，看见草丛里深一块浅一块，希尔汗狼狈地打着滚儿，发出可怜虫的呜咽。狼爸撇撇嘴：“这只笨老虎，居然跳到火堆里去了，可能爪子受伤了，要休息一段时间了。”狼爸又瞥见了刚被轰走的塔巴奎，嫌弃地叹了口气。

“嘘！”狼妈雷达一样的耳朵又锁定了新的敌情，“隐蔽好，有动物上来了。”

狼爸顺势藏到洞口茂密的树丛中。他的眼睛闪了闪绿光，已经进入一级战备模式。当黑影接近洞口，护子心切的狼爸腾跃而起，可正要制服猎物时，狼爸却临时转向，惯性让他不得已滚了一圈，但还是停下来了。

狼妈正在疑惑和担心，就听见狼爸喊道：

“亲爱的，快来看，是个小孩儿，人类的小孩儿！”

狼爸震惊地看着眼前的小男孩儿，赤身裸体，巧克力色的皮肤，两腿颤巍巍的，似走非走的样子，稚嫩的娃娃脸上，挂着无所畏惧的天真笑容。

“真的吗？叼过来我瞅瞅，快快快！”狼妈挺兴奋。人类的孩子，可是稀罕物，听说过远看过，但都是里三层外三层的保护和关照，近距离还真不得见，祖祖辈辈的狼族，可能都没见过这样送上门的嫩娃娃。

狼爸迟疑了一下，因为人类的小孩儿皮肤比动物细腻，又没有皮毛护体，不容易下嘴。可是狼爸也是个好奶爸，他用嘴唇包住尖牙，两颌用劲儿，像叼狼崽儿一样，加了些小心，顺利把小男孩儿献给了狼妈。

狼妈摇着头，对眼前的一切还是不敢置信，她两眼放着光，因为人类的孩子是那样的新奇，嘴角还似笑非笑着。这个小男孩儿一直在冲她笑着，犹如深夜里射入的明媚阳光。

他肆无忌惮地挤到狼妈怀里，跟小狼崽儿相互推搡着，甚至想分一口奶喝。

“你快看你快看，”狼妈明显激动得要命，“看这小家伙儿，嘿哟，嘿哟，真有劲儿，胆儿真大，敢跟我们的孩子抢奶喝。哎哎哎，你别拱他，我还挺喜欢他的。”狼妈无私地保护着这个孩子，说不清究竟哪儿那么吸引人，狼妈就是喜欢上这个孩子了，“狼爸，你平时打猎，有没有看见过有动物带着人类的小孩儿？”

狼爸回忆了一下，摇摇头说：“传闻倒是有，可惜没见过，我长这么大，也是头回见。你说，人类的小孩儿都是这样吗？他怎么不害怕呢？”

“就这儿，大王。就这儿，我亲眼看见小孩儿爬到这边来了。”招人嫌的塔巴奎今晚真是个扫帚星，他居然领着希尔汗来了。

狼爸护在狼妈身前，窄小的洞口拦住了庞大的希尔汗，他巨大的身躯一瞬间遮住了所有的月光，黑压压的影子阴森地笼罩着这个狼族家庭。

可是狼爸并不怕这只残废老虎，他刚刚吃亏烧伤了脚，如果真硬碰起来，胜负五五开。“希尔汗，大驾光临有何贵干啊？”

“我刚刚中了人类的埋伏，让他们给跑了。不过，他们的小崽子没跑了，塔巴奎看见往你这儿来了。你看见没有，看见了就赶紧给我交出来！”有点儿恼羞成怒的希尔汗一点儿礼貌都没有，作威作福惯了。

“看见是看见了，可是小孩儿已经归我了，恕不奉上。”狼爸不卑不亢。狼作为草原上最自由的群居动物，他们的傲骨也是凌驾于暴力之上的，任何一只单打独斗的狮子或者老虎，都不要妄图命令一匹狼，因为他们这样的群体，有自己的规章和领导。

“你说什么？你胆敢反抗我吗？”希尔汗往洞口里挤了挤身子，气势更强了，“我的命令你只有执行，没有质疑；只有服从，没有反抗，听到没有！”巨大的吼声在狭小的洞口呼啸着，小狼和小男孩儿相互挤压着，想挤走恐惧。

“希尔汗！你给我闭嘴吧！”狼妈也站了起来。为了保护她的孩子们，她真是谁也不怕。“这个人类的小孩儿是我们的，我们会让他和这一窝狼崽儿一起长大，我们会教他本领和语言，他将来就是一只人形狼，谁也不能打他的主意！”她的坚定震慑住希尔汗，“我，拉卡莎，可是狼群中有名的魔鬼。你最好打听打听我的名声，希尔汗，不要在我的家里耀武扬威，我才不会怕你。谁不知道，你生下来就是瘸的，你只配吃一些小鱼、青蛙，怕是连兔子都吃不上吧，赶紧滚回家找妈妈去吧，快滚！”

狼爸缩缩脖子，爱慕地看向狼妈。想当年，狼爸不知道斗败了多少只龇牙咧嘴的青年壮狼才迎娶了狼妈，这个战斗力爆表的狼族魔鬼，也算是狼族里的女战神了，如果激怒了她，不亚于激怒一只猛虎。

希尔汗也不是真傻，他受伤了，即便硬挤进洞里，运气好点儿能制服狼爸，可这狼婆娘也控制不住，要是失手在这儿吃亏了，可就真是丛林里的大笑话了。

“嗯。”希尔汗识时务地抽身出洞，压抑着怒火，“你们，你们……”他的脸因为愤怒有点儿狰狞，他刚刚受到的羞辱让他怒不可遏，“你们这些小偷！你们这些小偷！”他在洞口的空地上气愤地走来走去，“你们不要嚣张，早晚这个人孩儿都是我的！我一定会来吃了他！到时候你们仨加一起都不是我的对手，走着瞧！走着瞧！”

狼爸狼妈转过身，月光再一次映射进洞穴，小男孩儿正愉快地和小狼们玩耍。

“你要养他？”狼爸拱拱狼妈的肩膀，“是随口一说还是认真的？”

“当然是认真的！”狼妈已经下定决心了，“我喜欢他，我喜欢他的眼神，我也喜欢他的笑容。我觉得我们俩还挺像的，你说这是不是缘分？”

“咳咳。”狼爸有点儿郁闷，狼妈当了妈之后，经常犯点儿小天真，“缘分？你就这么跟狼族说？跟首领说？”

“当然不是。”狼妈埋怨地瞪了一眼狼爸，“我刚才都想好了，我就说，倘若希尔汗吃了人孩儿，然后扭屁股回威冈加去，人类必然对我们赶尽杀绝，幸运的话我们就是被迫转移，不幸的话我们就会面临不小的牺牲，决不能因为一只笨老虎，搭进去一个狼族吧。”狼妈骄傲地看看狼爸，对自己的小聪明非常自豪，她卧在狼崽儿和小男孩儿的身前，欢喜地看着他们吃奶。“你瞧瞧，这个小孩儿，真是可爱。他的屁股一撅一撅地使劲儿拱着，像不像只小青蛙？哈哈哈，我叫你什么好呢？莫格里？就是莫格里。对，哈哈哈，吃吃吃，挤挤挤，我就喜欢你这蛮横劲儿，随我，哈哈哈。”狼妈慈祥地看着孩子们的一举一动，由衷地欢喜。

“恐怕不会像你想的这么简单。”

狼爸望着弯弯的月亮发愁，等下一次月圆，就是带孩子们去狼族开会的日子了，孩子们要面对狼族大家庭，既得到认可也得到保护，只是这么一个人类，谈何容易？

常言道：躲得过初一，躲不过十五。心里虽然不想，但该来的也总是要来。狼爸狼妈等狼崽儿们都开始跑了，带着莫格里和小狼们一起向狼族领地进发。

领地里聚集着百十头毛色各异的狼。在一个布满石头的秃山头，所有狼由狼王统一领导。每一头成年后的狼，在组成家庭后可以选择离开狼群，但依然要听命于狼王，参与统一的会议。生育小狼的家庭，也需要把小狼带到狼群里接受狼王的审查。得到认可的小狼，将受到狼族的保护。

刚刚领导了一年狼族的新狼王阿凯拉，站在最高处指挥：“把小狼们带到正中间，让大家看清楚一点儿！”

狼爸和狼妈忐忑地对了一下眼神，无奈地把莫格里和小狼们一起推到了正中间。

“呼”，狼群里议论声此起彼伏，“看，是人类！”“怎么还有个人类小孩儿，他会不会给狼族带来灾难？”……

“我对这个孩子负责。”狼妈赶紧开口，“他和我的孩子们一起长大，是吃我的奶长大的，就像我的孩子一样，是个狼孩儿！”

“这个人娃娃是我的！”老虎希尔汗咆哮道，“是他们偷走了我的战利品，这两个狼族小偷！”知道狼族每逢月圆都会开会，希尔汗养好伤，也一直惦记着这一天，他认为这个小孩儿，理所应当是他的。

“希尔汗，你别忘了自己在哪儿！这可是狼族的地盘，我们享有绝对的自由，谁也不能指挥我！”阿凯拉对这个名声在外的瘸老虎根本不放在眼里，甚至，希尔汗越想凌驾于他之上，他越要示威给对方看。

“不要为了一个人类小孩儿在丛林里惹麻烦！”狼群里可没几个像阿凯拉一样无所畏惧的，他们似乎都不想跟老虎针锋相对。

“我需要本族中除了人类小孩儿父母之外的两个代言人，为人类小孩儿作保，”阿凯拉虽然高贵，但不会让全族跟着他冒险，“否则……”

“谁能帮帮我们？”狼爸马上展开游说，他感激地看着大家，可群狼不是回避他的目光，就是低下头。“不，别……”狼爸扭头看向狼妈，她挡在莫格里和希尔汗中间，随时准备殊死搏斗，狼爸不想今天失去狼妈和孩子们，“谁，能帮帮我们吗？求你……”

“我，我，我想我愿意！”那个常年在狼族会议上睡大觉的棕熊巴鲁举起手，“我愿意替这个人类的孩子求个情，让他留下吧。他会是个狼孩儿，而不再是人类小孩儿。你们看，他都是用四肢在行走了，就当他是个没毛的狼算了。我，我，我可以教他规矩，教他捕猎，留下他吧，真的，没什么可怕的。”

“哦，太好了。”阿凯拉得意地看着希尔汗，“看来今天这个人娃娃运气不错，不但有人保他，还有了老师，谁愿意做下一个？”

狼群出现了平静，一股彻头彻尾的寒冷让狼妈打了个激灵，她不舍地看看怀中的宝宝，就像没有明天了一样。

“嗖”，从树枝上蹿下来一个庞大的黑色身影，他绸缎般发亮的皮毛把他衬托得异常英俊。

“看，是巴希拉！巴希拉！”

黑色身影就是草原上的风之子，独来独往的黑豹巴希拉。他的凶猛、敏锐是草原上的传奇，他的英勇和矫健配得上“丛林战神”的称号。他来了，为了人类小孩儿?

“阿凯拉，还有各位狼族的兄弟们，”巴希拉也是丛林里的谦谦君子，他不会因为能力超强而猎杀动物，平日里的巴希拉甚至可以说是温文尔雅的，在丛林中享有很高的声望。他首先向狼王和狼族表示问候，“对于这个人类小孩儿的处置，狼族当然享有绝对自由的支配权。”他靠近莫格里，歪头打量一番，“丛林法则对于幼崽儿的处置有过规定，价高者得。”

狼群里怕事的小狼纷纷附和道：“说得对，说得对！”也有些资历深的狼族元老，对好事的巴希拉厌烦道：“你究竟想说什么？”

巴希拉踱步到巴鲁身边：“既然巴鲁要教他本领了，我觉得，这个狼孩儿以后一定可以为狼族做贡献。他会捕获猎物，会成为一个堂堂正正的狼人。我，巴希拉，愿意献出树下那头新鲜的肥硕公牛，为这孩子作保！”

群狼得到了一个两全其美的结果，既可以不屈服于希尔汗的威胁，又可以得到一顿丰盛的美味。至于这个人类小孩儿，谁又真的在乎他能带来什么贡献，他没有衣服或皮毛，也许连这个冬天都扛不过去。他们一个个地走到狼爸和小狼们身边，随便扫一眼莫格里，就直奔大公牛去了。

希尔汗对这个结果非常不满，可是，在阿凯拉、巴希拉和巴鲁面前，他也奈何不了这个家庭分毫。他的懊恼喷涌而出，化作一声低吼，在山间回响。

莫格里抚摩着巴希拉的胡须，高兴地笑着。“嘿，你们知道吗？迟早，希尔汗会栽在这个狼孩儿手里，我保证！”巴希拉对莫格里的无畏给出了高度的赞赏，“这个小孩儿有一股魔力，只是我还说不好。”

“说得对。”阿凯拉点点头，“人类是非常聪明的一种生物，即使是个孩子，也有很大的可能。”

“他自由了，你们也是，从此这孩子就是你们的了。”阿凯拉把莫格里推向狼妈，“把他训练成一个成功的狼，纯粹的狼，自由的狼！”

狼爸感激地对阿凯拉、巴鲁和巴希拉致谢，然后和狼妈带着小狼崽儿，还有这个神奇的小孩儿返回自己的洞穴。

当小狼崽儿陆续成年开始跟着狼爸野外打猎，莫格里却还没有长大，但是他的肢体协调性远超过普通的人类。狼爸和狼妈并不懂得人类的繁衍规律和生长进度，他们一股脑儿地教给所有的孩子观察的技巧和捕猎的窍门，因为他们知道，希尔汗永远是莫格里的敌人，他一定会在森林里的某一处窥探着莫格里，然后稍有机会就会把他吃掉。所以，狼爸和狼妈对莫格里一向严格要求，让他自己去总结动物的习性，自己创造和归纳打猎的方式，会领他去人类的村落周围，考察陷阱，学习识别、搭建、破解。

巴鲁教会了莫格里游泳。因为水里的鱼是那样的美味，他会学着巴鲁站在瀑布的上游张着嘴，等鱼自己跳到嘴里；也逐渐从爬着上树到跑着上树，借着藤条在丛林里飞来飞去；从取一个马蜂窝被蜇成“榴梿”，到一天取三五个马蜂窝都轻而易举。巴鲁总是说，莫格里运气好，但是动物们怎么懂得人类的大脑是何等聪明，而且人类善于使用工具。

似乎生活终将这样平静到老，但随着莫格里从软肉娃娃长到年轻力壮，黑豹巴希拉却越发焦虑，他总是提醒莫格里关于希尔汗的危险、希尔汗的目的，可是莫格里总是自信地说，有狼族的保护不用怕。可是近年来，巴希拉从遍布丛林的耳目口中，不断听到希尔汗在青年狼群中游说人孩儿的危害，他也眼看着狼王阿凯拉越来越老，失去威信，他可以预见到短暂的和平之后，注定要以血流成河收场。

“莫格里，你已经不是孩子了，可是随着你的长大，危险也越来越近，你知道吗？”

“我知道，妈妈爸爸、哥哥们、巴鲁，还有你，每天都在说希尔汗希尔汗希尔汗，他要吃了我，他是我的威胁。”莫格里不以为然地说着，“我已经长大了，我得到了狼族的认可，他们是我的朋友，会帮助我保护我，不用怕！”

“朋友？”巴希拉鼻子都快气歪了，莫格里什么都好，就是防范意识太差，“每次狼族开会，你都瞪得小狼们不敢抬头，他们是你的朋友吗？平时给他们的脚拔拔刺你以为就有什么交情了？你知不知道希尔汗每天给他们分发残羹剩饭？与其说小狼们是你的朋友，不如说他们更愿意为希尔汗卖命！”

莫格里被说得没词儿了，扫兴地踢踢草，不再言语。

“你想知道，为什么当初我要保你？为什么我的捕猎技巧那么好？为什么连希尔汗都要敬畏我？”

“当然，当然，当然！”莫格里的脑袋都快点成磕头虫了，巴希拉都活成丛林神话了，多少人怕他也敬畏他，爱他又不敢靠近他，只有莫格里，对他肆无忌惮。

巴希拉走近莫格里，把头探进莫格里的怀里：“摸摸我的脖子，孩子。”莫格里连摸带扒拉地找着，在锁骨的地方有一块伤疤。

“这是？”莫格里皱着眉想看清楚，却被巴希拉甩开了。

他背对着莫格里，目视远方，一段昔日的回忆汹涌到巴希拉眼前。“这是人类留下的，”他点点头，“就是像你一样的人类。”巴希拉转过身，目光深邃，“我是在人类世界长大的，皇家大马戏团。我的妈妈为人类表演，人类像喂鸡鸭一样，饲养着我们。”

莫格里环抱住巴希拉，试图给他些力量。

“我的妈妈经常给我讲丛林的故事，讲她是怎么捕猎的，又是怎样被抓的。她说我们不属于这里，我们属于高山流水、巍峨山川，我们生来自由和高贵。”巴希拉停顿了一下，声音微微发颤，“直到有一天，我的妈妈因为不配合表演，饿了一周后被活活打死。她望着我的眼睛，用意志力在鼓励我、告诫我，我是一只黑豹，不是人类的大猫，不是取悦人类的玩偶。我明白我的妈妈是在用死训诫我，同时也用牺牲自己给我争取机会。我毫不犹豫地用爪子打断笼子，跑了整整两天两夜，来到这片森林。”巴希拉说完仰望星空，似乎在向天国的妈妈报平安，“后来，我用在人类那里学到的方法，轻而易举地在丛林立足、扬威。”

“至于你，天真的人类小孩儿，”巴希拉拱拱莫格里的肩膀，“你也不属于丛林，就像我不属于马戏团一样，你终将回到自己的世界中去。当然，你得先过了狼族大会。”

“为什么你今天一晚上都在暗示我小心自己的伙伴？”莫格里有点儿莫名其妙，大家都是狼，难道还会互相伤害吗？

“阿凯拉最近捕猎失败了你知道吗？他甚至按不住一头公牛，昨天差点儿被公牛角挑破肚皮！一个战斗力欠佳的老迈狼王，很快将被新狼王挑战和打败。而你，小人孩儿，很可能成为新狼王上任的祭品。”

“不，你胡说！狼族是很团结的，阿凯拉是最伟大的狼王，永远都是！”

“噢。”巴希拉被这个孩子的天真打败了，大自然里优胜劣汰是何等的公平和残忍，天真只会带来灾难，“我需要你去办件事，秘密进行，或许能救你和阿凯拉。”

“是什么，巴希拉？我就知道你肯定有办法，快说快说，我这就去！”莫格里欢呼雀跃，手舞足蹈。

他们一起来到丛林与村落衔接的树林深处，巴希拉示意莫格里：“看到了吗？人类插在屋子门口红红的花，就是人类的火把。这东西很热，很危险，但是最管用，天黑了你下去摘一个回来，藏好，说不定哪天就用上了！”

“好！”莫格里虽然对巴希拉今天一番神经过敏的话将信将疑，但是完全不介意去取朵“红花”来防身。

莫格里心事重重地回到家，狼妈察觉到了他的异样：“怎么了？”

“没什么。妈妈，我出去跟哥哥们捕猎去！”莫格里不愿意妈妈跟着瞎着急，就撒了个谎。

“嗷呜呜呜！”那是狼群发起攻势的信号，莫格里赶紧顺着树干爬到顶端，张望着。

阿凯拉领着七八头年轻壮狼，正在围堵一头公鹿，待群狼封死公鹿的所有逃跑路线，阿凯拉进行最终的扑咬以结束战斗。这是狼王至高无上的权力，也是他不容有失的进攻。

“呜……”

可是，阿凯拉失败了，就像巴希拉描述的那样，莫格里虽然不愿意相信，但现在却目睹了一切。阿凯拉非但没能制服猎物，还让公鹿的角顶了一个滚儿，虽然立刻站了起来，可是他已经没有精力继续追捕了。

不，不，不，莫格里为阿凯拉遗憾，他也一下子感到了时间的紧迫，这样看来，巴希拉描述的都是真的，他们要杀了阿凯拉，杀了自己，不！绝不可能！莫格里咬咬嘴唇，必须马上去取红色的“花”，不要再有所怀疑，也不要再有侥幸心理，时间紧迫！

莫格里径直跑到人类的村落，他靠在一栋人类的小屋前观察着“红花”，动物本身都很怕热，没有人敢靠近红色的“花”，因为它会燎到皮毛，燃烧树木，它是灾难。可是动物们也知道，人可以控制红色的“花”，可以使用红色的“花”，而且很安全。

所以莫格里并没有急于去取红色的“花”，而是采取稳妥的观察策略。他借着深夜的掩护，找到了一家亮着灯的人家，扒着窗户往里面打量。壁炉里燃着红通通的火，莫格里眯着眼睛，好像隔着玻璃都能感觉到骇人的热度。很快，女主人端着木头往火堆里添柴。瞬间，红色的“花”咆哮着变大了，噼里啪啦地爆裂着、翻滚着，非常旺盛。莫格里惊呆了，原来这个“花”是需要用木头喂养的，太神奇了。

不知不觉，莫格里等得睡着了。等他惊醒的时候，屋里的人已经睡觉了。莫格里懊悔地垂下了头。平时夜里捕猎，他总是比谁都精神，可是今天这么重要，他却放松了。莫格里蹑手蹑脚地进屋取“花种”，忽然，里屋走出来了一个小孩儿，莫格里赶紧压低身体藏在沙发后面，观察着他的一举一动。

小男孩儿从厨房里拿了个竹筐，用一根细木棍从枯萎的“红花”里往外扒拉出黑色的石头，黑色的石头冒着烟。只见小男孩儿凑近筐，呼呼吹着气。黑色的石头经过他的吹风，隐约可见红色的光。莫格里睁大眼睛，他猜测这个黑石头，就是“红花”的种子。

莫格里尾随小男孩儿去了牛棚，又看到小男孩儿往火盆的草堆里放了些黑色的种子，火盆里瞬间开出了红色的“花”。果然，这个黑色的种子更厉害，也更简单。莫格里决定不拿红色的“花”了，改拿黑色的种子，更小，也更好隐蔽，关键是连小孩儿都能够安全地使用。

“吼！”莫格里从门口偷袭了小男孩儿，一把就抢走了装种子的竹筐。他根本不在乎身后哭泣的小孩儿，尽管他们的眉眼、身形是那么的相似。可是，莫格里根本没心思关注和探究，他的心里塞满了阿凯拉的安全。

一路上，因为莫格里跑得特别快，黑色的种子在竹筐里呼呼生烟，红色的光呼之欲出。莫格里以为这个种子一定饿了，他赶紧捡了很多碎木头皮，把种子盖了起来。

“你成功了。”巴希拉在莫格里照顾“红花”种子的时候悄悄走近了他的身边，“太好了，狼群找了你一晚上。”

“我知道，我亲眼看见了。”莫格里不愿意说出阿凯拉输了，因为从小到大，阿凯拉都是他心中的英雄，是永远的狼老大。他护送着黑色的种子回到了自己的洞穴。

狼爸狼妈和小狼们都不在，莫格里知道，狼族大会昨天就开了，因为他没有到场，所以至今还没有结束。他并没有想硬闯过去，或许，当莫格里手中有了这么重要和致命的武器时，他对狼族又抱有了一丝幻想。

天色渐暗，胡狼塔巴奎闯进了洞穴：“哼，我就猜到你这个人类小孩儿藏在这儿，快，跟我去议会岩，狼族正等着你开始审判呢！”

来得正好！无聊了一天的莫格里，一脚踹开了塔巴奎，抱着黑色的种子就往议会岩跑去。该来的还是来了。

狼群用鄙视的目光迎接他，可是莫格里并不在意。他找到了狼爸狼妈。狼妈担心地望着他，眼神里都是忧郁。莫格里赶忙冲他们点点头，给狼妈一些安慰。阿凯拉在较中间的地上趴着，没有抬头。他所有的骄傲在这时已经荡然无存了，他让出了狼王应在的最高的岩石，此刻他甚至没有属于自己的栖息地。

莫格里在距离阿凯拉半米的地方坐下来，尽管他想挨着阿凯拉，可又怕冒犯他，莫格里把竹筐放在两腿之间，静静地等待。

“哗啦”，黑豹巴希拉叼来了很多木柴，他环着莫格里侧卧着：“别怕！”

“瞧瞧这是谁来了，哈哈哈……”骄傲的希尔汗被很多幼狼簇拥着，威风凛凛地来到了狼族大会的会场，“我的小人孩儿也来参加狼族新首领的册立大会了。”

“希尔汗！”莫格里满腔愤怒，他看看虚弱的阿凯拉，咬牙切齿地喊，“这是狼族的大会，你这个瘸老虎快滚开！”

希尔汗可没有什么危机感，他等这一天已经很久了。为了和更新换代的幼狼打交道，他把猎物尽可能多地与狼群分享，如今的狼群中，有太多的“胡狼塔巴奎”，他们都更加拥护给自己温饱的希尔汗。“我看现在群狼无首，特地……”

“闭嘴！我再说一遍，我们狼族的大会，没有你说话的份儿！”莫格里直接打断希尔汗虚伪的客套。

“也没有你说话的份儿，人孩儿！”“你也不属于我们狼族，可我们也让你说了太久！”年轻的狼群爆发了激烈的谴责。“莫格里是符合丛林法则才留下来的，是我们大家都认可的！”狼妈不允许别人欺负莫格里，她太爱这个孩子了。他们每做一步都遵守了丛林的规定和狼族的规定，她不允许自己的孩子被如此不公平地对待。

“让该死的阿凯拉说两句！”

不知道狼群里谁喊了一声，但是却带来了短暂的安静。莫格里心疼地看着阿凯拉。伟大的阿凯拉，怎么就成了“该死的阿凯拉”了呢？在阿凯拉领导狼族的漫长岁月里，没有一头狼因为没有猎物而挨饿，也没有谁被人类猎捕，甚至有将近十年的时间，狼群中都没有谁因为捕猎而受伤，这是何等伟大的战绩。可如今，一次捕猎失败，就该死吗？

“该死？”阿凯拉竟然笑了，可是眼神中却透着凄苦，不知他内心是否也为自己曾经的峥嵘岁月不值，“我该死吗？有谁敢来跟我挑战吗？有谁能够赐我一死吗？每一位狼王的退位，都需要新狼王的挑战，赢了我，才能统领狼族，你们——谁敢挑战我吗？”

阿凯拉尽管一天没有吃东西了，但是还是那个勇猛的狼王！幼狼们靠捡拾老虎的残羹剩饭活得那么自在，他们中没有一个有能力战胜一位老狼王，因为他们在饭来张口的路上，已经丧失了起码的战斗力。所以，当阿凯拉发起挑战的时候，狼群反而安静了，他们认㞞了。

“狼王的取舍你们慢慢决定吧。”希尔汗厌烦了狼崽子们的沉默，他的目的从来不是狼族或者狼王，他自始至终要的，只有莫格里！“我要要回属于我的那块人肉，我为此等了10年！你们狼族的争端，你们自己解决，你们不需要这个人类小孩儿，就像你们不需要我一样！”希尔汗不断地强调着莫格里是人不是狼，企图分裂他们之间的联系，“如果你们今天不把人类小孩儿交给我，从今往后，我所有的猎物都不再与狼族分享，并且我会一直在这里狩猎，让你们再无猎物！”希尔汗威胁道。

“绝对不行！”

“我们要个人类做什么！”

“希尔汗说得对！我们不应该为了一个人孩儿放弃整片丛林！”

“他才是外人！我们保护他太久了！”

“让他滚！”

年轻的狼族们爆发了激烈的指责，每一句，都伤害着莫格里的心。他不明白，他真心相待的狼族兄弟姐妹，为什么没有接纳他，以前一切的一切，都是假的吗？

“这样不公平！”阿凯拉依然是狼王本色，他还天真地以为，自己可以保护莫格里，“他从小在狼族长大，跟你们一样。他和你们一起打猎，也不断地给大家帮助，你们谁的脚没有被莫格里拔出过倒刺？他帮助我们，是我们的一分子，是我们遵循丛林法则把他留下的，我们不能违背法则的约束！”

“狼族不能违反丛林法则！我和棕熊巴鲁都是见证人。狼族擅自撕毁当初的约定，无视我的付出，我，巴希拉，也是不会同意的！”

黑豹以中立身份也在质疑希尔汗的越权：“你们狼族，如今连自己的承诺也要随意践踏了吗？”

“他是个人类！他不是狼族！没有动物要跟人类在一起！因为他会给丛林带来灾难！”希尔汗不断地煽动着狼族间的内斗，他想趁乱袭击莫格里。

“你必须做点儿什么了。”巴希拉嗅到了失控前的危险。他必须预防最坏的结果发生，那就是先发制人！

莫格里一个鲤鱼打挺站了起来，他就像一个致命武器，已经做好了十足的准备，就等谁来按一下开关！

“你们这些卑鄙的狼崽子们都给我闭嘴！”莫格里大吼一声，“我一直当你们是我的兄弟，我也真心希望做你们的朋友。不管是人还是狼，不都只是一种称谓吗？重要的是我们在一起。我们共同生活，相互帮助，我们就是一家人。”莫格里指着簇拥在希尔汗周围的年轻狼族，“可是今天我瞧不起你们！你们这些狗！对，就是狗！你们连胡狼塔巴奎都不如，你们这群吃剩饭的狗！”莫格里迎着希尔汗走了过去，注视着每一只轰他走的狼，“瞧瞧，你们都没有胆量直视我的眼睛，只会跟着这只瘸老虎叽叽喳喳地起哄！

“不是都说我是人吗？好，从今天起我就做人。我做人的第一天，要给你们送份大礼！”莫格里把怀里的黑色种子摔在地上，“给，给你们！红色的‘花’！你们这群狗崽子！吓死你们！”

黑色的炭火在接触风和草的瞬间，就燃起来！那灼人的热浪翻滚着，让空气都有些扭曲了。

现在的莫格里，在摇曳的火光中，更像一个狼王。

“不必再为了我争执，我将回到人类的村庄，我会离开你们！你们相信了该死的希尔汗的鬼话，你们背叛了狼族，背叛了阿凯拉，背叛了我，背叛了丛林法则！你们简直太蠢了！”莫格里用树枝挑起了一团火苗，举在手里，“阿凯拉是我的朋友，你们不能伤害他，否则我会随时回来用红色的‘花’了结你们！

“还有！”莫格里看到了瑟瑟发抖的希尔汗，自从当年被烧伤，希尔汗看到红色的“花”就浑身瘫软。他的耳朵背在脑后，夹着尾巴，正一副“请勿打扰”的姿态。莫格里拿着火把，坐在他身边，“你们看看，这就是你们追随和拥护的瘸老虎，他现在连猫都不如！”莫格里气愤地用火把敲打着希尔汗的头，烧他的胡须，掰他的嘴，他想挫这个老虎的威信！莫格里恨死希尔汗了，如果不是他，阿凯拉不会做不成狼王，他也不用被轰走，这个瘸老虎就是万恶之源！“希尔汗！你只配在池塘里吃青蛙，都是你把尊贵的狼族变成了狗！所以今天，我必须要告诉你！你不用惦记着杀我，看见了吗？我有红色的‘花’，我也有它的种子。如果哪一天我听说你又在欺负阿凯拉，又在干涉狼族，我一定会要了你的命，我发誓！快滚，再让我在狼族的地盘上看见你，我就把你的皮扒下来给我的妈妈垫窝！”

饱受摧残的希尔汗像得到了圣旨一样，连打两个滚儿从莫格里手下滚到一边溜走了。

“至于你们，我只有一个要求，不要伤害阿凯拉，让他好好地活，自由地活。”莫格里说着说着悲伤起来，他抬手把火把扔向狼群，“快滚吧，你们这些愚蠢的狗，都给我滚！”

火把在狼群中弹跳着，不断地灼伤着幼狼的皮毛，他们发出一阵阵嗷嗷嗷的惨叫声。大家拥挤着想逃跑，却又挤不出一条出路似的。曾经团结和秩序井然的狼族，如今已变成了一群各怀鬼胎的“狗”。

巴希拉知道此刻莫格里心中的悲伤，他的话已经说出来了，那么他就得离开，离开丛林。这跟出去送死是一样的，面对一个陌生和危险的新世界，远离自己的亲人和朋友。

“哇啊啊啊啊”，莫格里捂着脸大声地哭泣。有生以来，他第一次流泪，他甚至都不懂这种从眼睛里喷薄而出的淡咸味液体是什么东西，他也不知道他发出的这种非狼族的声音就是哭泣，他只知道这一瞬间的情绪他再也控制不了，控制不了了。

狼妈走过去，把头塞进了莫格里的怀里。

而莫格里，像抓住了救命稻草，死死地抱住她。良久，他颤颤巍巍地说：“妈……妈妈……你，你……你不要忘了我啊！”

“你放心，只要周围有你的气味，妈妈就能找到你。你出去一定要小心，没事就回来看我们，孩子……”狼妈也悲伤起来，回忆涌入她的心里，她对这个赤裸的小孩儿投入的感情，一点儿不比自己的小狼们少，“妈妈老了，别让我等太久……”

“妈妈！”莫格里使劲儿抱抱狼妈的脖子，又依次拥抱了狼爸、巴希拉和阿凯拉，“我会回来的，我保证！你们一定要照顾好自己，等我回来，不要忘了我，不能忘了我！”

莫格里说完扭头就跑开了，他怕再等等，他就不再有勇气离开。从今晚起，丛林和狼族、巴鲁和巴希拉都将离他远去，他要回到人类世界。

人类世界，究竟有什么在等待着莫格里，又是不是另一个凶险的世界呢？一切都在等待着莫格里去探究和体验。

第二章　卡奥的厉害

看着莫格里离开了丛林，狼妈狼爸非常担心，他们深知莫格里还是个人类孩子，他甚至都够不上青年，他要面临的危险太多了，眼前的，他能不能走出丛林都不知道：“哦，我的孩子！”

“放心吧，拉卡莎，莫格里一定会平安的！”巴希拉安慰着狼妈。往事一幕幕在他脑中闪过，巴鲁的高徒，他学会了那么多生存技能，他会保证自己的安全的。

回忆追溯到莫格里5岁的时候，他还在每天跟随棕熊巴鲁学习丛林法则。巴鲁虽然平时迷迷糊糊的，教导小狼时也经常怠慢，但是对于莫格里却出奇严格。

“嘿，巴鲁，为什么他们都下课了，我还要学这该死的知识，我已经厌烦了！”莫格里每次都被留堂，看着其他小狼打着滚儿去玩儿了，莫格里既羡慕又忌妒，然后就一遍遍地抱怨着。

“除非你也有锋利的指甲和坚硬的牙齿，或者赶上狼一半的速度，小子。”巴鲁晃动着脑袋答复着，“知道吗孩子，我要是不给你开开小灶，你活着的每一天都可能是最后一天，真是不知足。”

日复一日，莫格里学到了很多“外语”，主要是和各种动物打招呼、赔礼道歉、请求帮助、请示打猎这四大类，也学会了游泳、爬树、分辨藤条等生存技能。

为此，莫格里经常挨巴鲁的训斥和打骂，巴鲁总恨不得一分钟就把毕生所学都传给莫格里，可莫格里却总觉得有点儿可有可无。

“你对他太严格了，他还只是个小屁孩儿！”巴希拉有时候总忍不住替莫格里求情，他觉得这个学习的强度超过了莫格里的理解范围，再加上非打即骂的教学手段，太残酷了。

“全丛林里最聪明的黑豹，怎么也如此幼稚？”巴鲁撇撇嘴，咂吧咂吧嘴里残留的蜂蜜味道，“丛林会因为他小，就不伤害他吗？希尔汗会因为他小，就不吃他吗？还不都是趁他小，要他命！我教他的丛林法则，都是为了保护他！”巴鲁真的觉得自己是一个称职的老师，“你知道吗？人类真的很奇妙，很奇妙，他们什么都可以学，而且什么都可以学会，莫格里会鸟类的叫声，会青蛙的叫声，会蛇类、昆虫类发出的咝咝声，会一切丛林里飞禽走兽的语言和声响，他真是我教过的最好的学生。”

“是啊，是啊，严师出高徒嘛。”巴希拉敷衍地奉承着巴鲁，抬头看着在树枝上欢跳的莫格里，“有一个急需解决的问题，巴鲁，莫格里怎么一直在和猴子玩儿？！你知道这不是个好现象吗？”

猴子，是丛林里的异类，因为他们聪明却狡诈，看似团结却随时分开，他们没有信仰也不守规则。莫格里之所以和猴子彼此关照，起因是他被巴鲁责罚，小猴子会来安慰他、陪他。而后双方发现对方是丛林里和自己一样直立行走的动物，除了莫格里屁股后面少了一根棍子一样的尾巴。最后，猴子们大概是被莫格里的聪明打动，想推选他成为自己的猴王。不过不管怎么样，猴子都是一种靠不住的朋友，也是对莫格里毫无意义的朋友。

“莫格里！该睡午觉了！”巴鲁大吼一声。为了不让莫格里和猴子玩儿，巴鲁没少被猴子攻击。但是丛林经验家巴鲁，是不会被小猴子打败的，他还是一次次地破坏莫格里和猴子看似和谐的嬉戏，“快点儿，你这个爱惹事的人类小孩儿，下次我再看见你跟这群死猴子一起玩儿，我就打折你的腿！”

“好啦，好啦，记住啦。”莫格里直接跳到巴鲁的背上。他一点儿也不担心，因为每次巴鲁都是这样威胁他的，但是巴鲁没有一回这样做。“臭巴鲁，哼！”

他们在小溪边吃了鱼，躺在巴鲁舒适的大窝里午休。可这一次，猴子们并没有走远，等巴鲁和莫格里睡熟之后，一群猴子潜入了洞穴。

莫格里感到身上布满了小手，“哈哈哈哈，好痒。”他大笑着睁开眼，以为只是猴子们的恶作剧，“嘿！放开我！”一只大块头的雄性公猴子用手臂夹着莫格里就往外走，这让莫格里第一次感到了恐惧，因为接下来的一切将不再受他的控制，“巴鲁，救我！”

“嗯……”大笨熊睡觉可真不是一般的深沉，这么点儿动静只够他伸个懒腰而已。

“吼！”黑豹巴希拉已经赶到，他是莫格里的另一个守护神。

可惜这一次，巴希拉也不是丛林飞贼们的对手。小猴子今天派来了精锐部队，个子大、力气足、速度快、有分工，巴希拉缠斗一只猴子的工夫，莫格里已经被带到了树顶。

那些参天的大树成了猴群最好的掩护，他们像荡秋千一样，从这棵树到那棵树，轻而易举地攀飞着。巴希拉仰着头，狼狈地在下面跑。可是，在猴群变向三次又成群跳跃后，巴希拉彻底跟丢了。树冠上都是摇曳的树枝和沙沙的叶响，但是一个人影儿都没有了。咔吧咔吧，树枝折断的声音刺激着巴希拉敏感的神经，他既担心莫格里从树顶跌下来受伤，又盼着莫格里跌下来好救他，可是一切都只是巴希拉的多虑而已，因为猴子们是不会输在天赋上的。

莫格里被猴子的胳膊挤压着胃，东摇西晃地直干呕，他低头看着眼下飞驰的树顶，真的怕高，而每一声树枝折断的脆响，都敲打着他的心房："快点儿放我下来，我们不是朋友吗？"

猴子们今天不知道怎么了，谁也不搭理莫格里，就是径直地飞驰，他们享受着自己的速度，毫不关心"乘客"的感受。

莫格里强迫自己冷静，他知道，他已经被带离了刁欧尼山，他已经脱离了自己的领地和巴鲁的保护，任巴希拉再勇猛聪明，也不可能跟到这儿，他必须想办法给大家捎个信儿。

往下看是一无所有了，莫格里是没有脚沾地的机会了，他抬头在天空中寻找，很快他锁定了自己的求助对象，鸢鹰！

成片的鸢鹰被猴子们的大动作打扰，飞到空中看热闹，当然，他们肯定更想知道猴子们抢到了什么猎物。

"嘿，我是刁欧尼山的人类小孩儿莫格里，你们记录下我的位置，回去告诉棕熊巴鲁和黑豹巴希拉！"

莫格里会说鸢鹰的语言，这让鸢鹰误以为莫格里也是自己的一分子。他们从天上接力追随着莫格里的轨迹，直到莫格里被倒挂在树上，不再移动。鸢鹰兰恩完成使命，扇动着翅膀往刁欧尼山方向飞去。兰恩心里暗自感叹，今天遇到的可都是响当当的人物，丛林教科书巴鲁、人孩儿莫格里，还有丛林脑王巴希拉，好家伙，这群猴子不是找死吗？

与此同时，巴希拉一爪子拍醒了巴鲁："这群浑蛋为什么要抓走莫格里，你平时是怎么教的，你倒是打折他的腿啊！"巴希拉后悔得恨不得自己打折莫格里的腿，也总比被卑鄙的猴子抓走了强。他庞大的身躯根本没法儿在树枝上奔跑，愤怒的巴希拉恨不得把树都挠出个窟窿。"巴鲁，你赶快啊赶快啊，蜗牛都比你跑得快，快快快快快！"

"已经在飞了，我的哥哥！"巴鲁一边走，一边折断身边碍事的矮树。他从来没为啥着急过，他也着不起急，因为他这一身肉，真跑不动。

"哐当！"

"什么声音，巴希拉，你听见了吗？"巴鲁和巴希拉被远处的一声巨响震动，"天哪，猴子们不会把莫格里扔下来了吧？他们在用莫格里报复我吗？我怎么没有教莫格里远离猴群？我说的还是不够多啊，我都教了些什么啊，怎么连最重要的都忘了！我都干了什么啊！莫格里死了吗？巴希拉，他死了吗？"

"闭上你的破锣嘴！就不会说点儿吉利话！"巴希拉沉着脸，其实心里也很紧张，"我们两个实在不擅长这样追踪，我们需要帮手！"

"对了，老蟒卡奥！"巴鲁恍然大悟地拍着脑门儿，"我怎么忘了他，这老东西也能在树上飞！快点儿快点儿，我们去找他！"

巴鲁带着巴希拉来到岩蟒午休的大岩石，很幸运，卡奥在，而且刚蜕完皮，正在晒太阳，肚子扁扁的，应该还没吃饭。要知道，吃饱饭的蛇，除了睡觉，什么也干不了。而此时的卡奥，小蛮腰纤细，正是追捕的好身板。

“嘿，卡奥。”巴鲁用巨大的声音打招呼。因为蛇蜕皮后视力欠佳，他们经常会防卫过当，因为看不清靠近的动物是敌是友，所以先发制人。巴鲁经验老到，他没有靠近，而是大声招呼，“我们需要你的帮助，老伙计！”

“怎么，丛林里最有声望的两位好猎手，也有需要我效力的地方？”卡奥调整自己的方位，往巴鲁的方向移动。

“我的徒弟，我最棒的徒弟，哦，你肯定听说过，就是那个狼族收养的人类小孩儿，唉，今天让猴子给抢走了！”巴鲁垂头丧气地瘫坐着，“你得帮帮我，我们得找回他。他，他，他是我的宝贝儿！”

“猴子们经常给我们起外号，”巴希拉平静地说，“他们叫你没有脚的大肉虫！”

“哼！”巴希拉成功地激起了巨蟒的愤怒，“这群小猴儿崽子！”

“我们三个联手，今晚，就今晚，我领回我的宝贝人类小孩儿，你吃上猴子晚餐，大家各取所需，怎么样？”

巴鲁借着卡奥的愤怒，又给他添上了一丝憧憬。

“巴鲁巴鲁巴鲁，习欧尼山的棕熊巴鲁！”

巴希拉敏锐地听到了远处的呼唤，他有一种美好的预感，他知道，这是莫格里送信儿来了。四下都没有，他抬起头，目光聚焦到鸢鹰兰恩：“巴鲁，快看头顶！”

“什么事？”巴鲁看着兰恩，棕熊和鸢鹰可从没有打过交道。

“那个孩子，狼族的人类小孩儿，他让我来给你传个话，他被猴族抓走了，好像已经送到了冷巢，不知道要耽搁多久。我看猴子们的态度可不友好，天黑前，我请蝙蝠继续观察，我回来给你们报信。”鸢鹰兰恩一五一十地把所见所闻复述给巴鲁。

冷巢是人类废弃的遗址，没有任何猛兽愿意去那里捡拾人类的残羹剩饭，只有毫无原则的猴族，占有了无人问津的房子和花园，还奉为宫殿，真是耻辱。

“你真是丛林里最棒的鸢鹰！”巴希拉控制不住自己的激动，他欣慰地看了一眼巴鲁，感谢神灵保佑，莫格里居然还记得用巴鲁教过的鸟类语言，“你真是一位仗义又有信用的朋友，下次捕猎后，我要将猎物最珍贵的头颅献给你，以感谢你对我们的恩情！”

“不用客气，这是我应该做的。都是丛林的兄弟，何况那孩子还会说我们的语言，也许他骨子里，还流着我们鸢鹰的血液！”兰恩盘旋两周，返回自己的鹰巢，“祝你们营救成功，多吃几只猴子，再见!”

“好了，朋友们，现在我们该去冷巢打猎了。”巴希拉开始战略部署，因为现在出发，最快也要深夜到达，时间拖得越久，越危险，谁也不知道猴子们到底要对莫格里做什么，要做好最糟的打算。“巴鲁、卡奥，尽你们最快的速度跟上吧，我先走一步！”

话音刚落，黑豹俊美的身影就蹿出了3米远。

“哦，真是个疯子，你说是不是？”巴鲁迈着沉重的步伐，跟卡奥调侃一句，可是他发现，卡奥也已经把他甩出了很远，“哦，真是一对疯子！”一个快脚猎手和一个没脚猎手，同样留给了巴鲁一个望尘莫及的背影。

巴希拉此刻因迫切而爆发的能量，让他自己都有些惊讶。曾几何时，他不曾如此全力以赴，在丛林里，真的没有什么值得巴希拉费劲儿去办的狩猎，唯独这一次，他面临的是同样智商超高的猴子，同样有着和人类相似的计谋，却是数以百计之多。这可能是一场胜负难料的比赛，但是巴希拉的内心却激情澎湃，他向往这样高水平、高难度的战斗，他渴望让莫格里也见识见识自己的厉害。

“呲呲呲呲”，巴希拉听到了身后传来的卡奥爬行的声音，想不到这个没脚的巨蟒，居然和自己一样的飞速，无论灌木沙坑、池塘沼泽，都没有掉队。巴希拉暗自高兴，有这样高水平的战友，今天的胜算又多了一成。

此时的莫格里，已经得到了下地的自由。猴子们只负责把他带回冷巢复命，其余的就是追跑打闹，提前庆功。莫格里环视四周，这是一处满是人类气息的栖息地，只是已经破败不堪。残垣断壁布满荆棘和昆虫，雕塑也都是缺胳膊断腿，猴子们在一块圆形的广场里追逐嬉戏、跳跃玩耍，享受着人类文明的遗迹。

猴子们骄傲地认为自己就是人类，只不过是生活在丛林里的人类。他们模仿着人类的行为，想证明自己比丛林里的四脚动物都高级许多，想证明只能自己瞧不起其他动物，而不是被其他动物鄙视。

莫格里起身往屋子内张望，是无数间错综复杂的单独居室，就好像蜂巢。

猴子们前呼后拥地簇着莫格里，不停欢呼。莫格里以为这是猴子要拥立他成为这里的领导者：“给我拿些吃的东西，我快饿死了！”

小猴子果然拿着各种水果从树上纷纷往广场中间赶来，可是还没有送到莫格里手里，就被其他的猴子捷足先登。

“该死！这些愚蠢的猴子！”莫格里心里咒骂着，想起了巴鲁对猴子们的评价，“果然是无规无矩，一群小偷！”

“跟我来！”一只懂点儿丛林语言的老猴子，引领莫格里往更高的地方走去，“人孩儿，你知道吗？你是属于猴族的，你很重要，你是猴族和那些低贱丛林居民的传声筒。”老猴子走到一方带有浮雕的影背墙，“往下看，我的孩子，看看这片伟大的领地。只有这样的地方，才配得上尊贵的猴族，我们的自由，我们的富有。我们是丛林里真正的王族。”

莫格里忍不住大笑，原来猴子们把他抢来，只是要他做一个被洗脑的听众，然后回到丛林里重复这个没有观众的自大的故事，真是可笑至极！

“注意听着，人孩儿，你要把我的话一字不落地传达给丛林居民听，我们的优秀、我们的伟大，让大家都来膜拜我们吧！”老猴子振臂高呼，小猴子们在下面亢奋地回应着：“说得对，说得对！”

莫格里翻了一个白眼，猴子们蠢疯了。这些猴子跟胡狼塔巴奎一样，都患了疯病吗？成天胡言乱语！

莫格里叽里咕噜地叨咕着各种兽类的语言，可是四周静悄悄的，并没有动物回应他的召唤。也对，谁会愿意靠近这些疯猴子的领地，和他们做邻居呢。

天色一暗，莫格里警惕地抬起头，一片乌云遮住了月亮的一角。天助我也，莫格里的心狂跳着，一会儿等乌云遮住了全部月亮，可以趁黑逃出这个该死的猴山！

巴希拉欣慰地看着聪明的莫格里，他已经赶到了，只是一直在暗中观察着冷巢的走向，这么大群的猴子，就凭他和卡奥，势单力薄，出去硬拼就是送死，要想以一敌百，必须设计一个好计策。

“我已经选好了我的路线，我得避免这群疯猴子全扑在我身上。”卡奥也在计划，他的身材在大庭广众之下肯定吃亏，他必须找到适中的犄角旮旯，进可进，退可退。“这群猴子叫我什么来着？癞蛤蟆！”

“是没有脚的大肉虫。”巴希拉给卡奥点燃起斗志，“我真的很佩服你，你的速度，真的让我敬佩！”这是巴希拉的真心话。因为原本巴希拉以为这只大岩蟒，比巴鲁快不了多少。“要是慢巴鲁在就好了，一会儿以乌云遮住月亮为信号，我去广场中间吸引大部分的猴子，你见机行事！”

巴希拉目送卡奥往岩石边前行，自己也迅速压低身体靠近广场中间，在月亮被遮住的一瞬间，黑色的身影借助着黑暗的掩护，蹿上了猴群正中央的广场。

“巴希拉！”莫格里听到了黑豹的脚步声，里三层外三层的猴子也开始疯狂地抓咬，“巴希拉小心！”莫格里心疼地往中间打量，隐约中能看到巴希拉锋利的牙齿闪过的白光。他想赶快靠近巴希拉，可是却被不知道从哪个地缝里冒出来的猴子架着往后面走。“放开我，你们放开我！”他挣扎着打着挺儿，七八只猴子甚至都快按不住他了。

猴子们勉强把莫格里拉到了布满鲜花的断壁前，对着一个窟窿把人孩儿推了下去。

幸亏早前帮巴鲁上树掏蜂窝积累了经验，再加上莫格里人小身轻，他迅速做出反应，调整下坠体态，脚触地的一瞬间，他随着惯性打了一个滚儿，平安着地。

“等我们杀了那只愚蠢的黑豹，再来给你收尸！”猴子们恶狠狠地抛下这句话，就去战斗了。

莫格里在黑暗中一动不动，虽然洞穴漆黑，但是他可以感觉到自己被黑暗中一束不怀好意的目光锁定了，这种被注视到毛骨悚然的感觉，是每一个丛林里相对弱势的动物都有的第六感。莫格里竖着耳朵，仔细地听着周围的动静。

“咝咝咝咝”。是蛇！莫格里听到了蛇类鳞片与土地摩擦发出的沙沙声，“我们是朋友，亲爱的蛇族兄弟们，我是你们的朋友！”莫格里用巴鲁教给他的沟通方式，跟黑暗中的蛇打着招呼。

“好吧，倒霉的小兄弟，站着别动，我们躲开点儿，要不然得被你踩死！”周围有蛇族撤退的声音。丛林法则里规定，说同类话语的动物之间，不能相互攻击。

莫格里松了口气，他又竖着耳朵听着洞外的动静。他听到巴希拉喘着粗气，一声低沉的吼叫后，一阵错乱的吱吱叫，然后又叽叽喳喳乱作一团，反复了几次，就是巴希拉进攻了几次。

没有巴鲁的声音。莫格里心里纳闷儿，巴鲁是不会抛下巴希拉和自己的，可能是还没有赶到，不能再让巴希拉这样单打独斗。“巴希拉，西边雕塑下有一个蓄水池，快到那里去，跳到水里！”

巴希拉听到莫格里安然无恙，信心倍增，他伏着身子不顾形象，一串翻滚，直捣水池中间，“扑通”蹿入水中。

哈哈哈，巴希拉看着水池外急得跳脚的猴子，得意地笑了，他可以在水里短暂地休息。“蛇族兄弟们，我是你们的朋友。”他想起卡奥，这个神速的岩蟒去哪儿了？

“吼吼吼”，一个巨大的振奋人心的声音响起，巴鲁气喘吁吁的声音暴躁地响起。“你们这群小猴儿崽子，你熊爷爷来了！”瞬间，巴鲁被小猴子们堙没，“巴希拉！你说的蛇族语言是哪个老师教的，还是跟我重新学吧！”

巴希拉对巴鲁的讽刺有点儿无奈，这大熊真是心大，这么十万火急的情况下，还有心情挖苦别人。

卡奥这边也是心急如焚，听着巴鲁和巴希拉响彻丛林的打斗声，他摇曳着粗壮的身体往战斗的中心奔去。猴群畏惧卡奥，因为他经常无声无息地滑过树枝，轻而易举地要了猴子的命，还有他致命的拥抱，那强大的缠绕力，足以捏碎猴子们每一寸骨头。还有卡奥独创了一个冲撞力式攻击，挺直身体直撞对手胸口，瞬间的重力加速度，令敌人闻风丧胆。

“咚！”

卡奥第一个猎物，就是在巴鲁怀里撕咬着的灰猿。随着卡奥长矛般直抵对方后心，灰猿都来不及哀嚎便一命呜呼。

瞬间，猴群炸开了一般，四散逃离。“是卡奥，是阎王卡奥，快点儿跑啊，快跑！”猴子们互相推搡着，连滚带爬地逃离现场。刚刚还沸腾着的厮杀场面一下死一般寂静，弥漫着令猴子们丧胆的恐惧。

虽然巴鲁皮糙肉厚，但是身上已经被猴子抓得伤痕累累。巴希拉从水池里上来，也是血迹斑斑。猴子们聚在远处的树枝上，看着棕熊和黑豹，又发出了跃跃欲试的吱吱声。

“咕咕咕。”莫格里在洞穴里蹿跳着，发出猫头鹰一般的咕噜声，在声势上为巴鲁助威，在气势上嘲讽猴群。

“莫格里，你等着，我救你出来！”巴希拉循着声音找去，“你在哪儿？”

“这儿！这儿！这儿有个大深坑，我就在这儿！”莫格里欢快地跳着。“嗷呜！”他发出狼族得胜的嚎叫声，为巴希拉指引方向。

“嘿！别跳了，你要踩死我们了！”洞穴里的小蛇们大声地抱怨着，“洞口太深了，得有个大块头把前面的墙推倒，不然你绝对出不去！别跳了，别白费力气了！”

巴希拉和巴鲁围着洞口观察了好一番，却是无从下手，洞口深度约两层楼高，漆黑一片。“你耐心点儿，莫格里，我们想想法子。”

“都闪开！”卡奥像刚才攻击猴子一样，挺直了身子，猛地向下方的墙壁撞去。巴希拉和巴鲁也铆足了劲儿，一起撞击着残败的灰砖瓦墙。

“哗啦！”经过两个来回的撞击，墙壁轰然坍塌。莫格里从尘埃中跑出来，扑到了巴鲁和巴希拉中间。他双手分别环着棕熊和黑豹粗壮的脖子，头不停地蹭蹭这个，又蹭蹭那个。

“有没有受伤？”巴鲁关切地问道。

“没有，没有，没有，没有。”莫格里一口气说了很多遍“没有”，“我浑身都在疼，又很饿，但是见到你们真的是太好了！”

在一片猴子尸体中间，三个幸存者胜利会师。他们抚摩着彼此的伤口，相互安慰。

“来吧，莫格里，见见你的救命恩人。”巴希拉把卡奥介绍给莫格里，“今天如果没有他，我们三个都别想活着走出这里。让我们用我们的方式感谢他吧。”

“所以，你就是他们舍命都要救回的男孩儿了？”卡奥凑到莫格里的脸前，那勾魂的眼睛直勾勾地看着他，“我新换皮的时候，可能真看不清是他还是猴子！”

“我是你的朋友蛇族兄弟。”莫格里用蛇族的语言打了声招呼，“感谢你今晚为我做的一切，我将终身是你的朋友。只要你需要，我会将我捕获的猎物奉献给你，周而复始，春夏秋冬，绝不反悔！”

“太好了，你平时常捕获什么猎物？”卡奥随着年龄的增长，十分需要这样的承诺。这简直就是一个后备粮仓，这让他不用在食物紧缺的日子里，自己紧张兮兮地猎捕动物，像今天这样的全力战斗，一年一次就够要他半条命了。

“呃，”莫格里有点儿不好意思，“其实我还没有成功捕获过猎物，我可能还有点儿小，但是，”莫格里提高嗓门儿强调着，“我可以把你需要的猎物赶到你的陷阱中，帮助你捕获。而且你看，我的手可灵活了，什么都能干。如果你落入人类的陷阱，我可以迅速帮你脱困。真的，我以丛林的富饶发誓，我一定会报答你，不，报答你们大家的恩情，我会记一辈子的！”

“哈哈哈。”三个食物链顶端的老猎手都笑了。

“你是一个勇敢又坦白的孩子，我相信你！”卡奥挺立起身子，让头部和莫格里齐平，“你赢得了我的尊重和信任，人孩儿，以后我们就是朋友了，你享有我的关照。”卡奥扭身看向广场中央的猴子尸体，又环视了周围惊魂未定、不愿离开的猴子，“巴鲁，把你的朋友带走吧，我该享受我的大餐了。”

巴希拉赶忙让莫格里骑上自己的后背。他知道，岩蟒要开始他的死亡之舞了。蟒蛇会利用自己身上的鳞片图案，配合肢体动作和声音给其他动物催眠。曾经在人类马戏团，巴希拉就见过眼镜王蛇的死亡之舞，他们会随着驯兽员的笛声扭动肢体，在你欣赏舞蹈的时候，突然发起攻击，一击致命。

“巴希拉！”莫格里好奇地回着头，他对接下来发生的事情毫不知情，他舍不得离开，他想知道卡奥究竟用什么办法捕猎，他也想学学卡奥的捕猎方法，“他是不是在跳舞？”

“不要……看。”巴希拉扭过身子，想阻止莫格里，可当他的目光聚焦到卡奥身上的时候，却再也挪不开了，就那么死死地盯着盘旋而起的卡奥，像中了邪一样。

卡奥用极快的速度在中心广场皎洁的月光下舞动着身躯，时而正方形，时而心形，时而盘旋成一个旋涡，时而延绵成一缕波浪，动物们就那么痴痴地望着他，像忠实的观众一般。卡奥加快了旋转的速度，黄沙腾飞，妖烟四起，他似乎变成了拔地而起的龙卷风，高悬在让人仰望的至高无上的高度，以一种蛊惑的声音开口：“猴子们，收起你们烦躁的手和脚，靠过来，乖，靠近我……”

莫格里惊诧地看着眼前的一切，岩蟒就像丛林的魔鬼般吞噬人心。他听见小猴子们从树上跳到广场里的声音，他们仿佛被洗脑了一般，往卡奥身边聚拢。最可怕的是，巴鲁和巴希拉，似乎也难以抵抗卡奥的蛊惑，跟着他的话往中心广场聚集。

“嘿！巴希拉！”莫格里狠狠地揪扯着巴希拉的耳朵，吃痛的黑豹瞬间从催眠状态中解脱。他用锋利的爪子拍了下棕熊巴鲁的肥屁股，三个伙伴继续往丛林深处走。

“巴鲁，你看你的后背，都是血！”

莫格里在月光下看到了老师巴鲁的伤，他再低头看看黑豹，天，巴希拉伤得更重些，后背有层皮都暴露着，黑色的绸缎般的皮毛已经被抓秃了，露出有些粉红色的嫩肉，脖子上布满了齿痕和抓痕。

“巴希拉！”莫格里从他背上跳下来，心疼地吹着巴希拉的伤口，悲伤地说，“都是我的错，都是我的错！我是个坏孩子！巴鲁，你打我吧！打死我！”

“莫格里，丛林法则里说过，惩罚是必需的，但是希望你永远记住，不要，绝不要再跟猴子们往来！”

巴鲁让巴希拉动手，因为巴鲁的爪子太重了，他就是使一分力，也能把莫格里拍个半死，而巴希拉相对温柔一些。

“嘿，黑豹先生，你不要把我的学生拍死了！”巴鲁悄悄地嘱咐黑豹。莫格里趴在地上，等待着老师们的责罚。“你看，你看，他趴在那儿要睡着了，你不要把他拍醒，轻轻地像哄孩子那样拍会不会？就那样拍，把人孩儿拍睡着了就行了啊，千万别使劲儿！”

巴希拉瞥了瞥絮絮叨叨的老巴鲁，这说的都是什么废话，他肯定也是不舍得重打莫格里一下的老师啊，刚从猴群里捡回半条命的三师徒，谁也不舍得再让谁受伤了。可是，对一个5岁的小男孩儿来说，200多斤的黑豹的爪子，也是很难承受的。

“哎，哎哎哎，哎哟！行行行行行啦。”巴鲁看着巴希拉罪恶的爪子狠狠地拍在莫格里的背上，心疼不已，“你就这么哄孩子睡觉的吗？真是个棒槌！”

“我没事！”尽管都要被打出内伤了，莫格里还是自己爬了起来，“巴希拉，送我回家吧，我累了。”说完，他倒在巴希拉的背上，沉沉地睡去。今天这一战，让巴鲁很放心，莫格里尽管还是个孩子，但是他牢牢记住了平日所学，并可以在遇到危险的时候灵活运用。小人孩儿的战斗力、决策力、反应力都成熟得像个大人，他只需要更多的时间去长身体，就会越来越强壮了。

从这段回忆中抽离，再看眼前不得不离开狼族的莫格里，巴希拉对他还是很有信心的，他相信莫格里可以平安地抵达人类村庄，也一定会顺利过渡到人类生活。因为这孩子是人，他既然能在丛林里自在地活着，就能在人类世界里快乐地活着。可巴希拉高估了人类，他绝想不到，那里比丛林更加险恶。

第三章　老虎！希尔汗

莫格里告别了狼爸狼妈和巴希拉，径直来到了山下的小村庄。可是，当他回望的时候发现，这个村落距离丛林太近了。今天，他得罪了瘸老虎和新生代的狼群，他们虽然退缩了，但却没有屈服，他们忍让，是惧怕红色的“花”而非人孩儿莫格里，他们随时会在某一天想明白这一切，再来找莫格里算账。想到这里，莫格里放弃了这个村落，即便这里能离狼爸和狼妈更近，可他并不想再给自己的家长增添负担，毕竟，他们都已经老了，连狼王阿凯拉都会被打败，没有谁是丛林的常胜将军。他继续向东边走去，因为那个方向冒着炊烟，就证明有人类的居住群。

莫格里脑中是亲人的回忆，一开始，边流泪边走，而后，他渐渐接受了现实，并对新的生活充满了好奇。当村庄隐约可见的时候，天已经发亮，光着身子的莫格里因为沾了晨露有点儿瑟瑟发抖。他振作精神，朝着村落跑了起来。体内的狼性在奔跑中被唤醒，他享受着速度的快感和身体渐渐提升的温热感，兴冲冲地向着人类的领地奔跑。

几个在村口玩耍的孩童，看见似人非人的莫格里光溜溜地跑过来，在好奇地张望。可当莫格里靠近，动物一般锐利的目光扫向孩子们的时候，大家吓得撒腿就跑。

莫格里倒是咯咯笑了起来，想不到人类这么胆小。他看着羊圈里的肥羊，摸摸自己饥肠辘辘的肚皮，“哦，从昨天就一直没顾上吃东西，这会儿当真是有点儿饿了。”

“嘿！”

村民们喝住了企图扑向羊群的人孩儿。莫格里停住，不是因为畏惧人类，而是他还在摸索人类世界的规则，他是个高贵的狼族，他将会像遵守丛林法则那样，遵守人类的法则。

“你看这个孩子，他多脏啊！”

“看起来10岁左右，你看他居然还光着身子！”

“这孩子疯疯癫癫的，是不是个疯子啊？”

人们并没有靠近他，就开始自顾自地议论。莫格里有点儿失望，他觉得人类的这种好奇，真的是太不礼貌了，他们居然都没有礼貌性的问候就开始窃窃私语，他鄙视地吐了口口水。

“快点儿去叫大祭司来，这种情况，只有他有发言权。”

不多会儿，村民簇拥着一个穿白大褂的胖男人走了过来，这个男人岁数不小，可能是村子的长老，莫格里打量着对方，心里想。

老头儿没有靠过来，他面无表情地观察着莫格里：“看他身上的疤痕，应该是猛兽留下的。我猜，很有可能是狼。这孩子不会我们的语言，大概是从小被动物抚养长大的。”大祭司的判断很准确，“去，把梅苏阿叫来，她不是曾经有个孩子被老虎叼走了吗？让她来认认这个孩子，是不是她的。”

大概五分钟，村子深处跑来了一个灰袍妇人。她边跑边焦急地往村口张望。当看到莫格里的一刹那，她停住了，眉头上扬，嘴巴微张，她情不自禁地靠近莫格里，伸出手，想要摸摸他。

“呲！”莫格里看着这个不断靠近的妇人，本能地龇牙拒绝，并且做出防御的姿势。

妇人顿时也有点儿恐惧，她刚刚还闪亮的眼眸又有点儿暗淡，“不是他，可能不是他。哦，十年了，我都忘了他的样子了。也许是他，也许不是，上帝知道。”

“这是个狼孩儿，我亲爱的妹妹。”大祭司搂着梅苏阿，又指指莫格里，“这就是老天的恩赐，他把你被丛林夺走的亲人又送回来了。很可能你的儿子没有被老虎吃掉，而是被狼族救了下来，现在他长大了，发现了自己和动物的区别，选择回归人类社会，选择回来找你。”大祭司看来是极力希望梅苏阿接受莫格里，才费了这么多口舌，“亲爱的，带他回家吧，让他找找记忆，母爱是最伟大的。也许，你能挽救他的记忆，能让他重新做人。我，随时为你效劳。”

人群散去，只剩下梅苏阿和莫格里。她蹲下身子，这一次，与莫格里有足够的安全距离，她伸出手：“你愿意跟我来吗，孩子？”

莫格里点点头，他可以感受到对方的善意，她的目光就像狼妈一样，充满了温暖。

梅苏阿带莫格里来到了她的家，全村最富有的商人的家。尽管很宽敞，但跟无垠的丛林没法儿比，莫格里十分不自在，他感觉自己被囚禁在了笼子里。

“孩子，”梅苏阿怜悯地摸着莫格里的小脸，就那么痴痴地望着他的眼睛，像要望穿岁月。她摸摸他那长满茧子的手，不自觉地泪眼婆娑，“我们分开的时候，你还是个婴儿，看看你都经历了什么，你的手太粗糙了。”她又抬头望着莫格里，“不过感谢上帝，你还活着，那苏，哦，那苏，我的儿子。我知道是你，你回来了，你回来了。”

莫格里有点儿动容，他看着梅苏阿抑制不住的眼泪，也跟着悲伤起来。他知道，必须要尽快学会人类的语言，他才能知道这个女人究竟在感慨什么，她究竟是不是一个可以信赖的人。

“哦，看看我在干什么？”梅苏阿慌忙起身，给莫格里拿来了羊奶和面包，“快吃吧，那苏，你肯定是饿了，慢慢吃。”她又取出了崭新的衣服，帮莫格里简单擦擦身子，换上了衣服。“多合身啊，我的那苏，你可真漂亮。”

莫格里吞咽着面包，皱皱眉，这东西闻着倒挺香，嚼着是真没劲儿，可不如新鲜的羊腿给力。他好奇地观察着房子的陈设，把梅苏阿的介绍牢牢记在心里。很快，他就能听懂梅苏阿说的话，只不过，还说不好，因为人类说话的方式和动物不同，莫格里发不好那些别嘴的发音。

入夜，莫格里趁梅苏阿睡着，悄悄翻出屋子。他舒展地伸伸懒腰，在“笼子”里憋一天简直太闷了，他更喜欢席地而眠的自由。

“嘿，兄弟。”

莫格里被一个湿嗒嗒的鼻子拱醒，一睁眼，是他的狼族兄弟，“灰灰！”他送上一个大拥抱。

“你适应得很快嘛，我黄昏就到了村子，可我愣是没有找到你的味道。知道吗？你现在身上的人味儿可重了，当真不好找！”灰灰靠着莫格里躺下，“妈妈让我给你捎个信儿，希尔汗让你烧得厉害，他已经滚回威冈加养伤和打猎了。不过塔巴奎在丛林里放话说，希尔汗扬言养好伤就回来要你的命，你可一定要小心啊！”

“放心吧我的兄弟，想杀我可没那么容易，首先，他得敢靠近这里。”

“莫格里，永远别忘了你是只狼，我们在洞穴里相亲相爱，别忘了我们，有消息我会再来找你，照顾好自己！”灰灰打个滚儿起来，郑重地说，“我真怕你有一天忘记了自己的身份，告诉我那一天永远不会到来，我们永远忠于彼此！”

“我以我曾经的猎物发誓，我的兄弟，我永远是你们的一分子！”莫格里摸着胸口。是啊，从小在狼族成长的他，一直坚信自己就是一匹自由潇洒的狼。

接下来的时间里，梅苏阿耐心地教导莫格里人类的规则和规范，教他吐字发音，教他人际交往。梅苏阿说莫格里壮得像头牛，却又不舍得让他下地干活儿。大祭司经常指责梅苏阿对莫格里的溺爱，可是一个遗失十年又失而复得的孩子，哪里有不宠爱的道理。

每晚入夜，莫格里都会到中心广场去听老猎人比尔迪欧讲故事。他在这儿锻炼了自己的听力，也逐渐了解了人们对丛林、对动物的看法。只不过莫格里喜欢在树上听，因为人们喜欢听的鬼故事，简直让他笑破肚皮。

这天，比尔迪欧恰巧讲起了希尔汗的故事，莫格里耷拉着脑袋，竖起耳朵，好奇地听着。

“你们还记得有个老高利贷普兰吗？在暴动的时候被工人打断了腿。我观察过叼走那苏的那只老虎的脚印，居然也是一深一浅。我看，一定是老普兰的冤魂回来索命了！”

啊，太可怕了，人们跟着比尔迪欧渲染的气氛也惊恐起来。

莫格里把拳头塞进嘴里，因为他实在怕他的笑声亵渎了人们的单纯，可即便如此，还是被发现了。

“谁在笑？是谁在笑？”比尔迪欧第一次被观众笑，毕竟他自己对这些故事的真实性还是明白的。他不愿人们怀疑他，也许此生他没打过几个猎物，但只要他的故事讲得好，他在大家心里就还是个好猎手。

“对不起，对不起。”莫格里笑着走出来，“那老虎叫希尔汗，天生跛脚，全丛林的动物都知道，可不是什么东西的魂魄附体，不要瞎编了！”谁能比莫格里了解这只瘸老虎，他们俩生来就冤家路窄。

不过这一说，比尔迪欧尴尬了。人们都看着他，等着他自圆其说。“别说得好像你见过似的，你个毛都没长全的小屁孩儿！”比尔迪欧恼羞成怒，“你要是有本事就把他的皮扒下来送到集市去卖，可是笔大价钱！”

“那有何难，我迟早会杀了他！”莫格里信誓旦旦地接话，“我听比尔迪欧讲故事有一个月了，我可以负责任地告诉你们大家，他讲的关于丛林的故事都是瞎编的。丛林里没有他说得那么可怕和野蛮，我们也是有自己的丛林法则的。这样看来，他讲的那些妖魔鬼怪，你们也应该自己掂量掂量，估计也是他瞎编的！”

“到底是真的假的？”

“比尔迪欧是个骗子？”

“亏我们都那么信任他！”

人们激烈讨论起来，比尔迪欧的脸臊得青一阵红一阵。

“那苏，该去准备放牧了！”村长及时出面打破了这种尴尬的局面。

每天清晨，村里都会安排年幼的孩子去放牛，这是最简单也是最安全的工作，梅苏阿特地向村长给莫格里求下了这份工作，想让他通过工作和交往，尽快融入人类部族中来。

“好了那苏，临行前再给你强调一遍，不要和牛群分开，以前发生过小孩儿脱离牛群去摘花捕虫被野兽叼走的情况，你好不容易回来了，一定得注意安全！”村长拍拍莫格里的肩膀，给了他一根长鞭，“此行你最大，你就当大家的带头人吧。牛，要平安去，平安回。人，更要平安去，平安回！”

莫格里接过鞭子，翻身骑上一只水牛的背，“走了！”然后带着牛群，浩浩荡荡地出了村子。

山头上，灰灰发出狼群特有的叫声，暗示莫格里往水渠的方向去。

“你们！卡米亚，先带耕牛去吃草，我带水牛去喝水，一会儿咱们会合。”支开同行的孩子，莫格里迫不及待地找狼族兄弟接头去了。

“莫格里！希尔汗已经回来捕猎了，他一直在打听你的去处，你一定要多加小心啊！”灰灰又是来给莫格里拉警报的，“最近不知道他在哪里活动，但不管他去哪儿，你都是他的目标，千万不能大意啊！”

莫格里环顾下周围，一片平原，远离丛林，他的警惕性在退化。“我需要你的帮助，灰灰。”莫格里指指山上的石级，“希尔汗走了，你就在黎明时坐在那个石级上，我从村里就能看见。如果他回来了，你就在靠近村子的果树下等我，那样我就不出村子，确保安全，记住了吗？”

“嗯！那我回去侦察了！”灰灰是莫格里狼族兄弟中最亲近的一个。小时候灰灰生病，是莫格里抱着喂草药治好的，他俩是过命的兄弟！

灰灰走后，莫格里躺在树荫下休息，有时逗逗池塘里的青蛙，有时抓抓草地里的蟋蟀，有时扯根线从池塘里钓鱼，有时蹿上树摘成熟的果实。坦白说，这种放牧的工作，真的很适合莫格里，他自在悠闲地游荡在平原上，远比在村里跟大家沟通要容易很多。

村长也是这么想的，他认为莫格里在村里简直就是个定时炸弹，他不按规矩行事、粗暴蛮横的野人作风，让街坊四邻人心惶惶，纵然他比刚来时像个人样儿了，但是他那狂野的目光，依然没有被现代文明征服。

不过有了放牧这个工作，这个狼孩子一早出发，擦黑儿回来，再也不会在村里搅和了，简直不能更安定团结了。

每天莫格里出门看看石级上放哨的兄弟，虽然身体不能在一起，但是他们的心永远团结。每天看到灰灰，莫格里都会很愉悦、很踏实。

月末，莫格里没有在石级上看到灰灰，再看看果树下，一头灰色的狼，正在焦急地等待。见莫格里赶着牛群出来，他迫不及待地靠了过来。

“希尔汗回来了，带着塔巴奎，昨晚在这里观察了一夜。”

莫格里不屑地叼着树枝，轻松地嚼在嘴里，发出吱吱的声音：“希尔汗没什么可怕的，但是塔巴奎，总是出其不意。”

“你不用担心，塔巴奎昨晚就和鸢鹰吹牛说今晚黄昏在村口伏击你，这就是他们的计划。今早老二说希尔汗抓了一头猪，已经吃饱喝足了，在威冈加河里休息呢。”

“我这就带着牛去抄他的后路！”莫格里兴奋地举起鞭子，“我的这帮老牛可不会客气。”

“塔巴奎让他逆流游了好一阵，气味洗得差不多了，我们很难准确地靠近他。”灰灰说，“今早，听鸢鹰说的。”

莫格里皱着眉，塔巴奎这只狡猾的胡狼，真是希尔汗身边有着一肚子坏水的帮凶。

“灰灰，我需要你帮我把牛群分成两部分，咱们这就去河谷，包抄希尔汗，杀他个措手不及！”莫格里准备先发制人。

“我可没有这个能力。”灰灰敬畏地看看这些大牛。他们锋利坚硬的犄角，能瞬间顶破猛兽的肚皮。“不过，我给你带来了一个帮手。”

帮手？莫格里惊奇地瞪着眼睛，还有谁来了吗？他的眼睛又有点儿湿润，等待阔别已久的亲人出现时，人们往往因为过分的期许而有点儿感动。

“阿凯拉！”顺着灰灰指的方向，洞口处出现了深灰色的毛发。那威风凛凛的厚实狼毛，那英俊异常的特有发型，那中间一缕金红色的醒目狼毛，没有哪只狼在莫格里心里如此尊贵，只有那个让他钦佩和敬爱着的老狼王，那个脑中充满了各种策略和计谋的老狼王。

莫格里眼中放着光，嘴角都快咧到耳朵后面了，他三步并作两步地冲上去，一把抱住了老狼王的脖子。“阿凯拉，阿凯拉，我想死你啦，我夜夜都做梦回到了小时候，在狼族有你的日子，是我最快乐和幸福的日子。”莫格里说。

“嘿嘿嘿，小子，学会拍马屁了啊。”阿凯拉也难以抑制地开心。从莫格里舍身救下他之后，老狼王一心想要报答人孩儿的救命之恩。“希尔汗要来了，你有什么对策吗？”

“哈，那当然。”莫格里坐在草坪上，捡起一块石头开始画图，“你们看，希尔汗早晨吃了肥猪之后，肯定是懒得动弹。趁中午他睡午觉的时候，我们给他来个包围圈。我们先把牛群分成两部分，嗯，母牛和小牛一队，公牛和耕牛一队，前后包抄，把希尔汗夹在中间。要知道，牛疯起来是可以碾压一切的。这个无处可逃的瘸老虎，就要葬身在牛蹄之下了。”

“妙！妙计！”灰灰高兴得又蹦又跳，他似乎已经预见希尔汗粉身碎骨的场面了。

“灰灰，一定要小心，牛和驯鹿不一样，他们的力量更大，犄角更锋利，我们在下嘴时一定要注意安全！”阿凯拉叮嘱灰灰，“不要轻敌，牛群是丛林兽族不能靠近的猎物，因为成功率太低，经常为了吃一口牛肉就送了命！我们不是来吃它们而是来驱赶它们的，希望牛群能友善点儿，哈哈。”阿凯拉冲向公牛群，“你来驱赶公牛，我负责小牛和母牛。事实上，母牛为了保护小牛经常会发疯，我只要巧妙地赶走小牛，母牛自然会跟过来，而公牛因为没有保护义务，会相对比较容易驱赶。但是，一定要小心啊！”

“嗷呜！”灰灰发出一声长长的嚎叫，算是吹响了工作的号角。

两只成年公狼像两根绣花针一般在牛群中自如地游走，阿凯拉通过不停地奔跑，把小牛们吓得缩在一起，而母牛们则立刻围在小牛的周围。她们哼哼着，鼻孔放大，吹着气，激起无数黄土，哐哐地跺着脚，好像随时可以出击踩死阿凯拉。

反观灰灰则相对容易，公牛们虽然力气大、脾气粗暴，但是看到成年的雄性狼，还是本能地往反方向躲避。

“现在阿凯拉，你负责赶公牛上山。灰灰，你负责让小牛们到河谷那边。你们聚集在这儿时间一长，牛群就会越靠越近，最后又合在一起。赶紧分开，分开！不要前功尽弃。”

莫格里爬到树枝上，从高处观察更准确，指挥调度也最方便，他站起来比比画画，阿凯拉和灰灰一目了然。他们交换了带领的牛群，各司其职。

灰灰冲到牛群中间，扯住一只小牛的后腿，使劲儿拽，小牛发出凄惨的叫声，母牛像一堵墙一样冲着灰灰压过来。灰灰松开嘴，灵巧地闪开了。“来抓我啊，抓我啊！”他带着愤怒的母牛们直奔河谷的下游。

阿凯拉发出猎杀时特有的吼叫声，公牛们你推我挤地互不相让，迂回地往山上跑去。“前面就是灌木丛了，伙计们，跑到那里就让你们休息！”阿凯拉看到了更利于进攻掩护的灌木丛，决定带牛群过去隐蔽起来。腾起的沙土都快让老狼王睁不开眼睛了，但是他不能懈怠，稍一减速，就可能被身后的公牛踏个稀烂，变成一摊狼肉泥，“呼，岁月不饶人啊。这些年，腿脚都快赛不过疯牛了。”

“啪啪啪啪！”莫格里情不自禁地鼓了下掌，“完美，太完美了，这么大一个包围群，任他希尔汗是神仙也飞不出我的疯牛阵。”他又眺望了一眼躁动不安的公牛群，“公牛快没耐心了，得尽快让牛群发现希尔汗。嗯，我去告诉这只老瘸虎，他狼爷爷来了，让他到包围群自投罗网！”

莫格里找到山谷和下游过风的通道，他双手拢着嘴，气运丹田，大声地喊：“希尔汗，你这个瘸老虎，听说你要来取我的命，来啊，让爷爷看看你有什么本事！”

“你这个不知道天高地厚的人孩儿！”瘸老虎被激怒了，“吼”，发出一声低沉的怒吼！

就是现在！莫格里扭头对阿凯拉做了一个手势。随后，老狼王在牛群后方发出了捕猎的吼叫。牛群受到惊吓，径直往莫格里所在的下游河谷冲了过来。

公牛拥挤着疯狂地跟着牛头领拉玛，以踏平山川河流的态势猛冲过来。他们胀着鼻子，警惕地嗅着前路是否有危险的气味儿。当猛虎吼叫后留下的血腥味儿扎入牛群敏感的鼻息，这群牛更加疯狂，势如破竹地横冲直撞，像洪水一般，涌进狭长的河谷。一些稍微瘦小的耕牛，因为腿脚慢了些，甚至都被其他速度更快更强壮的牛顶飞出去。现在这群牛，不惧怕任何野兽，因为谁挡在他们身前，都得死。

希尔汗怎么也没想到，才吼了一声，就开始地动山摇，脚下的石头因为巨大的颤动造成的撞击而咯咯作响，一如此刻希尔汗不安和彷徨的内心。他想跑，可是他还侥幸地想看清，沙尘背后的这些黑色的犹如泥石流一般的东西是什么，这些像死神一般的漆黑，究竟是什么。

“牛?！”希尔汗的瞳孔可能都要放大了，他隐约看到牛角的一刹那，便撒腿就跑，可是因为想睡个安稳觉，他给自己选的这个地方，太隐蔽，两侧都是几乎垂直的峭壁。而他的正前方，是另一条不归路。一大群带着小牛的母牛，正在警惕地侦察着周边的动静。希尔汗想逃走，就必须得穿过这群母牛，可是谁又能逃过她们的铁蹄。

希尔汗绝望地回过身，伴随着越来越近的犹如炸雷般的嘶吼声，他吼了一声，算是给自己作为老虎的身份，做一个勇于面对、敢于担当的终结。随即，他淹没在拥挤的牛群之中。

莫格里在树上，因为飞腾的沙土，其实什么也看不清，他最后只看到希尔汗转过身就被黄色和黑色吞没。领头的公牛拉玛似乎也摔了个大跟头，不过还是成功地带领公牛群直冲进母牛群，胜利会师。

“阿凯拉，灰灰！赶快想办法让牛群安静，不然他们会自相残杀，他们现在已经杀红眼了，分不清谁是自己人，谁是敌人了！”

“嗷呜！”阿凯拉和灰灰从两侧插进牛群中间，不断地打乱着牛群的方向，最重要的是，他们只要稳住拉玛，就能稳住牛群。“嘿嘿嘿，拉玛，小朋友，都结束了，都结束了！”

“唳！”莫格里听见鸢鹰响亮的鹰唳声。他抬头看天，四五只鸢鹰在河谷上方盘旋，他们的嗅觉和视觉要比人类灵敏很多，所以在一片狼藉之中，他们已经锁定了自己的猎物，一只被踩得稀烂的死老虎。

“阿凯拉！快看啊！我们赢了，希尔汗死了！”莫格里愉快地跑到希尔汉的身边，用脖子上梅苏阿送给他的匕首，开始扒希尔汗的皮。“阿凯拉，我把皮扒下来你就带回去，放在议会岩上，让那些小狼看看你的厉害，也让巴鲁和巴希拉放心，这个笨老虎已经死了，再也不用为我担心了。”

“臭小子，瞧瞧你干的好事儿！”比尔迪欧扛着猎枪，从村里赶过来，“大老远就看见牛群在疯跑，肯定是你小子偷懒，让牛群被猛兽袭击了！嘿！瞧瞧啊！”比尔迪欧忽然瞥见莫格里手底下正在扒着的虎皮，兴奋异常。“这不是那只瘸腿的老虎吗？抓到他可以悬赏一百卢布呢，你真是走运啊，他让牛给踩死了？”比尔迪欧下意识地摸了下自己包里的工具，“快滚开，你不要把虎皮破坏了，等我拿去领了赏钱，给你一卢布买糖！”他说罢，不由分说地拉扯莫格里的胳膊。

“谁稀罕你的臭钱！”莫格里甩开他的手，连头都没抬，“我的虎皮已经有安排了，不劳你操心了！”

“嘿，你个狼窝里的野杂种！”比尔迪欧看哄骗不了，露出真面目，“我是村里最德高望重的猎人，你也配这样跟我说话？！你不过侥幸捡了只死老虎，估计连怎么扒皮都不会吧！告诉你，你一分赏钱也别想得到，别不识好歹，再废话我揍你一顿，让你知道知道我的厉害！”

莫格里心里升腾出一种鄙视，这种人类伪善贪婪的嘴脸简直让他恶心！他继续一边用刀比画着怎么完整地剥下老虎的上肢，一边不耐烦地开口：“阿凯拉，你能不能让这个不要脸的老猎人知道知道，谁才是这只老虎的主人？”

见到有人来就回避在灌木丛中的老狼王听到指令，慢慢包抄到猎人的身后。比尔迪欧感到背后一阵发凉，回过头，迎上阿凯拉冷漠的灰蓝色眼眸，吓得瘫坐在地上。阿凯拉噌的一下把比尔迪欧扑倒在地，流着口水，直勾勾地看着自己的猎物。

“比尔迪欧，我告诉你，这老虎跟我积怨已久，今天我杀了他，虎皮自然是我的，你不要妄图打什么馊主意。”莫格里从牙缝里挤出这句话，已经算是给比尔迪欧最后的警告。

“丛林之王，你……你……你。”猎人有点儿胆怯，他怕他说错话会被莫格里的动物仆人吃掉。猎人里最擅长编故事的比尔迪欧，觉得莫格里就是丛林里会法术的怪物，不然一个十几岁的小孩儿，哪里来的这么大胆。也许他也是什么老虎豹子的幽灵附体，想到这儿，比尔迪欧摸摸自己怀中祭司大人送的护身符，开始默默祈祷：“看在我们都住在一个村子，我……我……我……我以前对梅苏阿也很关照，你……你……你能不能放我回……回去？”

“哈哈哈哈，”莫格里仰天长笑，“你走吧，以后不要在村里讲那些你瞎编的故事，也不要再打我的主意，不然，我随时可以要了你的命！”

“是，是，是，是。”比尔迪欧屁滚尿流地跑回村子，他内心中已经构思好了一个莫格里就是丛林魔鬼化身的可怕故事。于是，他连家都没回，直接去找大祭司了。

莫格里收拾好虎皮，对完整性很是满意，他瞥了眼灰灰，又看了看阿凯拉，内心从未如此平静。从小希尔汗就像是他的一个噩梦，他吃了那么多苦，学了那么多知识，就是为了有朝一日可以战胜他，杀了他，从此再不用担惊受怕。

“哟呵！”莫格里扬着手，转着圈儿地甩着手里赶牛的鞭子，“回村喽！呵呵！”

阿凯拉没有走远，而是静静地、远远地藏在牛群后面。经过刚才老猎人对莫格里的态度，他隐约觉得人孩儿待的这个村庄，也处处是陷阱。这人心可比动物世界的争夺要险恶百倍，莫格里这样没心眼儿的单纯孩子，怕是要吃大亏。

“看，那个妖怪回来了！快点儿攻击啊！”比尔迪欧在村落的墙头上大喊，“这个妖怪又变成人形了，我刚刚亲眼看见他变成一条巨大的黑蛇，咬死了那只老虎！老虎的冤魂要回到咱们的村子里索命的！千万不要让他回来！快点儿把他轰走啊！”

莫格里瞪圆了眼睛看着这一切，刚刚得胜解脱的喜悦一扫而光。他心里不明白，比尔迪欧怎么会这么卑鄙，自己明明饶了他一命，他怎么会如此倒打一耙？看着打过来的石块和木棍，看着平时还算客气的邻居们歇斯底里的恐惧和不分缘由的攻击，莫格里觉得既可悲又可笑，他们的愚昧让莫格里心寒。

“砰！”枪响了，一头小牛痛苦地在地上打滚儿，莫格里愣愣地看着牛，大脑放空。他总是以为，自己瞧不起人类，也不喜欢人类，他不喜欢这个村子里的一切，可是当他们又一次把他拒之门外的时候，他的心，竟然会隐隐作痛。

“看，他又施妖法了！”比尔迪欧大喊，“我明明瞄准了他，他却让子弹拐弯了，还打中了我自己的牛！他这个妖怪！”

“快点儿滚，你这个狼崽子！”

“快点儿滚，你这个妖怪！”

人们的咒骂和石块像雨点般打来，莫格里都没有躲，还是有点儿发呆。

“你们看他的法术多么高明，他用法术保护了自己，让我们打不到他！”比尔迪欧的谎话越来越多了，可能说得他自己都快信以为真了。

“莫格里！你在犹豫什么，这群人在驱逐你！你还在傻坐着干什么！”阿凯拉冲过来打醒发呆的莫格里。

“你们看，那就是他手下的狼仆人！刚刚我差点儿就丢了性命！”比尔迪欧看见阿凯拉，立马又借题发挥，谎话竟然越说越圆了。

“不，不，不，不！”梅苏阿踉跄地扑到众人和牛群中间，“他就是我的那苏，他就是我被那只老虎抢走了十年的儿子那苏啊，所以他回来了才会杀死那只老虎，这是仇恨的力量啊。不要打他，求求你们了，停下吧！”梅苏阿刚刚被大祭司找人看管住。大祭司本想如果莫格里反抗得厉害，就拿梅苏阿要挟他，看到这个狼孩儿没有什么过激行为，才放松了看管。

梅苏阿泪流满面，她心里知道，也相信，莫格里就是她的那苏。可是现在，她也不能保全他，因为大祭司说她的儿子是丛林里的男巫，他要吃了村子里的所有人。“那苏，我的孩子，我的孩子……”梅苏阿心里有万语千言，可是她不知道如何开口，“快点儿逃走吧，快点儿走，他们要杀了你啊！”梅苏阿不敢再过多地联络感情，没有什么比性命更重要。只要活着，他们就能再见。无论天涯海角，她只要他能平安地活着，就够了。

“快回来，梅苏阿，你疯了吗？你被恶魔蒙了心了！再不回来，我们对你也不客气了！”又一阵雨点般的石块打过来，梅苏阿还是痴痴地望着莫格里，她知道自己已然无从保护这个孩子，那么就让她再多看他几眼，好让此生永远不会忘记。

莫格里狠下心咬咬嘴唇，梅苏阿的目光，让他仿佛看到了临行前狼妈拉卡莎殷切的目光，是那种只有母亲看孩子才有的目光。他回头望望灰灰和阿凯拉，点点头。

“嗷呜！”老狼王发出一声长长的嚎叫，温顺的牛群又仿佛被电击了一般，疯狂地朝村子的大门奔去，人们的防线瞬间被牛群冲溃，而莫格里并没有跟进去，而是跳下牛背，留在了原地。

他扶起梅苏阿，努力地微笑，想让一切看起来轻松一些。“梅苏阿，谢谢你对我的照顾，把我忘了吧，我就是村民夜晚树坑下的一个故事，一个丑陋的丛林恶灵的故事。不过，我结果了当年杀了你儿子的老虎，我也不欠你什么了，那么，再见了。”

莫格里头也不回地朝丛林的方向走去，他用头顶着希尔汗厚重的虎皮，阿凯拉和灰灰则安静地跟在他身边。

“那苏……”身后的梅苏阿悲伤地瘫坐在地上，老泪纵横。

“我以为你会把村子夷为平地，要知道他们那样对你，我很愿意助你一臂之力！”阿凯拉极度厌恶人们对待打虎英雄的方式，如果在丛林里，这就是一场种族间的大战，非得拼他个你死我活。

“梅苏阿对我很好，阿凯拉，我们进去杀了人，她还怎么待下去生活？人们会迁怒于她，我不能给她什么回报，就送点儿安宁和平安吧。”莫格里述说着自己的理由，“我也不喜欢这个监狱一样的人类村子，破规矩那么多，狡猾的人也那么多，我想回家，想狼妈，想巴希拉和巴鲁，我们快点儿回去吧。”

走了足足两个小时，莫格里回到了他记事儿起就生活的洞穴，这个他朝思暮想了几个月的地方。“妈妈，我回来了，我让人当狼崽子给轰回来了。”他苦笑着，“不过，你看看这是什么。”莫格里把虎皮往地上一扔，“再也没有希尔汗了！”

“莫格里？是你吗？”狼妈不敢置信地从洞里走出来，身后跟着四个小狼崽儿，她看看莫格里，看看虎皮，“从他第一次到洞口向我索要你的那一刻起，我就知道，这个丑陋的瘸老虎有朝一日，一定会死在你手上！太棒了，我的儿子，妈妈为你骄傲！”

“瞧瞧这儿热闹的，敢情是莫格里回来了啊！”巴希拉特有的男低音贯穿丛林，直达莫格里的心房。黑豹看看地上血淋淋的虎皮，“知道吗？小人儿，有个重要的事得先办！”

莫格里、巴希拉和阿凯拉带着虎皮来到议会岩，把虎皮铺在了当年阿凯拉还是狼王时常坐的那块岩石上。

“嗷呜嗷呜！”灰灰发出了狼族开会时特有的召集口号。他让声音更加洪亮，以确保周围的狼群都能听得见。

不多一会儿，狼族都朝议会岩聚拢而来。

莫格里发现，仅仅几个月，狼族和当初有了很多不一样的地方，有很多狼受伤了，耳朵耷拉着，垂头丧气，一蹶不振的样子，绝大多数老狼饿得皮包骨头，恐怕很久没有吃东西了。

“狼族兄弟们，大家仔细看清楚！”阿凯拉站在希尔汗的虎皮上，一切已无须赘述，希尔汗被牛蹄踩踏得面目全非的头颅，耷拉在血迹斑斑的虎皮上，全无霸气，只剩凄惨。

“我走时曾经说过，我会杀了这只老虎，我说到做到！”莫格里赤着脚在虎皮上跳着自创的舞步，“现在你们还要拥护这只没用的老虎吗？他像一只死狗一样趴在那儿，你们该向阿凯拉下跪！”

“阿凯拉！阿凯拉！阿凯拉！”狼族爆发了整齐的拥护之声，“阿凯拉，请你继续领导我们，让我们过上丰衣足食的生活吧！”

“那可不行！”巴希拉站到阿凯拉身边，“今天你们没饭吃就喊阿凯拉一声王，明天你们吃饱了，是不是又要背叛阿凯拉呢？狼族的荣誉是需要你们自己争取的，今后看你们的表现了！”

“是！”

“谢谢阿凯拉！”

“以后又能和阿凯拉一起捕猎了，太好了！”

狼群里爆发了大家热情的附议声，在对比了没有狼王独自狩猎的日子后，每一个年轻的狼族成员都明白了，狼族的战争，单打独斗是要饿肚子的，必须团结在一个拥有绝对智慧的狼族首领身边，才可以提高狩猎的成功率，才能保证自己的生存。

“怎么了，莫格里？”狼妈看到莫格里似乎有点儿不开心。

“我在狼族，大家说我是人孩儿排挤我；我在人类中间，他们又说我是狼崽子排挤我。哈哈，我都不知道我算什么了，我以后就自己打猎好了！”

“别怕莫格里，你还有我们！”四只幼狼从狼妈妈身后挤过来，“你就是我们的大哥了，以后我们一起捕猎！”

“好！”莫格里开心地搂搂这只抱抱那只，他看了看狼妈，笃定地说，“他们跟着我，你放心，我能让他们丰衣足食！”

狼妈点着头说：“你们都是我的孩子，本就应该在一起生活，去吧，我的孩子。不论什么时候，我都会在家等你们；不论什么时候，安全是第一位的！”

从此往后很多年，莫格里和他的四个狼族兄弟，过着吃喝不愁、无忧无虑的生活。

第四章　稀有的白海豹

接下来的故事，离开习欧尼山，来到东北岬。

我在轮船的甲板上吹着海风，傍晚时候的甲板上没什么人，因为风浪太大，站都站不稳。附近隐约可以看到很多海豹，确实，在东北岬这种地方，这种季节，除了栖息于此地的小海豹，似乎再没有什么别的动物了。

忽然一个黑影朝着我的脸飞过来，我本能地一躲，用手一扇，黑影咣当一声，摔在绳索附近不动了。

我凑近看见是只昏迷不醒的小鸟，浑身棕色，大约10厘米长，尾巴又短又窄，翅膀上有棕黄和白色的横斑，好像是丛林里一种叫冬鷦鹩的鸟。我捧起他，不知道他是怎么像炮弹一样飞来这儿的，但是见他没断气，还是准备带回房间救治一下。

回房间，我把台灯打开对着他，这样会比较温暖，用面包屑试着喂他。嗯，不错，小家伙儿生命力还比较顽强，真的活了过来。他说他叫利莫森，是只有一肚子故事的话痨鸟。

利莫森的故事要从勇猛的海卡其说起。海卡其是一只巨型灰海豹，每年春天都会到东北岬争夺领地。他身上布满了打斗后留下的伤痕，但也都是他的骄傲，海卡其认为这些伤痕就是他的累累功勋和战斗勋章。在其他海豹眼里，海卡其在水里就是横冲直撞的鱼雷，而在岸上又是动作迅猛的雷霆闪电，他锋利的牙齿总是能率先咬住敌人的颈部，然后再将其狠狠地摔到地上。

有时也有幸运的海豹，在这致命的一摔后还能勉强站起来，这一站，就是自救。因为根据海滩法则，失败后还能站起来的海豹，另一方必须放他走，不能再战。当然，每一只海豹都有求生欲，但不是每一只海豹都能站起来。

海卡其肩胛上长着厚厚的鬃毛，就像围脖一样，在打斗时可以有效地保护颈部，因为当牙齿咬上鬃毛的时候，还没来得及嵌入肉里，就因为打滑而脱落了。相反，海卡其的犬齿特别发达。当他捕猎时，总是稳、准、狠地咬住敌人，他是海豹群中赫赫有名的战斗狂。

不过，哪怕是战神又怎样？海豹是一个战斗种族，他们每年春天为了在海岸上争夺一个育儿窝，能打上几天几夜，四五万只海豹在站都站不下的地方，拥挤着，咆哮着，场面惊人。

战斗是为了给雌海豹占领一块生儿育女的栖息地，无论是平滑的岩石，还是酷热的沙滩，都是值得争夺的好地方。甚至有些经验尚浅的海豹，在涨潮的海里就开始打，为了自己的妻儿不至于刚出来就被其他的海豹撕成碎片。可是在浪里浪费了太多的体力，他们刚一上岸，就又被别的敌人打败了。

这一年，海卡其打了四五十场架之后，终于等来了自己的女神。“嘿，瞧瞧你！”海卡其对待自己的老婆也是一样，用牙叼着她的脖子，拎到窝里，“你就没有一次能早到半个月！”

玛卡特没理会海卡其的抱怨，因为海豹在争夺地盘的数月内是不吃东西的，这种时期他肯定脾气暴躁，一两句说得不对茬儿，就得打架。玛卡特只顾在窝里不停地挪动身体，找着舒服的姿势晒晒太阳，相当休闲。

“这个月我什么都没干，就是打架啊，一茬儿架接一茬儿架，打得我都找不到北了。”海卡其卖弄着自己的战功，“有好多都没见过的海豹，肯定不是东北岬本地的。这些外来海豹为什么就不能在自己的地盘里找合适的育儿场所，非得来这儿挤破头！”

“你还说呢，我不是也劝过你，咱们也挪个地儿，到沃特岛是不是比这里好些？”玛卡特其实也是心疼海卡其的，每次看到他伤痕累累的样子，玛卡特都恨不得明年不生了。可是第二年开春，海卡其就跟打了鸡血一样亢奋，直奔东北岬，拦都拦不住。

今年，海卡其伤得更重了，一侧的眼睛都快瞎了，眼眶向下裂着，眼球有点儿突出，后背上足足二十条渗着血的伤口，侧肋上的伤口更大，肉皮都翻着，估计得养上两三个月。每每看到这些，玛卡特都特别心疼。

“沃特岛？你快断了这种念想，他们会嘲笑我的，活了15年，让人戳脊梁骨？”海卡其是只爱面子的海豹，他打架有时是为了荣誉，而去沃特岛，颜面尽失，“那种潦倒的单身汉栖息的小岛，可容不下我这么大的神仙。”

“得，得，得，得，你真是最英勇的海豹，真应该给你发个奖章！”玛卡特不再坚持，“看着你血淋淋的，我也很心疼啊。”

“你就只管享用，好好哺育我们的孩子吧！”海卡其把头低埋在胸口的鬃毛里假装睡觉，实际上仍然保持着警戒。

很快，海豹妈妈们相继生产，岛上更加拥挤。这个季节，东北岬到处都是浓浓的白雾，但是相继出生的小海豹，就是岛上各个家庭心目中的阳光。

“嘿！海卡其！快来看啊！”玛卡特大声喊着，“天哪，天哪，我的天哪！”

海卡其以为发生了什么天大的事情，赶忙来到窝前，看到了自己的孩子，柯提卡，又圆又水的大眼睛，透着海洋的颜色，但是身上的皮毛，却是灰白色的。

玛卡特紧张兮兮地望着这个孩子问：“你说，这个毛，长大了不会是只白海豹吧？”

“哈哈哈，开什么玩笑？”海卡其笑嘻嘻地和自己的孩子互动起来，“你见过白海豹吗？那都是儿歌里瞎编的。我小时候毛也是灰白色的，这不，长大了不也是地道的灰皮！他就是有点儿浅，别紧张。”

玛卡特怀疑地看着小柯提卡，这会不会是海豹群里的第一只白海豹，真不好说，她可没有海卡其那么乐观。

玛卡特每日在海浪里捕鱼，而海卡其依然为了各种理由打架，小柯提卡靠在妈妈的怀里边吃着鱼边看爸爸打架，就像剧院里捧着爆米花看电影的小孩儿。每当海卡其使用了什么绝招，玛卡特就立刻把招式的要点教给柯提卡。

岛的中心陆地是新生的海豹宝宝的乐园。他们吃饱之后，都要聚集到那里去晒晒太阳，娱乐嬉闹，无忧无虑。

不捕鱼的空当儿，玛卡特会教给柯提卡一些生存的技巧。“你还太小，记住，不论你觉得大海有多么好玩儿，一定不要下去。等秋天来了，妈妈会带你下海尝试的。这之前，你记住，千万记住，你不能下海。你进去就会找不到北，大头朝下不说，遇见一只虎鲸，命都没有了！”

柯提卡无聊地在泥坑里打着滚儿，享受着短暂的童年时光，并没把妈妈的告诫装到心里去。

小海豹们有时候会到海边比试胆量，看看谁敢下水游泳。作为海卡其的儿子，柯提卡肯定是自告奋勇。“我的爸爸是海豹战神，我从娘胎里就会游泳了，你们看着！”说罢，一个纵身跳进浪里。

柯提卡起初尾鳍还能沾着地，他得意地扭动着身体，招摇地和岸上的小海豹打招呼：“看见了吗？服不服？服……”

一个大浪打过来，瞬间淹没了柯提卡的头。他的身子头重脚轻，像一个纺锤一下坠落下去，翻到海里的一刹那，和妈妈说的一样，头冲下脚在上。柯提卡慌忙地挥舞着上肢，可是毫无作用。

又一个大浪把惊慌失措的柯提卡送回岸边，自此，让小海豹懂得了对大海要保持敬畏。

玛卡特给柯提卡在浅滩凿了个大洼坑，小海豹整天躺在里面学游泳。当浪来的时候，柯提卡就挥舞着前鳍，模仿着妈妈的姿势练习；困了就爬到沙滩上打个盹儿，醒了继续练习。从被小浪打得直咳嗽，到大浪来了还能自如地扑腾两下，柯提卡惊喜地发现，他已经可以驾驭海浪了，他已经学会游泳了。

柯提卡就是这一辈小海豹里的明星，小小的他总是在浪花里跳舞，即便有时虎鲸格拉普斯近在咫尺，他也会在浪尖上和虎鲸玩捉迷藏。他会随着浪的力量，直接拍在光溜溜的岩石上，然后用尾巴站立起来，一边用前鳍轻抚着额头，一边扭身回望着大海，俨然一副海洋之子的姿态。

十月末，成群的海豹相继离开东北岬，往深海进发，他们再也没工夫打来打去，海卡其也难得清闲起来。而单身汉们依然在自己喜欢的时间，干着自己喜欢的事情。

“我真羡慕单身汉海豹，妈妈，他们想干吗干吗，多自在！”

“别着急小傻瓜，明年的今天你就是单身汉了。”玛卡特笑呵呵地看着天真的柯提卡，“不过你今年一定得学会捕鱼哟！因为明年你就得自力更生了。来吧，跟着我！”

玛卡特像一根小麻花一样旋转着蹿进了海浪里，自如地游着，一会儿仰躺在海面上睡觉，好像舒缓的波浪就是她的摇篮；一会儿撅着屁股或挺着肚子，在海里翻腾打滚儿。

“妈妈，我的皮很不舒服！”柯提卡的皮肤像被无数根小针扎一般，又疼又痒，他必须不停地扭动身体来缓解这种刺痛。

“不用怕，那是大海在跟你打招呼。”玛卡特教导着孩子，如何乐观地看待一切，“仔细体会，我的宝贝，这种刺痛里有时会连带着很多信息。走快点儿，咱们得追上波帕伊斯。”

“好嘞！”柯提卡摇曳着身子，噌噌噌噌地超过了很多今年春天出生的小海豹，一直到了最前端。“嘿，波帕伊斯，我的妈妈说我们要跟着你，为什么？你是海豹里最聪明的吗？”

“呵呵呵呵呵，”波帕伊斯笑出了声，他多爱听新生代的小海豹们的恭维话啊，“我只是比较喜欢总结经验，小朋友。你有没有感到身上的刺痛？”

“有啊，有啊。”柯提卡兴奋地附和着，“你也有吗？”

“当然，仔细体会，如果尾巴尖有很明显的扎扎的感觉，说明我们的身后即将到来一场暴风雨，明白吗？宝贝，拼命游起来吧。”

柯提卡摇头摆尾地跟着，他是一只对学习特别感兴趣的小海豹，他有着超乎寻常的好奇心。

接下来的六个月，柯提卡的身子再也没有接触过陆地，每一天，他都潜在海底观察和学习捕猎的知识。起初，他会跟在妈妈身边，学习玛卡特的捕鱼经验，他们一起围捕鲜美的鳕鱼，一起冲散比目鱼群，一起搅捣鱼洞。

但是很快，柯提卡对传统的捕鱼丧失了兴趣。当听说一些单身汉海豹打算去沉船里寻宝，他的好奇心瞬间被点燃，悄悄地跟在他们身后游来游去。生平第一次见识到了沉船的残骸，上面长满了青苔和海藻，当然还有丰富的鱼群。柯提卡激动地跟上去，学着小鱼们在舷窗间穿梭。如果把小鱼比作飞驰的子弹，那么柯提卡便是深沉的鱼雷。

每当暴风雨来临，柯提卡都会先感受尾巴上的刺痛，然后静静地等待，以此总结出由刺痛到暴风雨来临的时间差，静静地感受疼痛和暴风雨级别间的联系，很快他的经验就高过了老练的波帕伊斯。当海平面开始规律地闪电，柯提卡便时而在浪尖舞蹈跳跃，时而埋头游着，像是要跟闪电赛跑，在雨季的数月里，也玩着相同的游戏，一直幸运地没有被雷电击中。

在学习的漫长时间里，海豚教会了他怎样跳跃，信天翁教会了他怎么打招呼。柯提卡尝过满身是骨头的飞鱼，每天在和鳕鱼的竞速中训练自己的速度和准确度，如今他的捕鱼成功率已经超过了妈妈玛卡特。在极速追赶的情况下，他能够一口咬住猎物的肩胛骨。这种技巧，一般的海豹至少要练习三年五载。

终于到了第二年的春天，柯提卡想起了他的出生地——东北岬。那软绵绵的沙滩，光滑的岩石，自由栖息的中心陆地，还有雄性海豹的打斗声。那种与生俱来的争先精神，让柯提卡再也不想懒散地待在胡安费南德兹岛群了。他果断地启程，向四万千米外的北方游了起来。

“柯提卡，柯提卡！”路上，几只跟他有一样想法的年轻海豹，看到他说，“你也要去诺瓦斯托什？”那是东北岬的另一个普遍叫法，“我们一路吧！”海豹虽然爱打斗，但也是群居类动物，“柯提卡，你去哪儿弄的这个颜色的皮？我也想弄一个！”

柯提卡幼年时那些让妈妈非常紧张的灰白色皮毛，经过一年的海洋冲洗和皮毛更替，已经正式显露出了白色的面貌，这个不同于所有海豹的特殊的样子，让柯提卡非常骄傲，“我这可是天生的！”

渐渐地在雾气中，那些争夺地盘的打斗声越来越大，新的单身汉海豹的父辈们又在海岸上开始了一年一度的地盘争夺，而这些游了几百里才上岸的单身汉们，更渴望夜幕下的火焰舞。

这些一岁出头儿的小海豹，莽撞地在东北岬和卢卡农之间的路上跳舞嬉闹，他们留下的尾迹和摇曳的火光相映生辉，是那样的灿烂和闪亮。从夜里一直折腾到黎明，从闪光的火红滚到麦浪的金黄，他们互相吹着牛皮，讲着这短短一年内遇到的大小事情，讲述最震撼的捕鱼场面，讲述最惊险的冒险经历，深得没底儿，宽得没边儿。

“听听快听听，这些一岁的小家伙儿们再聊下去，天都装不下他们了吧。”一群三四岁的年长海豹，实在是听不下去了，“开始说得还靠谱，越吹越没边儿了啊。好家伙，呵呵！”

“小孩儿们，大海可深着呢，深不见底啊，等你们有胆绕过了霍恩角再说吧。”另一只大海豹也不耐烦，“嘿，那个小家伙儿，你哪儿弄了这么身儿皮毛？”

柯提卡看看周围被笑话的小伙伴，觉得自己特别自豪，他昂起头，站起身，大声回答：“没哪儿，天生的！”然后他瞥见沙丘后面有两个影子，“是人！”他紧张地喊叫。因为这是他第一次看到人，没有谁跟他讲过关于人类的故事，他有一种本能的恐惧。

当然，来的人足以让他恐惧，因为领头的年龄稍长的，正是岛上村子里的海豹猎人克里克，和他同样身手不凡的儿子帕特拉蒙。他们来，就是看中了这群单身汉，看中了他们发亮又健美的皮毛，准备送他们进自己的宰杀圈。

“爸爸，”帕特拉蒙靠近父亲，压低声音，“这儿有个白海豹！”

克里克没出声，就是看着柯提卡发怔，他那布满油污的脸上因皱眉而出现了很多褶皱，“真是晦气！”他指了指另一条路，“离这家伙远远的，我长这么大从来没见过白海豹。我有种预感，这家伙很可能是扎哈罗夫的鬼魂变的。他去年风暴坠海后，活不见人，死不见尸，很可能是他回来报复大家了！”

帕特拉蒙打了个冷战，顺从地沿右侧靠近小海豹们。“今天我们赶一百只好了，这批工人是新的，估计也处理不了那么多皮毛！”说完，他从挎包里掏出两块海豹的肩胛骨放在手中，不停地敲击着，发出咔咔咔的声音。海豹们好奇地瞪着圆溜溜的眼睛，咕咕咕地发出议论的声音。

“呼呼呼！呼呼呼！”帕特拉蒙矮下身子，用双臂拢着海豹们的退路，往内陆的方向，慢慢地驱赶他们。海豹们并没有痛苦或恐惧，他们因为无知而无所畏惧。他们依旧欢快，似乎准备赶赴下一场单身汉的盛宴，他们一路上都不曾留恋地回头。

柯提卡的第六感告诉他，这两个人可不是简单地带海豹们去玩儿的，他焦急地找到那些四五岁大的单身汉海豹群，大声疾呼：“有人把他们抓走了，你们快帮帮我，我们去救他们好不好？”

无声的沉默，麻木的寂静，海豹们连一个屁都没有放。

柯提卡愤怒地扭头，他的眼睛因为焦虑和愤怒都有点儿突出了，“我必须弄个明白，我必须弄个明白！”

“爸爸！爸爸！”帕特拉蒙声音有点儿发颤，“那只白色的海豹在跟着我们。天哪，该不会是扎哈罗夫找我要欠他的那几个海鸥蛋吧。”帕特拉蒙的话把自己说得都毛骨悚然了，可是事情又确实邪门得很，谁见过自己去屠宰场的海豹啊！

“别看它他，儿子别回头，别和他的眼睛对视，当心他看穿你摄进你的魂魄，这家伙一定就是扎哈罗夫那老东西，回村里一定要找大祭司报告这件事！”克里克也很紧张。他真想干脆撇下这群海豹跑掉，可是眼看已经走了一多半路程，他又舍不得这些即将到手的海豹皮，只能硬着头皮哆里哆嗦地往家走。

屠宰场离内陆并不远，但是因为海豹不能走得太快，克里克必须压低步速，不然一旦海豹群躁动起来，皮就不成形了，也就白费劲儿了，还得赔上请工人的钱，这可是一大笔。两个熟练的猎人引着百余只肥硕的海豹，平安地抵达了萨尔特，一个在海豹心里遥远得像世界尽头的地方，也将是终结他们生命的地方。

柯提卡静静地看着这些海豹休息，平静得就好像人们只是需要他们来当自己的宠物。海豹们在草坪上打着滚儿，伸着懒腰，歇歇脚，一片轻松。事实上，克里克让他们休息，只是为了给赶路的海豹降温，为了得到更好的皮毛。

不一会儿，十几个工人提着工具走了过来，柯提卡在远处发出警告声，可惜被海豹群的吼叫声淹没了。克里克细致地筛选着海豹，那些身上有疤或体温过高的海豹被他一脚踢开，清点一下剩余海豹的数量。他说：“开始吧！”

柯提卡接下来看到的事情，令他终生难忘，也将是他难以抹去的噩梦。年轻的工人手持木棍，凶狠地击打每一只毫无还手之力的海豹头部，砰砰砰地发出死亡的号角，悠闲的海豹可能连眼皮都没有抬起来就被敲得头破血流。之后，他们的皮被从鼻尖扒到后蹼，一个个血淋淋地被扔到一边，堆成小山。

柯提卡被这种血腥的场面吓坏了，他站立着的后肢瞬间发软，他一个滚儿就滚下了山坡，他的心理防线崩溃了，他就想赶快回到海里去，只有大海才能保护他。柯提卡跌跌撞撞地跑到最近的可以跳进海里的岩石上，纵身一跃。当身体接触到海水的一瞬间，他安全了。

“嘿嘿嘿！怎么有只海豹混进来了！”

柯提卡慌不择路地跳进了海狮的领地，按规矩，这里只能有海狮，不能有海豹。“求求你，我很害怕。我看到了人类在屠杀他们，那些可怜的单身汉，人类扒了他们的皮。哦，太可怕了！真的太可怕了！”

“这么说，你一定是看到了克里克把海豹们扒光了？可是他已经这么干了三十年了，小伙子！”海狮们的领地紧邻萨尔特，每年的这个时候，他们都会看到猎人们杀海豹取皮的过程。

一个大浪拍向惊恐的柯提卡，他顺势往更远的地方逃命。

“你知道吗，小孩儿，你已经很勇敢了，”一头海象在岩石边跟他搭讪，“海豹们一开春就成群结队地往这儿来，当地人自然知道。他们用自己的方式驱赶你们，也在利用你们发大财。你得慢慢接受这一切，除非你找到一个没有人类的岛屿，才可能绝对安全。”

柯提卡相当激动，他脑中还在闪现刚刚目睹的一切。他迫切地问道：“有这样的地方吗？我要去那里！”

“反正我活了二十年，是没见过也没听过。”老海象给小海豹的热情浇了盆冷水，“不过你可以去海象岛找海维奇谈谈，他见多识广，说不定能给你指条路！”

柯提卡兴奋地往他的居住地游着，海象岛离这儿还太远，他得回去休息一下再出发。

可是受到惊吓的柯提卡睡了一个最差的午觉，血腥的场面出现在他的梦中，导致他的身体在睡眠中时而颤抖、时而抽动。仅仅半小时，柯提卡就再也睡不着了。他一刻不停地跳到海里，往六英里[①]外的海象岛进发。

那是一个地势低矮的小岛，到处是岩石，老海维奇像一摊烂泥一样靠在岩石边休息，任由小鸟在自己的身上吃着浮游生物。

“起床啦！”柯提卡冲着海维奇大喊一声。

“呵！谁这么大胆子！”海维奇惊醒了，他一把拍醒了睡在旁边的另一只海象，“把大伙儿都叫醒！看看这是个什么东西，我的视力最近可是退化了不少啊！”

“是我！一只海豹！”柯提卡挺起胸脯，“看这里，看这里，我是来请教你，知不知道哪个岛屿既可以让海豹休息，又没有人类居住？”

“我哪儿知道，天知道，就为这么点儿事打扰我睡觉。”海维奇说完，眼皮又有点儿睁不开了，“走开，走开，我正忙着呢！”

“老家伙，老家伙！”柯提卡暴躁地翻入水里，“吃一辈子蛤蜊的老家伙，你就烂在这儿好了！”

“咳咳咳！年轻人怎么这么浮躁！”海维奇闭着眼打断他，“去问海牛！他知道答案，如果他还没死的话！”

---

①1英里约1.61千米。——编者注

“我去哪儿找他？我怎么知道谁是海牛？！”柯提卡兴奋地拍打着水花，他从来没有听说过海牛，他只想快快领了线索，随时准备出发。

“哦，那家伙比海维奇要丑上一百倍，你一眼就能认出他！”小北极鸥插句嘴，也好显得自己见多识广，“他叫斯塔利克，海洋里有名的臭脾气！”

“谢谢！”柯提卡激动地返回了自己的栖息地，找到了更多的单身汉。

“你们知不知道，早晨那两个人把大家带去了哪里？”柯提卡绘声绘色地讲，“那里有更多的人类，他们敲碎了单身汉们的头盖骨，扒下了他们的皮！海狮们说，人类这样驱赶我们已经三十年了，我们不要在这里继续冒险下去了，我们去找更安全更舒适的地方吧！”

“我们在这里出生，这里就是最适合海豹生存的地方啊！”其他的海豹并不能理解柯提卡经历的恐惧和此时的迫切，他们不想走。

同样不能理解柯提卡的，还有他的父母。“每年我都要来这儿为你的妈妈打出一个育儿窝，让你们有个舒服的地方出生。我的孩子，我们在这里十几年了，这里更适合我们一家！”

“是啊，儿子。”玛卡特安慰道，“去海里玩儿吧，宝贝，忘了这些屠杀，去玩儿吧！”

柯提卡沮丧地跳到海里，心里沉甸甸的，没有人能够理解他，但是也没有人能够阻止他。在秋天的某一天，他独自出发去找寻内心的平静了。柯提卡的目标就是找一个简单的小岛，有明朗柔软的沙滩，没有人类的驱逐和打扰，让海豹们可以平安地栖息和生存。

可是从北太平洋到南太平洋，一无所获，包括那只传说中的丑海牛，都没找到。

柯提卡以为很多岛屿是合适的，当他仔细检查的时候，都发现了海豹生存过的痕迹。那些不远处冒着的浓烟和周围往来的渔船，都让柯提卡不寒而栗。

漫长的时间并没有消磨柯提卡的斗志与希望，尽管每当他回到东北岬都会被单身汉嘲笑，他们说柯提卡要找的不过是一个他幻想出的岛屿，这一生找到死，也不会有这样的岛屿，否则数十年来，海豹、海狮和海象，为何都挤在东北岬这个小地方，还要为一个育儿所打得头破血流！

这些冷嘲热讽几乎打碎了柯提卡的信心，可是他只要还有一丝信念，仍旧马不停蹄地寻找，不放弃，不妥协。

一天，柯提卡路过了一个满是绿树的小岛，虽然很小，但是他仍旧抱着希望，上岛去考察一番。

“善良的朋友，请你帮帮我。”循声望去，柯提卡发现了一只苍老的公海豹，卧在沙坑里，他的鬃毛已经快要掉光，看上去生活得十分艰难，“我已经几天没有吃饭了，你能不能帮我打条鱼吃，我的眼睛都瞎了，我真的不能自食其力了。”

“当然可以，老先生。”柯提卡扭身下海，娴熟地捕获了一条肥硕的鳕鱼，“请吧！”

“你是我遇见过抓鱼最快的海豹啦！”老海豹恭维着柯提卡，也许他一会儿还需要柯提卡再帮着多抓几条鱼呢，“这个小岛一周都没有一只海豹经过，更别提上岛了，你为什么跑到这个小岛来呢？”

“我？”柯提卡有点儿不好意思，“我想找到一片净土，一片适合海豹栖息又没有人类捕杀的净土。我找了很多年了，一无所获，大家都在笑话我傻呢。”

“不不不，你不傻，你可不傻。”老海豹吃着鱼的嘴巴停下了，若有所思，“很多很多年前，当我还是个小伙子的时候，海滩上曾经流传着一个传说，说早晚有一天，北方会有一个一身洁白的海豹天使，带领大家到一片无忧乐土，物资丰富，远离杀戮。所以小伙子，你不要气馁，你找不到，你的儿子会找到，你的儿子找不到，你的孙子会找到，这个世界上肯定有一个海豹乐园在等着我们去享福呢，不要放弃。”

柯提卡听完，看着自己那一身雪白，顿时信心倍增。也许，他就是命中注定要完成这项使命的海豹。

“孩子，给我讲讲你的经历吧。在寻找的路上，你一定吃了不少苦吧，有没有什么记忆犹新的事情。我这一把老骨头，就爱听故事。你给我多说说，多说说，我再躺一个月也不觉得闷。”

“惊险的事情太多了，哈哈哈！”柯提卡一下打开了话匣子，长久以来，他都是独自体味着一切，今天，第一次有一位听众，可算能倒腾倒腾一肚子的惊险了。“我出来寻找已经四年了，去过数百个地方，数百个岛，我一个昼夜就能游三百英里[①]。你想想，我去过了多少地方！斑点鲨围攻过我，双髻鲨险些咬到我，暴风雨来临的时候，我差点儿从岩石上摔得粉身碎骨，太阳好的时候，又几乎在沙滩上被烤死，真的是九死一生啊。”

曾经柯提卡以为自己的故事可以讲上三天三夜，可是当他真的面对自己的第一个听众的时候，却说得如此轻描淡写。

“哦，我的孩子，你一定会成功的。因为你已经把大半个海洋走遍了，你很快就会找到那片净土。”老海豹鼓励着柯提卡，“我

①约482.8千米。——编者注

觉得你可能就是传说中的那只白海豹，真的，孩子，就是你！”

柯提卡并没有点破真相，他又给老海豹捕了十几条肥鱼，就跟他告别了。

“柯提卡，柯提卡！”玛卡特趁柯提卡上岸的时候，把他堵了个正着，“你这个皮小子！你还准备野多久，你看看你的鬃毛长得都可以洗脸了，你壮得跟你爸一模一样，赶紧讨个老婆结婚生孩子吧。”

柯提卡撒娇地顶顶妈妈的肚子，“妈，求你啦，再给我一年的时间就好，再让我清净一年，之后都听你的，我保证都听你的啊。我马上就能找到安全岛了，相信我！”

“我相信你！”一只漂亮的母海豹走过来，她和柯提卡年龄相仿，油亮的皮毛那样光滑。柯提卡见到她就说不出来地喜欢，他们一起在火堆前跳了一夜的舞，虽然彼此还不知道对方的名字。

次日，柯提卡一早便跟着大群比目鱼的队伍往西进发。比目鱼群是海豹最好的同伴，因为他可以边游边吃。柯提卡的运动量很大，所以胃口也很大，他踏实地跟着比目鱼，一顿就能饱餐百十斤的比目鱼，不用再额外为填饱肚子浪费时间。

这天，他途经柯帕岛，天已经擦黑，柯提卡决定不再赶路就地休息，明天养足精神再出发。午夜时分，他被水草拍醒。“今天的天气不错，怎么潮汐这么猛？”他心里嘀咕着，翻了个身，一下惊醒了，他吓得雪白的胡须都高高地竖了起来。在一片漆黑中，有一群不知道是什么的庞然大物，正在啃食海草，发出瘆人的“咯吱咯吱”的声音。

柯提卡僵在原地不敢动弹，脑中搜索着海象、鲸、大王乌贼等巨型动物的形象，再对比眼前的黑影，可是都不太像。这些怪物像鲸，皮非常厚，布满皱纹，有一个铲形的尾巴，头部又大又蠢，前鳍像个船桨，靠近头部，没什么大用，因为吃个草他们都得用尾巴保持平衡。

“嗯哼！”柯提卡压低身子，边打招呼边观察，“祝各位用餐愉快，绅……绅……绅士们。”柯提卡话都说不利索了，因为正好一个怪物在把海草往嘴里绞。他的上嘴唇像兔子的嘴一样，但是裂开的距离足有一尺远，又脏又邋遢。

怪物们还算客气，他们敷衍地朝着柯提卡的方向鞠了一躬，然后继续吃着海草，对海草的渴望让他们的眼睛都泛着绿光。

真是没礼貌，难怪比丑陋的海维奇还要加个更字！柯提卡鄙视地想着。忽然，一个闪念，他想起了海象岛那只多事的北极鸥曾经说过，斯塔利克，那只海牛，比海维奇要丑上一百倍的臭脾气。

“呦吼！”柯提卡开心地扭动着身体。他知道，他终于遇到了他找得都快忘记了的海牛，那个能给他答案的斯塔利克！

“吱吱”“叽叽咕”“咯嗒”“嗒嗒”“扎墨”，柯提卡在海牛身边手舞足蹈，说着各种他学到的海洋鱼类的语言，试图和海牛交流，可是始终没有得到回应。

一直熬到黎明，柯提卡都要绝望了，他通过观察，发现海牛之间是通过肢体接触交流的，而海豹根本不懂得其中的奥秘。所以，柯提卡决定用最蠢的办法，就是一直傻等下去，什么时候海牛启程回家，他就跟在他们后面，直到找到海牛的栖息海滩。因为像海牛这样原始、笨重、毫无攻击和自保能力的庞然大物，他们居住的海滩，必然宽敞又安全。

柯提卡跟着海牛，只用了平时赶路的十分之一的精力，因为海牛实在是游得太慢、太懒散了，他们一天的行进速度还不及柯提卡的四分之一，而且每到夜幕降临，他们就得靠岸吃草，然后相互拱着身体，蹭啊蹭地交流。

在游了三四天的时间之后，海牛们忽然下潜到海底深处，然后像鱼雷一样加速前进。柯提卡提起精神奋力地追着，对于他这样的游泳高手，注意力不集中，都有可能跟丢，这让小海豹对笨海牛有了新的认识。

海牛们朝着一块深入海底的悬崖钻进去，在漆黑的洞穴里熟练地游动。准备不足的柯提卡渐渐跟不上了，因为储备的氧气不足，他必须返回海面呼吸。

“呼！”他大口大口地喘着粗气，然后环视这片他从来没有见过的岛屿。这里有非常柔软细腻的沙滩，海牛们正在沿着海滩巡视。两侧狭长的岩石分布，足够成百上千只海豹当作育儿窝。有草坪可以打滚儿，有内陆供给单身汉，有打着大浪的悬崖可以跳水，水下有成团的鱼可以捕猎，因为唯一的邻居海牛他们是吃素的。柯提卡终于找到了这样的净土，一个荒无人烟、生态旺盛的小岛。

柯提卡兴奋地沿着海岸线巡视，他要确认这里没有人类，他要确认薄雾后面还有没有更宽敞的沙滩，他要确认这里会不会被船只靠近，他要确认这里的鱼一共有多少种。

“简直太完美了！我要找的就是这里！就是这里！”柯提卡喃喃说道，“这周围的浅滩能把人类的小船撞成废铁，这就是我要找的最安全的地方！我找到了，我成功了！”

柯提卡没有急着离开，而是一而再再而三地巡视岛屿，他要把这里的一切记在心里，以便等他回到东北岬的时候，可以完美地介绍给大家和有准备地回答一切关于这里的质疑。

然后，他又下潜到出口，往返熟悉了三遍。这样即使暴风雨或者深夜一片漆黑的情况下，他也能够准确地找到入口，回到这个世外桃源。

接下来的六天，柯提卡满怀憧憬和兴奋，马不停蹄地往诺瓦斯托什那里赶。迎接他的是那只只有一面之缘的母海豹，有时候知音真的是第一瞬间就会出现的。

“听着，兄弟们，还记得我跟你们说，我要找到一个没有人类、物资丰富的小岛吗？我找到了，跟着海牛找到的，安静、舒服、鱼多，最重要的是人类永远不会打扰我们。”柯提卡来到了单身汉聚集的空地上，当着很多族群的青壮年和自己父亲的面，讲述着出海时的重大发现。

“哈哈哈……”又是一阵嘲笑声，从他第一次说起这件事并为之奋斗开始，得到最多的就是同伴的嘲笑声。“柯提卡啊柯提卡，你以为大家都跟你一样疯了吗？我们祖祖辈辈在这块陆地上为了育儿窝争夺、战斗，你来了，随随便便说起一个谁都没听过、没见过的小岛，就让我们放弃这里，开什么玩笑，不可能！你从未为了这里战斗过，你不会了解我们的感受，你还是继续在海里游荡吧。也许明天，你又会为了另一个岛屿去寻找！”

“我说的是，我可以提供给你们一个不需要打斗就可以安静生活的育儿场所，你们不愿意吗？”一个不曾为育儿窝战斗过的柯提卡，是不能了解其他为这里流过血的海豹究竟在留恋什么的。

“你打赢我再说！”一只今年才开始加入争夺育儿窝战斗的年轻海豹跟了过来。他因为缺乏经验，在今年的战斗中受了打击，他也是柯提卡最容易吸纳的跟随者。

“我赢了，你就得跟我走！”柯提卡信心十足地应战。

“说到做到！”对方回答。

于是，一场前所未有的打斗开始了。一个全岛的笑柄，展现了他不为人知的一面。柯提卡不知道什么时候练就了一个炮弹式冲撞，那无人能敌的爆发力，瞬间就向对手的胸口撞击过去。然后他仰着脖子扭头速降，那一嘴钢牙一般的犬齿，狠狠地咬住对方的脖子。接下来他后肢下沉，借着惯性把对手甩出去很远，继续不依不饶地靠近、撞击、摇晃。“为什么你们就是不懂？！我这一年为的是什么，我不过是想让你们还有你们的父辈和子辈远离人类的屠杀，让你们不用再为有限的资源争得头破血流，你们怎么就不能理解我、相信我呢？！”

柯提卡放下了眼前的手下败将，然后又继续朝成群惊讶的围观者们发起挑战。他的目标都是海豹群里的大块头，同样是猛撞胸口、咬死脖颈、甩出去猛摇。他与这些争夺领地为了守住育儿窝挨饿守候的海豹不同，柯提卡一顿一二百斤鱼的食量，以及日夜兼程地游泳，让他身体矫健，无愧于海豹群第一猛士的称号。他雪白的鬃毛因为汗水变成一缕缕的，他的目光因为斗志好像冒着火，他的大犬齿因为打斗的口水闪闪发亮，他的威风远超过当初正值壮年的父亲海卡其，成了新生代里的战神。

老海卡其震惊地看着这个老不着家的儿子，有点儿恍惚。在这种战斗中柯提卡狰狞的样子是他希望看到却想不到的，终于爆发出来的这一天，让海卡其震惊又骄傲。

“吼哦哦哦！”海卡其咆哮着加入战斗，“我海卡其的儿子，是这片海滩上最能打的！我支持他！”

玛卡特在岩石上欣慰地看着这对父子的搏杀，带着欣慰和赞许。这真是漂亮到应该被载入史册的战斗场景，海豹们一个个被打得抬不起头，臣服于海卡其和柯提卡的斗志之下。他们父子俩的咆哮，扫平了整个海岸上每一只海豹，赢得了绝对的胜利。

柯提卡爬上岸边最高的岩石，挺直身子，高大伟岸，他看着下面臣服的海豹和七零八落的育儿窝，大声说：“现在，你们可以听我的了吧。”

“看看这些战败的海豹，看看他们皮开肉绽的伤口吧，我的儿子，就是这里的王。我们要跟随你，到你说的那个安全岛。我们都会服从于你！”海卡其也是伤痕累累，但已经成功地被他的儿子征服。

“来吧，我们一起去海牛的海底隧道，一起去美丽的新世界！”柯提卡怒吼，“还有谁不愿意，我就再将你打服一次！”

“我们跟你去！”海滩上那些残兵败将再也不敢轻视这只白海豹，这只因为战斗被血染成红色的白海豹，他们附和道，“我们愿意追随你，到你说的那个地方去。”

七天后，柯提卡带着养好伤的海豹群，浩浩荡荡地北上至海牛的海底隧道，对死守东北岬的传统海豹嗤之以鼻：“你们就在这里享受吧，当人类敲打着你们的头颅，当人类扒下你们的皮毛，当你们每日诚惶诚恐地生活，到那时，你们会后悔今天没有跟着我走！”

数年后，海豹们在太平洋的公共渔场相遇了，跟着柯提卡离开的海豹总是被东北岬或者卢卡农的年轻单身汉们围住，逼他们讲述新世界的故事，一个没有争端、物资丰富、远离人类、自由自在的地方。年复一年，总有新的海豹不断加入这片新海岸，而柯提卡，则是幸福地躺在单身汉的舞蹈圈中心，他变得更大更壮，他再也不用惊恐地逃避人类，他的噩梦再也不曾纠缠过他，他终于找到了他的幸福、他的安逸。

第五章　猫鼬和蛇的故事

接下来故事的主人翁是一只猫鼬，他的身子比一个成年男人的手掌高不了多少，他是夜里的捕猎高手，个头儿像只小猫，他的尾巴和身长差不多，通常情况下都是蓬着，好伪装得自己更伟岸凶猛一点儿。人们叫这只小猫鼬里奇提奇，因为好斗的他喜欢在打斗过程中，发出类似“里奇提奇提奇查克”的助战声响。

某天，一场大雨，积水把里奇提奇从他的洞穴中冲了出来，“妈妈！”还没等他喊完，一家人就被冲散了。“咕咕”连续喝了两口水，里奇提奇不再喊叫，而是不停地挥舞着四肢，希望能够抓住什么。还算幸运，很快，水流经过水草，里奇提奇一把抓住救命稻草，放松地睡着了。

“嘿，妈妈，你看这是什么？”

“哦，看上去好像是一只猫鼬，不过他可能死了。”

“我能不能把他带回家抢救一下，万一他还没死呢？”

里奇提奇被人类的对话叫醒，他勉强动动眼皮，还是没力气睁眼，他已经有点儿虚脱了。

“爸爸，你能不能帮我看看，这个东西死了吗？”是一个小男孩儿捡到了。

一双大手托起里奇提奇。“嗯，”他在观察，“他还没有死，可能是被水呛到了吧。你试试把他放在火堆边暖一暖，看看会不会好一些。”孩子的父亲出了一个很靠谱的主意。

渐渐地，里奇提奇感觉自己被温暖包围，体力也恢复了，他缓缓睁开眼，“喀喀”，咳出呛在喉咙处的水，又活了过来。

“爸爸，爸爸！”小男孩儿兴奋地喊着，“他活了，他活了。”

“嘘！”孩子的父亲示意他不要吵，“小声点儿，不要吓着他。咱们一起等一下，看看他准备做什么。”

猫鼬是动物界的好奇之王，里奇提奇算得上是好奇心的王中王，他拖着虚弱的身体，开始在屋子里各处观望和探索。

“好家伙！看看这里，都这么大！”里奇提奇惊叹地看着一切。他的妈妈曾经在人类的居所生活，小时候的睡前故事，经常会提到人类生活的种种现象，里奇提奇曾经向往过自己也被人类收养，过上那种富有传奇色彩的巨人生活。现在，他来了。

他顺着小男孩儿的裤腿、背心快速爬到了孩子的肩膀上，在他的脸上蹭啊蹭地示好。

“快，快，快！”孩子的母亲紧张地冲过来，她以为猫鼬在攻击自己的孩子，急得说不出话。

“别担心，亲爱的，”孩子的爸爸搂住她，“放心，这只是野生动物在表达感谢。”

“哦哈哈哈，哈哈哈哈，爸爸，他在蹭我的鼻子，好痒。”男孩儿对这种毛茸茸的小动物也充满了亲切感。

“泰迪，你可以尝试把他留下，如果你们两个都愿意的话。现在你愿不愿意喂他吃点儿什么？”男孩儿叫泰迪，哦，里奇提奇记住了。

“好的，爸爸，谢谢爸爸。”泰迪开心地去冰箱里挑选，妈妈递给了他一小块肉。

哦，真好吃。里奇提奇捧着肉块，满足地吃了起来。此时此刻，没有什么比肉食更能补充他的体力了。

随后，他开始了新家的探险。新奇的东西简直不能再多了，里奇提奇到哪儿，内心里都是由衷的赞叹。厨房里那些发出声响的餐具，那些透着香气的柜门，那个巨大的双开门的还有点儿冷飕飕的电箱里，都是可口的食材。卫生间里传来花的香气，绿色的长毛脚垫那么柔软，长长的浴帘，呼呼的风声，还有差点儿让猫鼬掉到水里的浴缸。

“嘿，小朋友，这里可不能进来！”男孩儿的妈妈把里奇提奇从浴缸边抱到了门口，“不管你会不会游泳，现在都得在外面等。”

里奇提奇又选择了一个房间，应该是泰迪的房间，有很多汽车类的玩具，有球，有积木，小床非常柔软。他在书架上一层层地跑着，开心地跳跃。

“嘿，小家伙儿，你在这儿，你的体力还真好。”泰迪洗完澡准备上床，“我要睡觉了，你要陪我吗？”

好的，好的，里奇提奇从书柜上一跃到了男孩儿的肩膀上，又一跃蹿上了男孩儿的小床，他在被子里开始了新一轮的探险。

屋子里会发出声音的钟表，嘀嘀嗒嘀嘀嗒，让里奇提奇十分好奇。煤油灯在夜晚闪烁着跳动的光影，窗外沙沙的树叶声也让他警觉。毕竟今天所发生的一切，对里奇提奇来说，都那么的神奇，又那么的不真实。他记住了很多很多细节，回去要讲给一辈子也不可能有这样经历的同类们，说上三天三夜。

“你能不能把那小家伙儿从泰迪的床上抱走？”

泰迪的父母来跟男孩儿说晚安，可是泰迪已经睡了，只剩下里奇提奇那双好奇的闪着光亮的眼睛，还在滴溜溜地打转。

“放心吧，他会保护泰迪的，小动物都懂得知恩图报，这个地方经常有蛇出没，有这个小家伙儿在，会安全些。”男孩儿的爸爸总是相对乐观。

“毕竟他也是野生动物，亲爱的，不要忘了！”尽管妈妈并没有十足的把握，但是她也并未强迫里奇提奇离开。

里奇提奇读懂了她眼中的不安和焦虑，第二天早晨，他从泰迪身上跳到了妈妈的膝盖上，扭啊扭地撒着娇。他的妈妈曾经提过，人类特别喜欢小动物撒娇，这会让他们欢喜，也会降低他们的警觉性和敌意，人类不会伤害这些对他们示好的小动物。

“看看，这小家伙儿也知道谁对他最好。”男孩儿母亲边说，边塞给里奇提奇一块烤面包。

早餐过后，里奇提奇跑到花园里探险。“哇噢！”人类对自己花园的打造，真的是很下功夫的。有灌木丛，有花圃，有岩石垒成的假山，有遮云蔽日的大树，有潺潺的小溪，有鲜美的果树，有松软的泥土，“太美了！”

“呜呜呜呜，我们太惨了！”

还有邻居？里奇提奇听到树冠后小动物悲哀的哭泣声，赶紧去探个究竟。

是两只长尾缝叶莺在自己的窝前哭泣，一只公，一只母。

“你们怎么了？”里奇提奇好奇地问道。因为这两只长尾缝叶莺并没有任何外伤，干吗哭这么伤心。

“我们出去觅食的时候，我们的宝宝被纳格吃了。呜呜呜！”母叶莺哭得更伤心了，“本来掉出巢穴就够悲哀的了，还让这条可恶的蛇给吃掉了。呜呜呜呜，我可怜的孩子，我再也见不到他了！”

真够可怜的，里奇提奇感同身受，因为他和父母也刚刚分开，想来自己的妈妈应该也对着被摧毁了的洞穴哭天抹泪呢吧。“我昨天才来这边，你能不能告诉我谁是纳格，他在哪儿，我们找他评评理去！”

两只长尾缝叶莺没说话，而是抱成团缩到窝里去。里奇提奇一愣，然后注意到身后的灌木丛底部发出了恐怖的咝咝声，他警惕地跳到一米开外。

“谁是纳格？”声音冷冰冰地响起。然后，一条黑色的眼镜蛇挺立着身子，从草丛后露出头来。他的帽兜儿撑开着，露出他标志性的眼镜标志，吐着黑色的芯子，目光阴森，“我就是纳格，你想怎样？”

里奇提奇的背毛微微竖起，加上他蓬着的尾巴，让他看起来像个绒球。看着纳格的帽兜儿变大，里奇提奇的心里有点儿胆怯。小小的他也是第一次面对蛇类，他的妈妈经常给他捕猎蛇，当然也包括眼镜蛇这样的剧毒蛇，妈妈常说，蛇的天敌就是猫鼬，他们就是蛇的克星！

纳格当然知道猫鼬这种动物，他的妈妈在他小时候肯定也提醒过他，哪些动物是蛇类的天敌。对小小的里奇提奇，纳格也拿不准这么瘦小的玩意儿能怎样制服自己，只不过他的内心也有一丝惊恐，传说猫鼬出现的地方，蛇类如果不迁移，就将灭绝。

咝咝咝，灌木丛后面又发出了微弱的声音。里奇提奇竖着耳朵听，第六感告诉他，危险正在靠近。

“嘿，”纳格也注意到了，可是他并不害怕，还很放松，因为他知道，那个声音，正是自己的妻子纳格伊娜在包抄的信号，所以他要尽快分散里奇提奇的注意力，“小猫鼬，你是打算来这里做丛林大法官的吗？你可以吃的东西那么多，我只吃奄奄一息的小鸟，为什么不行？”

“小心身后！”公长尾缝叶莺发出一声恐怖的嘶吼，像红色警报一样点醒了初出茅庐的里奇提奇。与此同时，他身后的灌木丛中，蹿出了另外一条黑色的眼镜蛇，正张着大嘴，直冲猫鼬的后颈部。

里奇提奇一跃来了个后空翻，稳稳地落在了偷袭者的背部，动物之间的关系很多时候就是一物降一物，而猫鼬，就是降伏蛇类的主宰者，即便是一个从未捕猎过蛇的幼年猫鼬，也能够凭借本能，轻松地抵抗住两条眼镜蛇的攻击。

如果里奇提奇的妈妈或者爸爸在，纳格伊娜早就死了，可惜，小里奇提奇只是短暂地咬住了母蛇的背脊，因为担心对方反咬一口，小猫鼬不敢下狠嘴，只是留下个牙印就跳开了。

咬着牙恨不得一起下嘴的纳格看到妻子扑了空，还受了伤，气急败坏地骂道：“你这个臭达奇！总有一天我会吃掉你，就像吃掉你的儿子一样！”他疯狂地用身体撞击着树干，因为鸟巢实在是太高了，纳格只能够通过撞树发泄着自己的愤怒。

里奇提奇的眼睛像着了火一样通红通红的，这是猫鼬愤怒时的一种生理反应，当蛇类遇到这样的目光时，最好躲得远远的。小猫鼬并没有追捕逃跑的眼镜蛇，因为毫无作战经验的他，不敢贸然挑战两条成年的毒蛇，他选择到相对安全的平台上，反思今天发生的一切。在没有父母实战教学抓捕过程的现阶段，里奇提奇只有通过冷静的总结，自学成才了。

“嘿！小可爱！”泰迪从远处跑过来，眼睛直勾勾地盯着里奇提奇，显然刚才小猫鼬在灌木丛中失联了，让小主人好一顿找。

“来吧，来吧，我只需要一口就能让你躺下！”藏身于沙土中的小毒蛇卡莱特悄悄地做好了攻击准备，他就埋伏在泰迪的必经之路上，这种体形较小又习惯隐蔽的毒蛇，对人的危险，远远高于眼镜蛇。

里奇提奇的斗志又被点燃，他刚刚冷静的情绪一下又高涨起来。他火红的双眼冒着战斗的火光，他弓着身子，一下跃到卡莱特的身边，用蓬松的尾巴保持着身体的平衡。

警惕的卡莱特瞬间发现了里奇提奇：“嘿，小子，我的身体可是很灵活的！你知道这意味着什么吗？”当然了，对猫鼬来说，体形巨大的毒蛇虽然看起来唬人，但是因为身体太大行动迟缓，比较容易制服，而像卡莱特这样的细小毒蛇，他们的反应、行动力、速度等，对一个捕猎经验尚浅的猫鼬来说都是致命的。可惜，里奇提奇没有被训练过，他不懂。

小猫鼬的腰弓着，四肢的距离很近，这有助于他跳跃和躲闪，里奇提奇围着卡莱特转圈，试图找到一个最合适的攻击点。他晃动着身子，时近时远，虚张声势，对于他来说最好的位置，是正面攻击毒蛇的颈背部，可是，他也不懂。

“小样儿！”卡莱特发动攻击了，他险些一口咬住里奇提奇的肩膀，多亏猫鼬躲避及时。可是里奇提奇刚落地，他又是一口，追上来，差点儿咬住小猫鼬的脚后跟。

“爸爸，妈妈！快来看啊，我的小猫鼬正在和毒蛇搏斗呢！”泰迪大喊一声，吓得他的父母拿着工具赶来帮忙。

经过几个回合，卡莱特发现了里奇提奇是一只毫无经验的小猫鼬，他的攻击密度更大了，也更放松了。因为他觉得，里奇提奇只有跑的份儿，根本不会反击，小猫鼬只要稍一停顿，他就能把毒液咬进里奇提奇的体内。

可惜，卡莱特忽略了动物的本能与天性，他猛地一冲，身子探出太长，里奇提奇一个后空翻，径直落在了他的背部，然后毫不迟疑地狠狠咬住了蛇背的制高点，这一口，要了卡莱特的命。

里奇提奇并没有像其他猫鼬那样，享用自己的胜利果实，因为吃饱了的猫鼬就像体形大的蛇一样行动迟缓，灌木丛里还有纳格和他的妻子在寻找机会杀他，所以里奇提奇必须让自己保持速度，不能吃得太饱。

泰迪的母亲冲过来，一把把泰迪抱起来躲到一边；而泰迪的父亲，则用耙子狠狠地击打着卡莱特，直到毒蛇被打扁、打烂，死透了，才停手。一家三口劫后余生般地拥抱着彼此。

“感谢上帝，泰迪，你知道刚刚有多危险，你救回来的这只小猫鼬，刚刚也救了你的命，他可能是上帝派给你的天使，他守护了你。”

本来还不以为然的泰迪，被父母的一级战备状态吓傻了，同样不知道这有什么大不了的里奇提奇，也没明白男孩儿的父母究竟在感慨什么。只不过从这一刻开始，他享受到了上宾的待遇。

男孩儿的母亲经常喃喃自语地抱着里奇提奇，安抚他的背部，挠挠他的脖子，会拿梳子梳理他的毛发，会不停地塞给他各种各样的好吃的，允许他走到家里的各个房间，甚至允许他在餐桌上自由巡视。

每天晚上，泰迪都会搂着里奇提奇睡在一个被窝里，这让他很有安全感。而当泰迪睡熟，里奇提奇便会到家里的各个角落巡逻，以确保所有的家庭成员都足够安全。

“谁在那儿！”里奇提奇听到墙根有微微的抽泣声，黑暗中看不清对方的样子，于是他大吼。

“别杀我，别杀我！”麝鼠丘琼德拉颤抖着跑出来求饶。

里奇提奇轻飘飘地一笑，略带骄傲地说：“我这种猎蛇的人，怎么可能难为一只麝鼠呢。”

“就是因为这样我才伤心。纳格如今草木皆兵，看谁都怕是你，可能我随时都会被误认成是你而被杀，我活得太不容易了。”丘琼德拉悲伤地说着，“猎蛇的也会被蛇所杀，你就不担心自己的安危吗？”

“你是不是也太胆小了？”里奇提奇耸耸肩，“纳格在花园里，你在屋子里，你怕什么？！”

“我的兄弟丘厄告诉我，眼镜蛇无处不在！你现在是纳格两口子的头号敌人，你就这么点儿防范意识吗？你真应该找丘厄，让他给你上一课。”丘琼德拉有点儿崩溃，“你听！什么声音？”

里奇提奇一惊，两个小动物都不再说话，而是集中精神捕捉着房间里所有的动静。

“什么也没有啊。”里奇提奇心想。他看了看丘琼德拉，而对方用一种“你还没有听见吗”的眼神，正惊恐地看着自己。小猫鼬闭上眼睛，又继续听。

于是，有一种微弱的声音进入了他的耳朵。那微小的摩擦声几乎听不清，可是心里一直惦念着眼镜蛇的里奇提奇推测出，这种摩擦声，只可能属于蛇，是他们身上的鳞片与物体摩擦发出的声响。

“下水道！”那是像蛇这样的爬行动物进入房间的唯一通道，里奇提奇飞快地跑向泰迪的房间，在下水道旁边静静地聆听，没有动静。他转头又跑向泰迪父母的房间，继续聆听。男主人的鼾声让原本就微弱的摩擦声被淹没，小猫鼬听不到，只能改用眼睛观察。

浴盆后面的墙角处，有一块被撬起的地砖，平时可能是为了加速排水使用的，而这时候，这个漏洞就成了毒蛇进家的大门，里奇提奇悄悄地靠近洞口，俯身倾听。

“纳格！记住，你进去只需要杀死那个打死卡莱特的男人就行了！”纳格伊娜狠狠地说，到现在她的背还钻心地疼。

“我们为何不直接偷袭那只猫鼬？”纳格更喜欢直奔主题。

“首先，这个大男人比那只猫鼬好对付！其次，这里死了人就会造成恐慌，这些人就会搬走，猫鼬就无家可归啦，到时咱们再收拾他是不是更容易些？”纳格伊娜已经做好了万全的计划。“等到这个军营空了，我们还是这个小世界的主宰者。记住，为了我们即将孵化的孩子们，我们不能留一个天敌在这里！”

“你想得真周到！”纳格钦佩妻子的周密，“我进去直接咬死那一家三口，更清净！断了那只臭猫鼬所有的退路，让他继续无家可归，早点儿滚蛋！”

“这里交给你了！”纳格伊娜动身回巢，照顾自己的蛋。

里奇提奇愤怒得浑身颤抖，这两条毒蛇嘴毒心更毒！他隐藏在黑暗之中，观察着洞口的动静。

不一会儿，纳格摇头摆尾地出来了。他扭动着身躯，用了很长时间。这一次，里奇提奇才看清自己的这位对手，足足有五英尺长，这么个庞然大物对付起来，可不简单。

在里奇提奇观察纳格的过程中，纳格也在观察着床上的两个人，床头黑漆漆的，看不清是不是有工具，因为他对今天泰迪的爸爸击打卡莱特的一幕心有余悸。简直太触目惊心了，皮开肉绽的卡莱特简直是纳格的噩梦，为了避免床头藏有武器，纳格决定耐心等待，万一他们中途上厕所，肯定不会携带工具，到那时出击，制胜的可能性就会提高。

“就这么办！”纳格心里打定主意，他游荡到洗手池旁边的角落里，盘起身子，还喝了点儿储水罐里的水，耐心地等待，闭目养神，等着等着，竟然睡着了。

旁边雕像一般一动不动的里奇提奇终于等来了时机，他悄悄地移动自己的身体，慢慢朝纳格靠近，那么耐心，那么沉着，直到足够安全的距离才停下。

然后，里奇提奇观察着纳格的身体，寻找着最佳的下嘴地点，他需要强有力地跳到纳格身上，最好能踩碎他的脊柱，然后死命咬住他的后颈部。嗯，嗯，里奇提奇摇摇头，因为纳格的后颈部真的是太粗壮了，他没有把握能咬死，因为纳格一反抗，很有可能因为咬不实而脱口，那样，就丧失了突袭的优势。“必须咬头，必须咬准，必须咬死！”里奇提奇给自己打气加油，也给自己增加信心。

随即，他没有片刻迟疑，上前一步腾空而起，准准地落在盘着的纳格背部。里奇提奇用最大的力量张开嘴，紧紧地咬住纳格帽兜儿上的脑袋，紧咬牙关，死不松口。

接下来，就是眼镜蛇的垂死挣扎了。纳格受到袭击，拼命地翻滚着身体，他撞击墙面，撞击地面，撞击水盆，撞击一切可能的坚硬物体，企图把里奇提奇撞离自己的身体。他翻白的肚皮都在用着劲儿。他知道，如果这只猫鼬死不松口，那么他也即将死亡。

“什么声音？”男主人被浴室里的打斗声和物品掉落的声音惊醒，月光下，长长的蛇肚皮因为奋力打滚儿一亮一亮的，那吓人的尺寸让人看了胆战心惊。男主人无法移开自己的目光，不停地用手在床头柜旁边摸啊摸。

里奇提奇默默数着秒数，他觉得纳格离筋疲力尽越来越近了，只要他再坚持一下。他的身上因为撞击也受伤了，可是越是疼痛，他越咬紧两颌。时间显得那么漫长，里奇提奇想，可能他坚持不下来了，他真的已经到了极限，他觉得自己身上的骨头也已经震成碎片了，可是他宁可和纳格同归于尽，也不想松开自己的嘴！

“砰！”一声巨响，里奇提奇感到身上有一股热浪，似乎都已经烧到了他的皮毛，可是纳格再也不动了。里奇提奇无力地瘫在一旁，他想，他可能也要死了。

“嘿，小家伙儿！”男主人温柔地捧起里奇提奇，放到他们的床上，“亲爱的爱丽丝，这只猫鼬又救了我们的命。那是一条眼镜蛇，他真是太勇敢了！”

里奇提奇没有停留，他摇摇晃晃地返回泰迪的房间，在他脚下的被子上舔着自己被火药燎伤的皮毛，顺便清点了一下自己的骨头是不是还在自己的身上。

一大早，里奇提奇从梦中惊醒。他暗暗责怪自己怎么睡着了，还有危险的纳格伊娜需要对付，万一发生他偷袭纳格的一幕，这会儿，他的小命也没了。里奇提奇慢慢挪动自己僵硬的身体，想起昨天两条蛇的对话，有很多蛇蛋即将孵化，他必须阻止这一切。

来不及吃早饭，里奇提奇就蹿到灌木丛。“达奇！”

公长尾缝叶莺正在树枝上歌唱着胜利，今天一早，他就看到了被当作垃圾的纳格的尸体，他高兴地把这个消息编成了歌谣，要传遍整个花园！“伟大的里奇提奇，神奇的里奇提奇，他小小的身体有大大的能量，他一口咬住了纳格的脖子哟。老男人用冒火的棍子打中了嚣张的纳格，纳格死了，纳格死了，他再也不会吃我的宝宝了。坏人有恶报，里奇提奇好样的！”

“别高兴得太早了，达奇，我们还有纳格伊娜需要对付！你知道她在哪儿吗？”里奇提奇没有时间骄傲，他需要时刻保持警惕。

“当然是在垃圾堆旁边悼念她的丈夫了，我的英雄！”达奇在天空中观察着一切。

“对了，达奇，眼镜蛇的蛋，你有线索吗？”

“在瓜地里！墙头附近，整天都有阳光的地方，两条毒蛇把蛇蛋藏在那儿了！”达奇的情报很准确，“你是要去吃了他们的蛇蛋吗，我的英雄？”

“哦哦哦，”里奇提奇被夸得都有点儿尴尬了，“我不去吃他们的蛋。我有一个计划，你能不能帮我？”

达奇和他热心的妻子从窝里飞下来。“你说，我们一定帮忙。”

“我需要你们到纳格伊娜身边，假装受伤，把她引开，我才有时间去瓜地里找到他们的蛇蛋！不能让蛇蛋再造出更多的小眼镜蛇来！”里奇提奇虽然不准备吃掉那些蛇蛋，但准备毁掉那些蛇蛋。

“让我去！”达奇的妻子率先领会了里奇提奇的计划，“达奇，你去窝里孵蛋，我去引开那条母毒蛇！”

“哦，天哪，我的翅膀！”达奇的妻子在纳格伊娜附近，拍打着假装受伤了的翅膀，“这个小男孩儿打得太准了，我的翅膀是不是折了？我飞不起来了，达奇，达奇！”

“嘿，你真是挑了个好地方！”纳格伊娜朝她靠近，她恨死了这两只长尾缝叶莺。如果不是达奇提醒，昨天下午，她已经咬死了那只该死的猫鼬，她不会受伤，纳格也不用死，都怪这两只臭鸟！

达奇的妻子一直在用余光观察着自己和蛇之间的安全距离，鸟类是不能跟蛇类对视的，因为蛇的目光就像一种催眠剂，当他们对视的时候，小鸟会因为胆怯瞬间丧失飞行的能力。达奇的妻子奋力扇动翅膀，往花园的方向小跳着。

“成功了！”里奇提奇看到纳格伊娜离开了马厩，他立刻到瓜地里寻找蛇蛋。很快，他找到了二十五枚即将孵化的蛇蛋。怪不得昨晚纳格伊娜没耐心等纳格偷袭，因为他们的孩子马上就要破壳而出！在灰白色的硬壳下，隐约可见小眼镜蛇在游动。里奇提奇逐个敲碎蛋壳，排出液体，然后跳跃着踩踏小蛇，将他们一一压扁，压碎，只差最后一枚蛋时，坏消息来了。

“里奇提奇！纳格伊娜到房子里去了！她说要咬死那孩子！”

里奇提奇叼起蛇蛋往泰迪的家飞奔！径直到了他们吃早餐的餐厅，他看到泰迪和爸爸妈妈都像石碑一样一动不动，目光惊恐。顺着那目光，里奇提奇看到了和泰迪近在咫尺的纳格伊娜在喃喃自语。

“愚蠢的人类！你们杀了我的纳格，我要来报仇！我也要你们的命！”

“纳格伊娜！我在这儿！你要找的是我！”里奇提奇大叫着吸引母蛇的注意。

“你这只臭猫鼬，我一定会杀了你，可是现在，我先要杀了你的朋友！”纳格伊娜不为所动，她的目光依然紧紧地盯着泰迪，从她看到里奇提奇为了泰迪和卡莱特打斗时就知道，里奇提奇最在乎的是这个男孩儿，是这个家。

“你的蛋也不要了吗？”里奇提奇用手捧着那枚蛇蛋，“这可是最后一枚蛇蛋喽，其余的蛇蛋都被我敲碎了，你再不过来，这一枚我也要敲碎了！”

“把蛋还我！”纳格伊娜被里奇提奇彻底激怒了！她不能在纳格死后，再失去他们的孩子。她朝着里奇提奇的方向移动。与此同时，泰迪的父亲一把将泰迪抱离了危险地带。

里奇提奇瞟见泰迪已经安全，便再无后顾之忧。他的眼眸逐渐变红，彻底进入战斗模式。“知道吗纳格伊娜，这可是你隐藏的蛇窝里最后一枚蛋喽，那么多被敲碎的蛋已经变成了蚂蚁的美餐。而这个家伙，”里奇提奇故意在手里上下颠着蛇蛋，眼睛盯着纳格伊娜，他反复重复着最后一枚蛋的概念，做足了心理战的压迫，因为谋划周全的纳格伊娜只有为这枚蛋丧失了理智，里奇提奇才有更多的机会找到她的破绽赢得胜利，“这价值连城的最后一枚蛋哟，不论这个小蛇是不是像他的爸爸一样蠢，或者像他的妈妈般鲁莽，再或者能成为一条眼镜蛇，我都会毁了他！”他抱着蛋往花园里面跑。“你知道吗，昨晚我咬住你老公的脑袋，任他上蹿下跳满地打滚儿，我也没有放开，他滚得筋疲力尽，像一块案板上的肉，任凭泰迪的爸爸用枪把他的胸膛打碎，像垃圾一样死去了，毫无尊严，再也不能威风了。我干的，我就是你们的克星！哈哈哈！”

“啊啊啊啊！”纳格伊娜疯狂地追赶着里奇提奇，有几次她甚至有把握咬到他，可是她没有贸然行动，因为那唯一的蛋在里奇提奇的手里，没有十足的把握，她生怕一进攻反而导致自己的蛋被摔碎了。“里奇提奇，我认输了，只要你把蛋还给我，我保证不再回到这里来，不再打扰你，我们的恩怨一笔勾销！”

“不不不，纳格伊娜，你想得太美了。你看，你已经失去了制约我的筹码，泰迪已经安全了，他的父亲正在去取枪，你不能走，你必须死，只有你死了，才不会再打扰我们的生活！”里奇提奇放下手里的蛋，得意地在纳格伊娜周围蹦蹦跳跳，像是在跳着死亡之舞。

纳格伊娜知道了事件的严重性，她若不赶快逃命，必然和纳格一个下场——被枪轰成碎片。她偷偷瞄了一眼蛇蛋的位置，然后便突然发起进攻。她的蛇头像锤子一样砸向里奇提奇，速度极快，力道极大，回收时像是安装了弹簧，而进攻时又仿佛装载了推进器。里奇提奇小心应对着，尽量保持双方可以面对面，不把后背暴露出来。纳格伊娜甚至在几次比较有威胁的进攻中喷射了毒液，让里奇提奇不断地拉大他们之间的安全距离，但是，这恰恰中了眼镜蛇的计。

纳格伊娜通过不断的强效进攻，靠近了蛇蛋，她在最后一次喷出毒液迫使里奇提奇远跳的时机，扭头冲向自己的蛇蛋，一口将蛇蛋吞入口中，然后不顾一切地往那已经名存实亡的蛇窝奔去。

中计了！里奇提奇发现时已经来不及了，他后悔没有先一步砸了蛇蛋，让这个疯狂的母亲有机可乘。他同样不顾一切地在后面追赶着纳格伊娜，她今天必须死，连同她嘴里的蛇蛋一起死，否则短则数月长则一年，他们就会卷土重来，制造出比之前更大的麻烦。

达奇的妻子一直关注着这边的动向，见情况生变，她立刻飞离巢穴在纳格伊娜的头顶盘旋阻挡，而母蛇护子心切，也因为嘴里有蛋无法攻击，只是闪躲，并未反击。

这片刻的阻挡是有效的，里奇提奇已经追到了纳格伊娜的尾巴，他一路头也不回地钻进了蛇洞，他必须利用蛇妈妈嘴被占着的时机一击毙命。

“这个疯子！”达奇从树枝上飞下来，他焦急地蹦跳着，“哎呀呀，哎呀呀，他疯了，他肯定是疯了！蛇洞怎么能钻进去，那么窄，那么多机关，纳格伊娜把他引到一个开阔地，反身就能咬死他。他是不是死了，这么久都没出来，他一定是死了，里奇提奇，任你是虎胆英雄，也不能犯傻啊……”

达奇哭着哭着，又唱了起来，一首悲伤的歌，当作给里奇提奇送别。

“沙沙沙”，洞口前的草丛传来声音，吓得达奇赶紧飞到树枝上。

“呼！”里奇提奇蹿了出来，长吁一口气，四仰八叉地躺在地上，“达奇，你这只烦人的破鸟！我在里面打仗，你却给我唱悲歌，咒我吗？”

“里奇提奇，你活着出来了真是奇迹。她，死了吗？”

里奇提奇露出了得意的神情。“死了，我们胜利了。达奇，我们端了一窝蛇，我现在可以美美地睡一大觉了。”说罢，他躺在草坪上，睡着了。

黄昏，睡足了的里奇提奇伸了个懒腰，他听到铜鸟发出的叮叮当叮叮当的广播声，他打败了纳格和纳格伊娜的事迹，传遍了整个花园，所有被蛇伤害过的小动物都欢呼着，迎来了久违的和平。

里奇提奇回到家，泰迪和他的父母用拥抱欢迎了他。这下，他们真的爱上了这只小猫鼬。泰迪的母亲眼里含着泪，显得特别感慨：“你救了我们的命，小家伙儿，你救了我们大家，我要感谢你！”她把里奇提奇抱到餐桌上，不停地给他塞吃的，撑得他躺在餐桌上动弹不了。小猫鼬也很坦然，不再需要和蛇打斗，也再不用挨饿瘦身保持灵活性，他只要享受这一切，就够了。

深夜，里奇提奇仍然睡在泰迪的被窝里。自此以后，他就是这个花园里的守护神。他用他的勇敢、灵活、跳跃、速度、智慧，守护着这里，再也没有蛇敢踏足这个地方。他为这里，带来了永久的和平。

第六章　小托梅和大象跳舞

托梅家族在非洲的埃塞俄比亚，世代做着赶象人的工作，他们对象的习性以及脾气都掌握准确，经过几十年的积累，可谓是赶象人中的佼佼者。

卡拉纳格是托梅家族的一只工作象，曾为印度政府工作了近五十年，在战争中推过大炮、运送过帐篷等物资，是待遇最好也是最卖力气的政府工作象。如果他的同类中有偷懒的，卡拉纳格会狠狠地教训对方，甚至不惜要了对方的命。因此，他有了一个绰号——黑蛇。

正是看中了卡拉纳格的政府军训练背景和不惜力的工作特点，托梅家族把“黑蛇”抓到了自己的阵营，并不是让他来运送货物或者搬木头，而是用他来捕捉野象。

这是一项极其耗时又需要经验和精准性的工作，人们通常需要部署几个月，慢慢和成群的野象周旋，由卡拉纳格充当野象首领，把他们一步步领入包围圈，待特制的木头闸门放下，把所有的野象困在其中时，卡拉纳格只需要制服其中最凶悍的那头象，即可控制所有恐惧不安的野象。

其实，卡拉纳格的尖牙是断的，在为政府服役期间，部队锯折了他的尖牙，确保他不会因为对战争的恐惧而给人类带来致命的伤害。可是，卡拉纳格就是天生的斗士，他的战斗力从未因为自己的残缺而有所降低，相反，正是因为知道自己的硬件缺陷，他每一次战斗都全力以赴，所向披靡。

“看，这头大象多生猛啊！”参与捕野象的人都对卡拉纳格的战斗力表示赞叹。

“是这样的，除了我，他谁也不怕，他已经在我家服务了三代人，还会继续服务第四代。”大托梅骄傲地说，扬了扬手里的鞭子。

“不！还有我！”小托梅从爸爸身上跳起来。这个孩子就是托梅家族的第四代，将来捕象赶象的工作都会落在他的身上。从他出生，大托梅就带儿子到了象厂，介绍卡拉纳格认识新的主人，放任这个孩子在大象脚下玩耍。小托梅学走路都是扶着卡拉纳格的鼻子学会的，他们从小就建立了这种领导者和服务者的从属关系，再也不用担心象会因反抗而杀了他们，因为象已经把这个孩子当成了自己的孩子。

“嘿，他回来了！”小托梅跳起来迎接卡拉纳格，大跨步地走向他，“蹲下！”大象服从地跪在地上，让小托梅骑上自己的背。“哈哈哈，你这个大肥猪，哈哈哈。”小托梅拍着卡拉纳格的头，又扯扯他的耳朵，“你真是太帅了，大肥猪，我一定把你养得漂漂亮亮的。等你退休的时候，沙漠王子就会把你买走，在你的背上铺上绫罗绸缎和金银财宝。你驮着金轿，威风地走在欢呼的人群里，我骑在你背上负责指挥，成群的人会欢呼‘给王子的大象让路’，也许若干年后，会高喊‘给国王的大象让路’，哈哈哈……”这个十岁的孩子，沉浸在自己的幻想世界里不可自拔。

“不，不，不，不，”大托梅无奈地摇摇头，“别说不切实际的幻想了，咱们家这三辈子都没遇见这种好事。等我老了，我要盖一个象厂，用砖砌的饲养场，养上他十几二十头大象，一象一木桩都拴结实了，在空地上驯养和操练，像集市边的考恩波兵营那样，一天就工作三小时。”兴许想美事，是托梅家族的某种遗传。

小托梅没接话，他也看过考恩波兵营的训练模式，太闲散了，根本不适合卡拉纳格的性格，一天就工作三小时，那其他的时间非得把“黑蛇”逼疯了。

他们赶着野象群往回走，小托梅欢喜地骑在卡拉纳格的脖子上。这段路程是他最喜欢的，窄窄的小路将将过一头大象的距离，两边被挤得没路的野猪或者孔雀，惊叫着往两侧的灌木里扎。傍晚，走到一个相对平坦的地方，便就地驻扎，待黎明破晓，再继续赶路。

疲惫的大象机械地跟在赶象人的后面，抵达象厂的时候，人们会疯狂地挥舞着火把，把野象赶到栅栏里。大象在里面四处碰壁，嘶叫乱撞，人们则用空包弹和火把迫使他们冷静下来。这是一场大战役，男人们相互间打着手势，绳索拴在大象的脖子上，再套到木桩上固定，火、土、空弹壳和摩擦的大象，把克达象厂拥挤得像即将爆炸的气球。

哪怕是小托梅这样不过十岁的孩子，都能有效地参与进来。他会爬上高高的木桩，鸟瞰一切。他嘶吼的声音那么尖，在雷鸣般的象吼声中清晰可辨。“卡拉纳格，左前边那个大块头，撞他撞他！小心，小心！小心这边的木头桩，嘿嘿嘿，看我指的方向，冲过去，冲过去。对，咬住他，嗯，嗯，嗯，哟呵，嗯，使劲儿，使劲儿！”大人们抬头看到小托梅站在木桩上恨不得跟卡拉纳格一起扭打和撕咬的样儿，都忍不住笑了。

当然了，小托梅还会在相对稳定的时候蹿进象群，他从地上捡起没用着的绳索，再抛给正在工作的大人们，他能灵活地在象腿间钻进钻出。大托梅看到这一幕，立刻示意卡拉纳格。卡拉纳格立刻用象鼻子卷起小托梅，放到他父亲身边。

“你疯了吗？”大托梅抬手打了儿子一巴掌，“你知道在下面走会被踩死吗？你这个小不点儿！平时是不是让你参与得太多了？送送帐篷，砌个象厂你觉得自己了不起了吗？捕象这种工作你能干的时候会叫上你，你不能干的时候别逞能！咱们家在皮特森萨西布那儿已经挂上号了！”

小托梅惊恐地看着爸爸，他听说过很多关于皮特森萨西布的故事，他是最伟大的捕象人，他控制着所有克达象厂的捕象家族，他为印度政府抓获的大象，比所有当地人都多。作为一个外来人口，一个白人，他的成就和经验都相当了不起。“那，那会怎么样？”

“怎么样？！后果很严重啊！”大托梅看着自己的儿子。必须承认，在与大象打交道上，小托梅天赋惊人。皮特森萨西布这个捕象狂人，很可能看中小托梅，把他带到专业的捕象队里去培养和锻炼，风餐露宿也就罢了，就怕逃过了非洲丛林里的热病，也躲不过大象惊恐的铁蹄，在克达象厂让野象踩死。“你不要再掺和捕象的事情了行吗？你就安安生生地当一个象夫，安全第一！记住了吗？去吧，看看卡拉纳格怎么样。老规矩，给他冲个澡，耳朵别进水，看看脚掌有没有裂口或者扎刺。安分点儿我的儿子，不然皮特森萨西布抓你去当野象猎人，非死即残！”

小托梅没答话，他也有心里的小算盘，他佩服皮特森萨西布，他巴不得能跟着这个传奇的白人一起捕猎，那是多大的荣耀啊。“嘿，卡拉纳格，你看看，你看看，这么大的刺，别动啊！”小托梅从老“黑蛇”左前脚拔下来一根长刺，“我今天特别高兴，特别高兴，哈哈哈哈哈哈哈。”

接下来的几天，小托梅在丛林里捡拾因为奔跑遗落的工具和物品，而大托梅在象厂骑着之前驯服了的大象，训练新捕获的野象。

“爸爸！爸爸！你看！”

大托梅听见儿子兴奋的喊叫，顺着他手指的方向一看，心里一惊，是皮特森萨西布。他和记账人正在给克达当地人发工资。那些捕象人、猎人和助手都只是临时打工的克达人，他们靠着树，挂着枪，正津津有味地清点着到手的工资，并不时发出得意的笑声。

大托梅领着儿子和卡拉纳格也过来领工钱。

“这小孩儿就是捕象天才啊！”人们议论着。因为赶象进厂的那一天，大家伙儿都见识了小托梅的胆识和调控能力。

“谁？”皮特森萨西布浑身长满了耳朵。在危险的丛林里，他的耳朵就是他的雷达，不但能听到露珠掉落般细小的声音，还能判断出这声音是谁的，因为什么而发出的声音。“小神童？”

“喏！就是那个孩子！”马楚阿阿帕指着小托梅，“就是这小子！我们赶象进厂那一天，这小孩儿跳到象群里，从地上捡起绳索递给巴摩，才成功捉住了那头小象，是吧小托梅？”

转眼间，小托梅已经走到跟前，听见大人们在议论自己，他紧张地低下头。

“哦？”皮特森萨西布好奇地正了正身子，有点儿不可思议地盯着小托梅，这小孩儿还没有捆象桩上的钉子高呢，而且头低得快插进胸口里了。“小朋友，你叫什么名字？”

小托梅紧张得不得了，不敢回答。大托梅打了个手势，卡拉纳格用鼻子卷起小托梅，把他举到了骑着大象的皮特森萨西布眼前。小托梅和皮特森萨西布刚一对视，赶忙用手捂住脸，害羞得抬不起头来。

“他叫托梅，是我的儿子。您不要相信那些传言，他是个坏孩子，迟早进监狱！”大托梅不愿意皮特森萨西布对自己的儿子发生兴趣。

“哼，”皮特森萨西布冷笑了一声，“我可不会相信你的信口雌黄。”他摸摸自己下巴上的胡子茬儿，“他有胆在克达象厂里斗象捕象，这份胆识是绝对不会坐牢的！”他拉过小托梅的手，放进去四个安那，“你很聪明，又有胆量，将来一定是个好猎手，给你，来，拿好了，买糖吃去吧。记住，克达象厂可不是小孩儿玩儿的地方。”

“为什么？我永远也不能在克达玩儿了吗？”一听不能继续留下，小托梅急了，也放下了害羞。

“正是！”皮特森萨西布瞟了一眼沉着脸的大托梅，猜到了他的用意。“也不是永远，等你再长两年，看过了大象跳舞，你再来找我，我带你见识见识克达真正的全貌，好吗？”

小托梅感激地点点头，可是周围却都是放肆的嘲笑声。哪里有大象跳舞！那不过是克达当地人骗小孩儿编出来的故事。他们世代听着这个故事，带着这种期待长大，谁也没有真正见过。所以“大象的舞蹈”，已经成为当地人的一句玩笑，意思是根本不可能出现的事情。

托梅家族带着新捕获的野象开始下山往平原方向返回，小托梅兴奋地给妈妈讲述刚才的经历，高兴地把钱塞给妈妈：“我还会给您挣更多的钱，哈哈！”

大托梅心烦地用铁棒捶打着卡拉纳格。一路上新捕获的野象不停地惹祸、呻吟、冲撞，再加上刚才发生的那一幕，他的心里就像塞进了一口热锅，烦躁不安。

“大托梅！让卡拉纳格上来帮个忙！今天这些野象可能疯了！”一个阿萨姆赶象人走过来求助，“我想这周围肯定是有他们的同伴，你看看他们一直在抵抗！”

“走，卡拉纳格，咱们去杀杀他们的锐气！”大托梅指挥着卡拉纳格，粗暴地撞击着前面的大象，对比较抵抗的，还用象牙戳了戳。“捕猎时，我把所有的大象都抓起来了，别为自己的粗心找借口，我看必须适当地整顿一下队伍了。”

“口气还不小，都抓住了？”另一个赶象人说道，“可真是小聪明加少见识的平原猎手。哈哈哈，野象群今晚可有的热闹了。”

“怎么个热闹法？”小托梅好奇地插嘴。他一直在偷听大人们的谈话。

“嘿！小家伙儿，哈哈哈，我告诉你。”他神秘地小声说道，“今晚野象要跳舞，哈哈，你的父亲捕获了这里所有的野象，他今晚可得加强防范了，哈哈。”

“别在孩子面前胡说了，”大托梅打断对方，“我活了这把岁数，可是从来没见过什么大象跳舞的！”

“要不说你们见识少呢。哈哈，你晚上别上锁链试试，那个神秘的舞蹈场在蜿蜒的河道后面，我曾经去过那里。”那人继续说，“嚯，到营地了，赶紧把这群没有耐心的大象都拴在木桩上！我得去喝一杯了。”

夜幕降临，小托梅牵着卡拉纳格在营地闲逛，这一整天因为和皮特森萨西布关于大象跳舞的约定，他兴奋得无以言表。他在营地里四下寻找着能发出响声并且像样儿的乐器，来抒发心中的愉悦。对非洲原住民的小孩儿来说，音乐和舞蹈能表达他们的灵魂，能让大家的内心共通，也能让当事人自我陶醉。

卖糖的商贩借给了小托梅一把手鼓，小家伙儿敲打着自己的韵律，高兴地转着圈，也许听起来完全没有个稳定的调调，但是足够小托梅自己沉浸其中。他躺在饲料堆里，摇头晃脑地哼哼着。

深夜，小托梅抱着手鼓，沉沉地睡着了。大象也放弃了抵抗，一只只在他身边躺下。而今晚，卡拉纳格并没有睡，他在象群边站着，迎着风，高大挺拔。夜晚的丛林也像是一场交响音乐会，风的呼呼声，树叶的沙沙声，水流的滴答声，树枝的咔嚓声，小鸟的叽喳声，此起彼伏。

小托梅半睡半醒地翻了个身，一个微弱的声音闯入了他的耳朵，好像在遥远的地方，有野象发出的呼嘟声。他一下坐了起来，看向卡拉纳格："什么声音？"

身边的大象也像触了电一般一跃而起，发出遥相呼应的呼嘟声。成年人赶忙用石块加固捆象用的尖木桩，在紧紧的绳子上再绾一个绳结，连卡拉纳格身上的铁链都用来稳定新象了，老"黑蛇"此刻脖子上就只剩下一根草绳。也许托梅家族世代都有这种心理——已经成功地制服了卡拉纳格，但是今晚，他有点儿不寻常。

"交给你了！"老托梅习以为常地回到帐篷去睡觉了。

小托梅拍拍饲料堆也准备睡觉，他看着卡拉纳格望的方向——伽罗山，再看看大象，惊恐地发现，卡拉纳格不知道什么时候已经悄悄地挣开了只有象征意义的草绳，正沿着大路离开。

“嘿！嘿！”小托梅悄悄地跟在后面，并没有想吵醒大家。他意识到卡拉纳格今晚不对劲儿，他想要跟卡拉纳格一起去看看。“等等我，把我带上！”

卡拉纳格停下脚步，倒退到小托梅的身边，用鼻子卷起他放在自己的后背上，大踏步地往森林深处走去。除了树枝和他之间的摩擦声，卡拉纳格像朵青云，没有发出任何声响。树枝打得小托梅睁不开眼睛，但是凭感觉，他知道他们正在上山。

不一会儿，他们抵达了山顶。小托梅直立起身子，四下观察。月光下，树木连成片，仿佛一片绿色的海洋，衬托在河里翻腾上来的薄雾里。那些在夜间活动的小动物，让夜晚的森林很美很充实。

又过了一会儿，卡拉纳格掉转方向，朝一片陡峭的山路走去。因为崖壁陡峭，他们恨不得一下子就冲下山谷。小托梅紧张地抓着卡拉纳格身上的绒毛，幸亏大象顾及这孩子的感受，在象的可控范围内，他的步伐还是很稳健的。虽然动静特别大，树枝因为冲撞不断发出被折断的声音，卡拉纳格衰老的骨节也咔啦作响，但是他灵活的四肢稳固地走在丛林里，除了幅度有点儿大，速度有点儿快，小托梅已经渐渐适应了。

草地变得湿润柔软，小托梅紧张的神经得以放松。大象深一脚浅一脚地踩着泥地，嗞嗞冒水。很快，河道跳进了小托梅的眼帘。他俩踏浪而行。河水深的地方到了大象的膝部，但是也没有阻止卡拉纳格的步伐。他大跨步地蹚过河床，除了水流击打的哗哗声，小托梅听到周围有更多的相同的声音，就好像一个三维立体声，一些起伏的阴影和粗重的喘息声，还有不断传来的大象的吼叫声。

“天哪！这么多的大象？！难道，今天，今天就要开始大象之舞了吗？”小托梅心想，又惊又喜，牙齿激动得都在颤抖，发出咯咯咯的撞击声。

卡拉纳格发出长长的一声鸣叫，似乎也在呼应小托梅的激动。他迅速往山上攀登，山上的草啊灌木丛啊都东倒西歪，显然在刚刚的一段时间里，这些小草经历了数十头大象的踩踏，已经无力支撑。小托梅激动地四下观察，有一只体形巨大的大象尾随，周边也是巨影闪烁，嘶吼漫天，形成咯咯吱吱喳喳的树枝折断声的交响曲。

登上山顶，孤零零的几棵大树在被大象踩平的地面上显得有点儿单薄，月光把空地照射得仿佛灯光舞场，那些庞然大物躲在阴暗的树影下只留下模糊的轮廓，小托梅激动地用手清点着："一、二、三……"但随着大象群开始移动，小托梅数迷糊了，头也有点儿晕。

那些张着巨大白弯牙的青年大象率先扭动起身躯，而腹部下面藏着小象的象妈妈行动稍微缓慢，老年大象虽然皮肤褶皱苍老，但甩着鼻子却有年轻时的模样，那些成年的雄性野象，跺着沉重的脚步，似乎有某种音乐在他们内心奏响。有的头对头像是斗舞，有的身挨身像是交际舞，有的成群一起像是集体舞，不停地用他们笨拙的身躯使劲儿摇摆。

"咯咯咯咯"，象群里发出了一阵紧张的声音，大象都不动了，只是静静地聆听。小托梅以为自己被发现了，但很快，他听见半山腰上传来了脚链发出的丁零声。

小托梅贴在卡拉纳格的背上小心观察，上来的正是皮特森萨西布的座驾象帕德米妮，她也挣脱自己的绳索上来跳舞了。另外一头象小托梅没见过，但是象身上纵横交错的皮外伤，他推测应该也是从营地里跑出来的。

警报解除后，大象们又开始载歌载舞，他们相互蹭着交流感情，也咯咯咯咯地发出长短不同的声音，像在交流。小托梅紧张地蜷缩着身子，又控制不住好奇心要往下看看象群的动向，他看着大象们滴溜溜的眼睛四处乱看，用象鼻子相互碰撞着仿佛握手，尾巴扫来扫去。一个小时过去了，小托梅的兴奋劲已经被疲倦代替，他有点儿困了，可是他走不了。这么多野象，没有大人们的火把和枪支，他一个小孩儿深陷象群简直是太危险了。

忽然，一个冰凉的象鼻碰到了他的后背，大象立刻惊恐地叫了起来，一只，两只，五只，十只，惊慌的恐惧在大象中蔓延。

“铿，铿，铿，铿”，卡拉纳格不断抬脚，跺出一种呆板的节奏。大象们逐渐跟着他一起开始跺脚，小托梅感觉到地都在震动，隆隆声有点儿震耳朵，不一会儿头也开始疼，他捂住耳朵，但是却阻止不了自己的心脏跟着这些声音一颤一颤。就在这种精神摧残中，小托梅陷入迷糊，不知道在象背上还是在地上，或者在树上，他太阳穴上的神经在一跳一跳，让他一阵阵恶心，在昏昏沉沉中，阳光刺进了他的眼帘。

“呜。”他抬手遮挡下强光，眯着眼睛坐了起来，除了卡拉纳格、帕德米妮，还有后来的那只遍布勒痕的大象，其他的大象都像消失了一样，但是下山路上叮咣的响动，说明一切都是真的，只是这些象都在黎明时分离开了。

“卡拉纳格，跟着帕德米妮一起回她的营地去。”小托梅发出最后的指令，他的体力已经有点儿不支，他要回到皮特森萨西布的领地告诉他昨晚发生的一切。“哦，卡拉纳格，我太累了，如果你走得太慢，我就要掉到地上了。”

正在吃早餐的皮特森萨西布，远远望见了帕德米妮，这家伙身上滚了很多泥，有点儿狼狈。他眯起眼看向她身后，摇摇晃晃走着的，是驮着小托梅的卡拉纳格。联想到他的野象躁动不安的嘶吼和烦躁，皮特森萨西布意识到了什么，他站起身，有点儿难以置信地迎接着回来的人。“难道……”

“我看到了，大象、大象的舞蹈……”小托梅支撑起倦怠的身躯，他的脸色煞白，头发湿漉漉的可能有点儿受了风寒，“我好难受，我是不是要死了？”他头一沉，从卡拉纳格的背上滑了下来。

皮特森萨西布接住了他，把他放在自己的吊床上休息，把他的头垫高，灌了点儿牛奶，等待他恢复。

只是体力透支的小托梅很快醒了过来，并且精力充沛，他环视围着他里三层外三层的老猎人们，知道大家都在等待自己的故事。

“是卡拉纳格带我去的那片舞蹈场，几十头大象我完全数不过来，他们分成无数条路会聚到一起，跺着脚，把场地踩平。哦，我的卡拉纳格，他的脚一定非常酸了。”小托梅和大人们目光交流，“真的，是真的，你们要相信我，我说的都是真的，我可以带你们去，让你们亲眼看看大象跳舞！”

小托梅躺回吊床，噘着嘴，因为猎手们对他的话似乎半信半疑。

皮特森萨西布带着马楚阿阿帕沿着大象的足迹，准备一探究竟。他们翻过了数十里山路，终于找到了那片空地。

“我打猎十八年了，只见过一次这样的场面！那孩子说的都是真的！”皮特森萨西布难以置信地喃喃自语。

“我数了一下，一共七十条小路从山下上来。”观察细致的马楚阿阿帕来到这里就没停止过观察，他抠抠土地上压得结结实实的草地，又指指旁边的树，“看这里，皮特森萨西布，这应该是帕德米妮的铁链撞击出的痕迹，她也来过这里！”

说罢，两个人都心生敬佩，他们这数十年来，也许一直低估了大象的智慧，他们是那样聪明的一种动物。

“我活了四十五年，我的见识远不及那个十岁的孩子，他目睹了也许我这一辈子都无法看到的景象。老天，我真羡慕他！”马楚阿阿帕抒发着自己的心里话。

“回营地！今晚要杀鸡宰羊，我们应该庆祝一下！”皮特森萨西布下定决心，今天发生的这一切，绝对配得上举办一场盛宴。

焦虑的大托梅边打听边寻访，从平原返回，寻找自己的儿子和大象，他看到皮特森萨西布的阵营火光冲天，就抱着一丝希望前来寻找。

在火堆旁，他看到了自己的儿子，小托梅像一件圣物一样，在猎人们、赶象人、捕象人中间传递，他们每个人都拥戴地把他举过头顶，并用鸡血在他的额头画上森林人的标志符号。

直到火堆熄灭，在火焰的余光中，赶象人另一个重要首领马楚阿阿帕站了出来，他抱起小托梅举过头顶。“他看到了那场传说中的舞蹈，他就是被上帝和大象选中的人，他的名字正式改为大象的托梅，和你的曾祖父一样！”马楚阿阿帕羡慕地看着小托梅，“你的成就会超过我，成为最伟大的追象人。你会一生平安，众神赐予你无上的荣耀。请各位朋友给这位象王行礼。大象的托梅，我向你致敬！”

人们举杯欢呼，连大象都用鼻子发出庆祝的鸣叫，这无上的尊崇感，让小托梅红了眼眶。一切都要归功于那个夜晚和那个景象，小托梅的坚持和勇敢，让他见到了前所未有的壮观景象，他值得这一切的赞美和嘉奖。

第七章　动物们的仪仗队

阿富汗的雨季来了，淅淅沥沥绵延了一月有余，军营里整装待发的人和动物，都在等待着印度总督在拉沃尔宾迪检阅。一位来自中东的国王埃米尔，带了八百有余的人和牲畜，也在这里参加检阅活动。每当夜晚，马群里青壮年的马匹，会挣脱绳索，在雨后泥泞的营地里跳跃逃窜，然后，大型的骆驼也学着他们的技巧，挣断绳索，四处乱跑。

我的帐篷离营地非常远，我受不了动物们嘶吼的噪声。因为我有些动物语言的知识，能听懂他们的兽语，所以如果和这些牲口住在一起，我会被吵得无法入睡，我不能控制自己不去听他们讲话，所以距离越远才越安全。可是今晚，当一个男人进入我的帐篷让我离开时，我才知道当动物发起狂来，住多远都是徒劳的。

我狼狈地穿上衣服和靴子，猎狐犬威克森在帐篷口叫着。我才一出帐篷，我的小家就被冲塌了，支撑柱咔嚓一声断裂成两半。一个比马还要高大的动物蒙在帐篷布里疯狂地挣扎着，我气愤地盯着他，恨不得眼睛里能射出箭来。看着这家伙像喝醉了一般东倒西歪，我也十分无奈，不得不在泥地里向更远的地方走去。我猜想，今天营地里的动物肯定跑出来不少，不然不会有动物跑到我的帐篷里来。

走了大概十分钟，我在一门炮后面找了块相对干松的地方。显然，我已经走到了炮兵营的阵地附近，这里夜里被用来堆放大炮。我实在不想冒雨再继续走下去了，脱下雨披，搭在大炮的炮筒上，用炮弹箱支撑起四角，勉强躺在下面。

我刚打算再睡个回笼觉，又听到了叮叮当当的声音。这声音，通常来自马匹脖子上的马具。我正在烦躁，一头骡子从我身边经过，他耳朵上湿嗒嗒的雨滴溅到我的手臂上。我烦躁地盯着他，希望他赶紧走出我的视线。我猜想，这只骡子可能就是炮兵连的，他身上背着很多工具，是平时用来往山上运送螺式炮零件用的。

骡子身后不远处，又跟来了一只骆驼。哦，讨厌的骆驼，没有骆驼，我也不用大雨夜，委身在一门窄炮底下。

这只傻大个儿骆驼像迷路了一样东摇西晃，四处打量，我猜想这应该就是闯进我帐篷的没头苍蝇，我不自觉地翻了个白眼儿。

“嘿！伙计，这是哪儿？”骆驼跟骡子叫嚣着，“我刚才闯进了一个白布里浪费了好些体力，还有人拿大棍子打我的脖子。我不想再白走了，你能不能告诉我，我该往哪儿跑？”

你看，就是他，捣毁了我的帐篷，还在抱怨，栏杆怎么没把他砸晕过去呢！

“就是你们这些疯子，把营地折腾得乱七八糟。”骡子没好气地回应道，“你们疯了吗？不知道自己该干些什么？天一亮，看看人类怎么教训你们！哦，对了，我也有东西送你！”

说罢，骡子冲到骆驼身边，照着他的下腹部，用后腿猛踢了两下，骆驼疼得佝偻着身子，跌坐在地上呻吟。

“下次不要在炮兵营这儿瞎跑了，我厌烦你们的大呼小叫，赶紧滚蛋！”骡子威胁地吼叫着。

“哎哟，是谁这么大的口气啊？”一匹高大的战马也途经此地，往骡子的身边凑过来。

“我是炮兵营的骡子。”他自我介绍道，“你和那骆驼是一伙儿的吗？”

“我是迪克堪利夫的战马。我和这家伙在一个军营，但是我也不喜欢他。因为骆驼们吵吵闹闹的，影响我休息，更影响我正常地提供服务。”这匹英姿飒爽的大马，貌似也是骆驼的敌人。

“弟兄们，嘿，别这么浓的火药味儿，我不过是做了个可怕的噩梦，我是三十九步兵团的，负责运送行李。”骆驼谦卑地说。

“你不在自己的地方老实待着，在别人的营地瞎溜达干吗？！”骡子继续刨根问底地追究着。

“我刚才不是说了嘛，我做了可怕的，可怕的，超级可怕的噩梦，我害怕，所以想逃走嘛。”骆驼略带歉意地解释着，“哦，天哪，你们听！什么声音那么恐怖？我不能再待下去了，我得赶紧逃走！”

“唉，你快给我踏实待着吧！”骡子简直要被对方蠢哭了，“这里是炮兵营！到处是不长眼的炮弹，你再瞎跑，当心把你的腿炸飞了！”他停下话语静静地聆听，“这个声音应该是部队的公牛发出的。你知道吗？蠢骆驼，你们把整个军营都给搅和了。这群公牛要是出来了，麻烦就大了！”

我也四下寻找，动物的听觉似乎比人类要提前几秒钟。我听见铁链拖行的声音，循声望去，两头气呼呼的公牛肩并肩走了过来，而另一只炮兵营的骡子踩住了他们的铁链。两头公牛顺势靠在一起卧在地上，反刍起胃里的食物。

“比利，”新来的骡子，跟脾气暴躁的骡子打了个招呼，“有很多可怕的东西跑到我们的阵地来了，是人类吗？他们不会攻击我们吧？”

“瞧你那㞞样！”坏脾气的比利翻了个白眼儿，“你是不是欠踢啊，别在战马面前，丢咱们炮兵营的脸！”

“说真的，我也害怕人类。”战马谦虚地回应着，试图打破这种尴尬。

“我可不怕！”比利骄傲地说，“当那些士兵第一次把马具套在我身上的时候，我一个蹶子就把那个人蹬飞了。整个炮兵营的士兵，都害怕我有劲儿的后腿。”

“自我介绍一下，”反刍的两头公牛得空儿也复应着，“我们是大炮营的第七对公牛。我们也是跟着骆驼来的，他踩在我们身上，把我们给疼醒了。我们就跟在他后面，来了这儿。”两头公牛冲年轻骡子仰了仰脖，“比利，你这位年轻的兄弟可是个胆小鬼，一直靠在我们身边寻求保护，我怎么安慰他都不行，你赶紧地开导开导他吧。”

比利鄙视地看着这只小骡子，感觉炮兵营的脸都让他给丢光了，而对方，还一副其实我什么都不怕的嘴硬样儿。

“尽管胆小是很糟糕的一件事情，但是，每个人面对自己不认识的事物时，畏手畏尾是可以原谅的，尤其今晚的天色这么黑，电闪雷鸣，一次胆小，就原谅他吧。”战马帮对方求情，“在澳大利亚的时候，我们听了鞭蛇捕猎的可怕故事，一整个马圈儿百匹马都不敢睡觉，有一次看到绳子头儿，我差点儿吓晕过去。”

“好吧，”比利收回指责的目光，转移话题，“平时训练和工作之余，你有没有找找什么乐子？”

“乐子？”战马回忆着，“平时迪克堪利夫骑在我身上的时候，我都会小心翼翼地缩紧后腿，判断和解读缰绳的指令，这算不算是乐子？”

“我听不懂，举个例子！”年轻的骡子对新鲜名词一头雾水。

“缰绳的指令你们不懂？没听过？”战马有点儿惊讶，“比如说主人需要你立即转身，绳子的指令就是在脖子上收紧，这就是绳子的指令。要知道，熟悉主人使用缰绳的手法和用意，是会救命的！”

“我们没有这方面的训练。”骡子比利非常坦白地说，可是他也并不想示弱，“我们的训练主旨是服从前面的人类给出的口头指令，走就走，停就停，转就转，站就站，其实也是很复杂的。那些个要求站立的指令对肘部伤害很大，你是怎么处理的呢？”

“我？”战马分析道，“通常来讲，我遇到这样的情况比较少。我和迪克都是在战场上杀敌的，那些野蛮人挥舞着刀枪，说真的，从我的眼前过的时候，真让我害怕，白光闪闪，非常快。好在，迪克是最勇猛和有经验的战士，他的长矛可以有效防御敌人的进攻，看着那些节节败退的野蛮人，我非常庆幸，我跟在迪克身边。”

“哦，天哪！你不怕大刀会伤到你吗？”年轻的骡子感同身受地问道，“你从来没有受过伤吗？”

“上战场怎么可能不受伤，有一次大刀砍在我的胸口上呢！”战马摇摇头。

“所以人类还是靠不住，你看，是不是因为他！你的迪克！”年轻的骡子继续追问。

“并不是他的错，迪克是个很谨慎的人，那次怪我。”战马否认道。在战场上，战马和战士是一体的，相互配合心无旁骛，他们需要绝对的信任，才可以达成最坚不可摧的战斗共同体。“有一次战斗后，清缴战场，我从一些尸体间穿过，地上躺了一个人，我并不想踩他，想从他身上迈过去，谁知道他起身照着我的肚子就划了一刀，疼得要命。从那以后，我每每从躺在地上的敌人身边经过，我都使劲儿踩使劲儿踩，蹦起来踩，狠狠地踩！”

“这件事确实怪你蠢！”比利毫不客气地批评道，“刀这种肮脏的东西，真的是有多远躲多远！”他跺了跺脚，“对于我们炮兵营的骡子来说，我能做的，就是套好马鞍，背上装备，凭着我们有力的腿，在高山上一路攀登，一路爬，直到山峰的制高点。只有我自己，在只能容纳一头骡子的岩石上，骄傲地站立，看大炮支在身边，弹射出那些红色的炮弹，远远地射入丛林的树梢中去！”

“登山？”那是战马不能完成的任务，“你不怕摔倒吗？”其实他想说的是，你不怕从高山上摔下去吗？对于悬崖险峰，一个失蹄，可能就死无葬身之地了。

“骡子们是不会摔倒的。”比利骄傲又自信地回答，“如果骡子会绊倒，那母猪都会上树了！”他说了一句人们常说的谚语，“当然了，登山过程也不总是一帆风顺，倘若人们把马鞍装得不牢，我就比较麻烦，我需要不断地去找和掌控货物的平衡。不过三年来我已经总结出了一套经验之谈，那就是永远不要暴露在阳光下，否则容易挨雷炸。记住哥哥这句话，尽量不要偏离你的路线指示。我的方向感特别好，每当我们爬山的时候，我就是炮兵营的导航员！”

“我的任务是和迪克一起冲锋，我不能想象还没有冲进战斗的核心区就要挨炸！”战马有点儿接受不了。

“你必须承认一点，大炮绝对比刺刀好使！一旦大炮整装完毕，并且装好炸药，只需要一秒钟，战斗就结束了，只剩下一片硝烟，这是更先进、更高效的战斗方式！”比利继续给战马普及他日常生活中总结出来的生存经验。

“咯咯，”胆小的骆驼清清嗓子，“其实，我们也参与到战争中过。”听着战马和骡子的英雄事迹，骆驼也想找点儿存在感。

“你？！”比利挑挑眉，这个㞞骆驼能干什么？“你也参与过？那你是上阵杀敌了呢，还是扛炮上山了呢？”

骆驼摇摇头，口水甩出一米远：“我们参与的方式是，全体蹲下！”

“蹲下？”战马低头看看自己身上的护板和铠甲摇摇头，“我可蹲不下去。”

“我们一百多头骆驼蹲成一排，长长地组成一堵墙，人们把物资、包裹和鞍子放在里面，用我们的身躯掩护他们，以便他们可以朝各个方向开枪。”

“我也受过这样的训练。”战马回忆道，“人们命令我们躺下，他们趴在我们的腿下面，把枪架在我的肚皮上开火。你知道，我特别怕痒痒，只有迪克堪利夫可以这样做，我信任他！”

“我不管那么多，爱谁谁，我蹲在那儿什么也看不见，就是静静地等。有时候还能眯眯眼，我并不害怕。”骆驼一副与世无争的姿态。

“你当时是不着急了，你们骆驼晚上做噩梦谁受得了啊，你看看今晚你们把营地搅得天翻地覆。得了，得了吧，都不说了，让我再躺会儿。我是绝对不会允许有人拿我当挡箭牌开枪的，我非用我的后蹄子踢他的脑袋瓜儿，人肉沙包，你们知道这是多么残忍的事吗？”比利说。

大家都沉默了，思绪都回到了战场上出生入死的画面中，只有反刍的公牛听了大家的聊天，开始发话了。“这么做确实挺蠢的，打仗嘛，就一招足矣。”两只公牛一齐说道，“你知道，战场上最胆小的是大象，他们总是躲在离战场很远的地方大叫。我们这些公牛一起拉着大炮，吭哧吭哧吭哧地移动，穿过整个战场，到指定的地方停下。人们开始架炮进攻，而我们开始在附近吃草。当那个大家伙点火发射，呵呵，好家伙，一阵烟雾腾起来，铺天盖地，气势恢宏啊。”

“你们那样就可以吃草休息了？”年轻的骡子羡慕地问。

“只要摘下轭具，我们随时可以吃草，因为有时对方也会炮击回应，总不能炸死前连草都没来得及吃吧。”公牛说得轻描淡写，“这就是我心目中战争的唯一方式。我们的父辈就是湿婆的神牛，我爸爸告诉我的。”

“知道吗？伙计们，今晚你们给我上了一课。”战马点点头，“我不能想象，后面有大象和大炮，怎么还能吃下东西？”

“就像我不能理解你们蹲下，掩护人们开火，或者冲进满是刀枪的战场中心，我唯一愿意参与的就是驮着货物，登上山峰岩壁。我保货，人选路。我就做一只安静走路的骡子，其他的，我绝对不想参与！”比利急得直跺脚。

“这就对了，我们的职能不同，分工不同，我理解你们的工作和属性，但是我不见得明白这所有的理由和复杂性。”战马如实说，“就好比你的父亲和母亲。”

“我的父亲是个绅士，他很勇敢也很勇猛，他不费吹灰之力就能放倒马厩里的母马。只要他想，他也能撕碎那些马。你懂吗？澳大利亚的野马驹子！”比利气愤地回应。每一头骡子都讨厌别人提起自己的父亲，因为骡子是马和驴的杂交品种，提起他的父亲，就是在鄙视他的出身。

“你这头撒野的公驴之子，”高傲的战马被这样鄙视还是头一次，他胸中燃起无限的斗志和愤怒，“你这个傲慢的杂种敢在我面前撒野，臭小子，准备好战斗吧！”

“来吧！”比利呼的一下用后腿支撑站立起来，“有种的站起来打一架吧！”他的眼睛因为愤怒而开始闪光。

“都安静！有劲儿到战场上去使，别在这儿浪费体力！”黑暗中，一个低沉的声音在角落里有力地吼着。

是大象！骡子和马一瞬间收了气焰，挨在一起又统一了阵线。“这个破双尾，有什么好狂的！”动物们管大象叫双尾。这是一种鄙视的叫法，意思是这坨大肉两头都是尾巴。“你拴着绳索吗？”

“当然了。”大象回应道，“整个晚上听见你们在这儿叽叽喳喳，都吵死了！别害怕，我动不了。”

“荒唐！怕你？”公牛们否认道，“每当你害怕得不敢前进的时候，是谁拖着你卸下的大炮继续前进的？你这个胆小鬼！”

“说了你们也未必明白。”大象嘀咕着。

“我们当然不明白，因为是我们拖着大炮呢！”公牛继续不依不饶。

“每个人都有自己的分工，我们既不是骡子也不是马，更不是给我们捡漏的公牛。我清楚炮弹爆炸的意义，所以我要坚守我自己的位置。”大象看看公牛，摇摇头，“可惜你们不懂。”

“我觉得我应该也懂，可是我不愿意去想。”战马嘴硬地回复。

“我不但懂，而且还要去想。”大象诉说着自己的无奈，“对于我这样的大块头，我必须自己照顾自己。如果我被炮弹炸伤了，没有人可以来救我，没有那么长的纱布，也没有那么多的创伤药，没有人能照顾我，或者安慰我，我就得躺在没人愿意靠近的地方自生自灭。我的饲养员没有本事和本钱照顾我，他们也被停发了工资。我不相信人类，即便他是我的饲养员，也一样靠不住。所以，我必须自己保护自己！即便这样看起来很懦弱！”

“我相信我的迪克！”战马说了一晚上，但是已经越来越没有人在意了。

“我们不懂。”自诩勇猛的公牛不能理解大象的顾虑。

“这有什么难懂的？你们没见过血吗？”大象对公牛的脑回路有点儿质疑了。

“知道，红色的，落在地上就会渗进土里，还有一股腥味儿！”嘿，别说，公牛也算是见多识广。

战马跺跺脚，有点儿不安起来。“快别说了，我可知道那股味道。迪克在的时候，我闻见就恶心；迪克不在的时候，我闻见就想跑。”

骆驼看看公牛，说：“你们怎么那么傻？”

“这种脏东西，不提也罢！”比利也很怕血。

大象抖抖身子，让所有的铃铛配饰发出叮叮当当的响声，“不能想象你们没有恐惧，你们的脑袋里是不是空的？”

“我们不去想那些有的没的，我们只相信自己的眼睛。”公牛说道，“我们不会为懦弱找借口，我们只是目视前方。”

“我要是能那么勇往直前，也就不用你们扛大炮了。”大象接着说，“我们的连长，在炮弹发射之前，他能预判他脑子里所有的东西。我看到他在发抖，可是他没有退缩。如果我和他一样，我也就能自己拉大炮了。”大象话锋一转，“当然了，如果我有那样的智商，我更愿意回到丛林里当大王，像我年轻时那样，睡到中午，然后洗个澡，舒舒服服的，不像在这里，我都有一个月没有好好洗澡了。”

“我想，我有点儿懂你了。”战马说。

“我会让你们更明白些！”大象说罢，开始大声地吼叫。

“停，停，停下来！”动物们喊着，在黑暗又寂静的夜里，大象的吼叫，是那么震撼。

“汪汪汪！”

我听见我的小狗威克森的叫声了，小家伙终于找到我了。她围着大象的脚不停地叫着，那个拴在木桩上的大块头，竟然无助地求饶：“快走开，快走开！你这只小不点儿！我，我，我，我要踢你了啊。嘿嘿，别闻我的脚。喂，你不是要咬我吧？停停停，我不踢你了。你走吧，我就是开，开个玩笑。谁能把这东西叫走？我求求你们了，她要咬我了！”

“看来，这个双尾就是个不折不扣的尿货，他真是胆小如鼠啊！”比利冷眼看着这一切，鄙视地说着，“什么他都害怕啊！”

我偷偷地吹了声口哨儿，威克森马上抛弃了大象朝我跑过来。她身上湿透了，有泥也有雨。她告诉我她找遍了整个军营，我假装听不懂，把她搂在怀里，不让她再去参与动物们的争吵。

“嘿，那个小疯子去哪儿了？”大象跺着脚，假装还有点儿不依不饶，我看见他拿长长的鼻子，在脚下寻找着线索，“当我吼叫的时候，你们都吓坏了吧？”

“并没有，”战马回答，“只是你不要再发出那样的噪声了。”

“我害怕小狗，就像骆驼害怕噩梦。”大象坦白地说。

“我们不要再互相伤害了。”战马总结道。

“你们谁能告诉我，为什么我们每天都在打仗？”比利已经好久没有发言了。

“因为人们命令我们打。”服从迪克的战马理所当然地答。

“命令！”比利不屑一顾地重复。

“呼克姆嘿哟！”骆驼学着人类的声音，然后大象和公牛也在重复着这句命令。

“谁发号命令？”新来的骡子问道。

“那些人类啊，走在我们前面，或者骑在我们身上，再或者，牵着你鼻子或拽着你尾巴的人类！”动物们都用自己来比喻着自己的主人。

“那么，又是谁给他们下的命令呢？”

“这样问下去，可就没底儿了。”比利告诉他，“想那么多没用，因为我们只需要服从走在咱们前面的那个人，想太多容易挨鞭子！”

“他说得对！”大象支持比利，“虽然我不能做到一直服从，因为我的直觉和恐惧，但是比利说得一点儿没错，你们要服从身边下指令的人，不然影响了军队的进度，不是挨饿就是挨揍。”

“天要亮了，”公牛们挪动身体，“我们得回去了。虽然今晚你们都鄙视了我们的智商，但今晚讨论下来，只有我们是无所畏惧的。晚安各位，虽然已经没几个小时可以睡觉了。”

大家一阵沉默，不能反驳，又不想承认。

“那只狗在哪儿？”战马转移话题，“有狗的地方就意味着有人，那么，他们在哪儿？”

“大炮的屁股后面。”威克森回应着战马，然后冲着骆驼说，“就是你这只愚蠢的骆驼，冲塌了我们的帐篷，让我们在这雨夜里无处栖身，我的主人很生气！”

“主人？你的主人是白人吗？”公牛问，“算了，我们也不大想知道。我们走了，再见！”

说罢，公牛费力地拖着他们的弹药车，冲进泥泞的雨夜中想要快速离开。

“刚刚不是还在说大话吗？怎么现在知道害怕了？”比利讽刺道，“你们俩这个跑法儿，天亮了也走不出一米远！”

公牛们因为焦急和恐惧，尽管费力地在跑，但是步调不一致，光费力，不出数，越是使劲儿，越是不动，他们时而挤在一起，时而分成两个方向，最后筋疲力尽得几乎摔倒。

“白人有那么恐怖吗？”战马又不明白了，“我每天和白人们睡在一个营地里，他们很亲切。嘿，你们要把脖子给拉断了！”

话音未落，哐的一声，公牛们的蛮力把牛轭拽断了。两头公牛瘫倒在地上，无力地说：“白人吃我们的肉啊，你们不知道吗？这些白人最爱吃的就是牛肉啊！”

“让我去帮你们看看这个白人，”战马勇敢地站出来，“大部分白人的兜儿里都有好东西。”

“我不管你要干什么，我可是要走了。”比利站起来作势要走，“你没听那只狗说嘛，这家伙连个睡觉的地方都没有，说不定是个小偷呢。我这后背上背的可都是政府财产，丢了这些也得要了我的命。来吧小骡子，跟我走吧！”他转向战马，“晚安，高头大马，明天见，阅兵的时候，咱们再比试。还有你，”他又转向大象，“明天阅兵的时候千万不要叫，会扰乱我的心神，把队伍方阵带乱了。”说罢，在泥泞不堪的路上，费力地离开了。

战马来到我的身边，像跟任何白人一样，亲密地打着招呼，我从怀里掏了几块饼干给他。

“我的主人是最好的主人，他喂了几十匹马，所以现在兜儿里没有几块饼干了。”威克森也好面子，撒了个谎，“明天我也会去阅兵，坐着我的狗车，你呢？”

“我的天，”战马眼里都是敬佩，然后看看自己，“我怎么这么脏，我得赶快回去让迪克给我打扮打扮，洗个澡。你明天注意，第二骑兵中队的左边，最帅的战马，就是我了！”

阅兵仪式在第二天的下午举行，威克森陪我坐在了一个绝佳的观礼位置，靠近总督和埃米尔，整整三万人的仪式，恢宏又震撼。埃米尔也是盛装出席，黑色的羊羔毛帽子镶着各种宝石，看起来非常的富贵。

天气很好，阳光明媚，部队分方阵走过，步伐整齐划一，横成排竖成列，像一波波的浪花，连器械和大炮，也整齐得不可思议，看得我眼花缭乱。

随着优美的音乐响起，帅气的骑兵团来了。威克森在双轮马车上都坐不住了，激动地站在我的腿上，寻找着她的朋友。骑兵们拿着长矛，昂首挺胸，在左侧的位置，我们看到了昨晚的那匹战马，他洗过澡，看着很是挺拔，长长的尾巴像美女的长发一样顺滑飘逸，上下抖动旋转，下巴抵在胸部附近，形成一道谦卑的弧线，左耳朵冲前，右耳朵冲后，四蹄跟随着节奏踢踏前行，十分优雅。

骑兵团身后，是大炮方阵，我看见三头大象排成一排，包括昨晚的那只，他们拉着一架重型攻城炮，光炮弹貌似就得四十磅[①]重。

大象的身后，是那些无所畏惧的公牛。第七对公牛的牛轭是崭新的，因为他们昨晚把旧的挣断了，而这新锻造的牛轭太僵硬，需

①1磅约为0.45千克。——编者注

要在他们的肩部再磨合个三年五载。

最后来的是骡式炮，骡子比利自信地昂首挺胸，仿佛他是领头的箭头，统领着所有方阵的骡子。他的挽具抹了层新油，擦得锃亮。我站起来为这头忘我的骡子鼓掌喝彩，可惜，他目不转睛，没有留心到人群中的我。

不一会儿，变天了，开始下雨，冷热温差大的时候，还起了雾，根本看不清方阵中的人和动物在做什么。我隐约看到他们顺势在地面形成了一个弧线，就像一座小桥，又拉开成直线。直线拉得挺长，一直延伸了大概千余米，由人、牲口、武器组成，像一面铜墙铁壁，整面墙有组织地向总督和埃米尔靠近。当他们近在咫尺的时候，地面都开始震动起来，就像是二级地震的感觉。这种震撼，只有身临其境才能够体会。

我看着埃米尔，如果说之前的方阵行进时，他只是例行公事地点点头，一副见过大世面对此不屑一顾的傲慢，而此刻，当部队拉长到没有尽头，并且大踏步地向他走来，地动山摇的气势，让他心生敬畏，还难免有些恐惧。他的眼睛瞪得大大的，手扶在腰间的长剑上，这是一种备战时的形体动作。他，心虚了，害怕了。

哐哐！部队在最近的安全距离停下了脚步，立正，敬礼！乐队奏乐，欢庆阅兵式圆满结束。

“请问，这样振奋人心的阅兵式，是如何顺利进行的呢？”一个跟随埃米尔一同前来的老酋长好奇地问道。他白发苍苍，这么多年来，这样精彩的仪式，可能是第一次看到。

“我们下命令，他们执行！”本地官员轻描淡写地回复。

“可是，我看到还有很多动物在配合表演，他们都是很聪明的动物吧？”老酋长刨根问底地继续发问。

“动物也是服从命令的，不管是骡子、公牛、马和大象，他们都由自己的饲养员管理，而饲养员又由中士管理，一级一级层层递升，直到女王陛下。”官员觉得这样一出阅兵仪式稀松平常，非常简单。

“哦，太不可思议了。”你看，并不是所有地方都有这样严谨的制度，“如果在阿富汗，我们只服从自己，不论是不是酋长，都是自己说了算。”

“哈，”官员转过身，捋捋并不长的胡子，“正是这个原因，你们不愿意屈服于埃米尔，而选择向女王称臣，不是吗？”他搂住老酋长的肩膀，“来来来，总督这边有请。”

丛林之书续篇

第一章　恐惧的由来

动物们遵守的丛林法则，可能是世界上迄今为止历史最悠久的律法，它针对所有丛林居住的生物，针对几乎所有会发生的情况进行相关规定，它的细则经过时间的洗礼，近乎完美。莫格里生命中的起始阶段和大部分时间，都在跟随棕熊巴鲁学习贯彻这些法则。每当莫格里对枯燥的法则表现出不耐烦的轻视时，巴鲁会告诉他，就像丛林的树木需要空气一样，法则就是丛林居民安居乐业的空气，谁也不能脱离它而独立生存。当所有的动物都自觉、自愿、自律地遵守丛林法则时，那么，丛林就会还给大家一个井然有序的共荣环境。

但是莫格里对这些大道理，基本上充耳不闻，左耳朵进，右耳朵出，毕竟以他目前的年龄，更关心的是吃、睡、玩三件事，因为他正是天真烂漫、心无烦恼的时候。直到这一年，丛林遭遇旱季，莫格里才有机会真切体会到丛林法则的重要性。

旱季的开端，早在冬季就已埋下了伏笔，整整一个冬天，没有雨也没有雪。莫格里正在树上悠闲地眯眼晒太阳，豪猪伊奇路过这里，向莫格里抱怨野生红薯都干死了。莫格里当然懒得搭理他，因为伊奇算得上是丛林的食神，他的食谱精细又优质，除了最好、最新鲜、最甜美的食物，他几乎不会对自己的餐食凑合一口，这种追求完美的择物标准在丛林这种粗糙的地方，显得那么格格不入，“关我什么事儿？”

“不要觉得事不关己！我的问题，迟早也会是你的问题！”伊奇语重心长地说。他抖抖身上硬邦邦的尖刺，发出难听的咯咯声，发泄自己的不满，“开春后你还准备在深潭里游泳吗？”

“快别提了，你不知道吗？深潭水越来越浅了，我觉得开春后可能就要干了，我再跳进去，非磕爆头不可。”莫格里撇撇嘴，不服地看着伊奇。他觉得他的丛林经验和丛林法则，已经比这些小动物要丰富多了。

“那可就算你倒霉了，要知道，细节里才透着智慧，”伊奇扭到一边，快速躲开莫格里的小手，“嘿，人孩儿！不要想再拔掉我的鬃毛，上次让你得逞了，我可是疼了好久呢！”

傍晚，莫格里把伊奇的话告诉了巴鲁。

“人孩儿，你提到了一个重要的信息，如果若干年后再遇到这样的事情，记住换一个地方捕猎，多做储备，要早于其他的动物，要先知先觉，省得人多的时候，为了点儿食物打个没完。”巴鲁听了之后，严肃地皱皱眉，“人孩儿，这回给你上一课，我们先观察观察莫瓦树是怎么开花的吧。”

春天到了，巴鲁的实验标态物莫瓦树却迟迟没有开花，很多花苞没来得及开放，就被早春的高温烤死了。巴鲁用前爪支撑，用后腿猛踹树干，只是抖落一点点味道刺鼻的枯萎花瓣。

炎热像病毒一样蔓延到丛林的中心，花朵因为养分和水分的缺失而变得灰黑和枯萎。丛林里很多积水池都干涸见底，太阳一晒，就裂成一块一块的，隐约搭配着几个近期踩上的脚印；平时生命力旺盛的藤蔓植物，也都耷拉在地面上，半死不活；竹林就像深秋时一般萧瑟，热浪呼啸，沙沙作响；水生苔藓也失去了生命力，纷纷从石头上脱落，那些曾经绿油油的毛石头，如今像雨花石一样光秃秃的，被太阳晒得发亮。

鸟儿们早早启程去了北方，似乎他们也怕即将到来的灾难；鹿群和野猪企图到人类的田地里找一点儿资源，殊不知那里也因为干旱而一片荒芜，一些无力返回丛林的动物，甚至绝望地死在了人类的面前。鸢鹰吉尔留了下来。这个时段里，他是幸运的，大批受灾而死的动物尸体，给他提供了享用不尽的腐肉。飞行中鸟瞰丛林所有荒凉情况的他也不免觉醒，再这么热下去，丛林就彻底毁在暴晒的日头下了。

莫格里还没心没肺地吃着，他有老蜜作为食物，一副有吃万事足的架势。即便那蜜黑得像炭一样不堪入目，他也能闭着眼，咂摸出里面隐藏的糖霜。树皮里肥嘟嘟的蛆虫和蜜蜂筑就的新巢，就是他的主要食物来源。

巴希拉增多了捕猎的次数，可是依然饥肠辘辘，他的口腔内部干燥得连一滴口水都显得弥足珍贵。平日里丛林的动物们其实很少饮水，但在真正干旱的日子里，偏偏谁都产生了一种喝水喝到饱的执念。

临近夏季，热浪已经到了要命的分儿上了，眼看威冈加河的主干道枯竭成一缕的时候，野象海瑟在和平岩下方，颁布了为了水源和生存的停战令，距离上一次休战，已经有五十年了。鹿群、野猪等食物链底端的生物，用他们沙哑的嗓音，发出刺耳的嚎叫声附和着，而鸢鹰吉尔则像广播电台一样将这个消息传遍丛林。

当蓝色岩石山脊在河流中间显现，就意味着干旱已经成为丛林首要解决的大事，这个岩石就称作和平岩，即任何动物在河流边饮水都不得有其他猛兽袭击，因为饮水权已经高过捕猎权，生命权凌驾于一切之上。

弱小的动物们不用顾忌身后是否会蹿出巴希拉或者希尔汗，这些瘪着肚子的小家伙头也不回地趴在污秽不堪却又弥足珍贵的水坑里，肆无忌惮地填饱肚子。他们不但满足了这一刻的口欲之欢，还能放松地躺在原地休息。

和平是丛林里难得的景象，在这样一个弱肉强食的环境里，和平共处看上去那样稀罕而可笑。水牛赖在水坑里不肯走，因为他们已经没有了可以降温的泥塘。野猪和鹿儿们整天翻弄着草丛，想找到些有水分的食物，可是最终却又一起啃食着干树皮或枯树叶以保存体力。小蛇们盘踞在池边降温，无论是被动物踢开还是拱走，他们都不做任何反抗。这个时段里，鱼儿们很少见，一大部分都干死在河床上了；还有一部分，藏在浅湾的泥浆中，苟延残喘。

莫格里通常是晚上才过来纳凉，一直对他虎视眈眈的希尔汗，此时也毫无生气。他瘦骨嶙峋的样子，瞬间老了十几岁，额头的毛发也让烈日晒得有些褪色，好似新长出来的白发，胸口的肋骨因为粗重的喘息异常明显，四肢也因为过分的纤瘦显得关节突兀，像是得了风湿病造成的变形。但是，莫格里和希尔汗眼神交会的刹那，那目光中的冷酷和仇恨，依然没有改变。

“这是丛林的关键期，”巴希拉看到他们目光交会，不放心地走过来保护莫格里，“但是只要咬牙坚持，都会过去的。对你来说，好像比我们好过些，今天感觉怎么样？吃饱了还是喝饱了？”

“也吃了也喝了，就是这里感觉不太好。”莫格里指指自己的心口，“看到动物们的惨状，我也要绝望了。是不是永远不会再下雨了？是不是丛林要变成火焰山了？”

“哈哈哈哈，”巴希拉笑了，他笑这个人孩儿也开始杞人忧天了，“要乐观，知道吗，人孩儿？还会有滂沱的雨季，还会有鲜艳的花，还会有嫩绿的小草，还会有繁荣和富足。来吧小伙子，我背你四处走走？”

“不，我还可以走动，你还是照顾好你自己吧。”莫格里看看巴希拉同样消瘦的后背，怎么忍心再让他负重前行。

他们并排穿过稀疏的灌木丛，来到河岸，四周是汇聚而来的小河沟，细得就像是猴子的尾巴。

“这些小耳朵眼儿般的水流流不了几天了。”巴鲁不知道从哪个方向也加入了他们，“人孩儿，未来几天，你得保护好你的瘪肚子！”

“不用担心。你们不知道，我都已经开始吃虫子了。特殊时期特殊手段，我也已经称得上伟大的猎手了吧。”莫格里摸摸后脑勺儿，自嘲地笑着。

他们看着远处的丛林，这个因为干旱而不再美丽富饶的陌生环境，小动物们成群结队地朝着河流的方向前进，路面和树丛只有干旱后的灰棕色。动物因为饥渴都形容枯槁，瘦骨嶙峋；步伐则因为对水源的渴望，匆匆忙忙。

野象海瑟是和平岩的裁定者，也是监督者。他和他的儿子们及族人们，站在河流的上游，紧紧盯着食草动物和食肉动物的分割线，一棵长斜了的大树任低垂的树枝连接到河面，刚好分割成一个天然的屏障，一边是水牛、鹿和野猪，一边是狼、老虎和豹子。

“此时此刻，我们遵守着同一个规则。”巴希拉伸展着自己的身体，因为停止捕猎，身上都是伸不开的懒筋，“真想好好地捕一次猎啊！”

“嘿！”鹿是警惕性数一数二的动物，他们的耳朵伸得像千里耳一样长，“海瑟，你听到了吗？这个好战的黑豹还在惦记打猎。记住，现在有停战令！停战令！”

“巴希拉，你不该开这样的玩笑！”海瑟不疼不痒地说了一句，“你们放心，我会保证你们的安全。”

“谁能体谅体谅我呢？我吃青蛙都恶心了，总不能去扒树皮啃草棍吧。我这里也没有余粮啊，难不成让我吃素啊？”巴希拉抱怨地翻着黄澄澄的眼睛。

“这真是个好主意！丛林居民们都会开心的！”小鹿回应道，逗笑了在场的所有动物。

“小犄角，”巴希拉咂摸咂摸嘴里的口水，直勾勾地盯着说话的小鹿，“等停战令解除，我会让你知道多嘴的后果！”

夜晚就是动物们谈笑风生的茶话会时间，交谈声、笑声、水声，此起彼伏。素食动物们会因为领地争吵，因为野猪总想要更宽绰的泥坑拱来拱去；水牛因为粗重的呼噜声，被赶到最远；小鹿们总是讲述寻找食物和水源而引发的悲惨故事。不过，极少有人去招惹那些肉食动物，因为他们总是因为话不投机而谈崩。

“你知道吗？我看见过几次，人类也会热死。”小鹿们每天都有很多稀奇古怪的故事，“我遇见过几次，他们在耕犁边直挺挺地躺倒，公牛们在旁边拱啊拱，也不见他们动弹。”

“水位比昨天降低了一些，”巴鲁敏锐地发现了一些致命的细节，“嘿，海瑟，你曾经见过这样的情况吗？这次干旱是不是最严重了？”

海瑟边往身上撩水降温边乐观地回答：“放心，过不了多久就过去了。”

“要知道，有一个我很在意的家伙，他想挨过去可不容易。”巴鲁说着，担心地看看莫格里。

“我吗？”莫格里信心满满地从水坑里跳起来，拍拍自己的身板，自信地回答，“嘿，我敢说我即便没有胖个一两斤，也绝对没有瘦下去多少。倒是你，脱了你那层皮毛，也不知道还剩下些什么！按咱们消瘦的比例，先撑不住的是你自己好不好！”人孩儿天生就是不服输的性格。

野象摇摇头，这个说法儿可真没水平。

“嘿，你这个没良心的人孩儿，胡说些什么！”巴鲁粗鲁地抡了莫格里一巴掌，“扒了我的皮？我可是你的老师，该给你补补丛林礼仪的课了吧！”

“是我没说明白吗？”莫格里慌忙解释，“我，我，我就是举个例子。这样，我打个比方。你呢，就是树上的椰子，带着一层棕色的毛壳儿；我呢，也是树上的椰子，但是剥开的椰子肉。我这身肉，看见几两是几两；你那身肉，是壳子包装的，看着多，但是虚胖！”

“越说越放肆了！”巴希拉都看不下去了，一巴掌把人孩儿推翻到水里，“你知道你这棕熊老师，可不像看起来这么温柔，起码，不是椰子肉！”

“哦！他会怎么做？”莫格里有点儿小激动，笑呵呵地看着巴鲁。

“嘘！”巴希拉做了个小声的动作，“可能会打爆你的头。”

听起来，更像是玩笑，莫格里被黑豹再一次推到水里。

“不要跟老师胡说八道。”巴鲁语重心长地补充一句。

“这个光着屁股的人孩儿，怎么有能耐在这儿胡言乱语？他懂得什么是尊重吗？竟然开着最权威的丛林老师的笑话，又揪着最优秀的丛林猎手的胡子。丛林里什么时候有你这种人不是人、兽不是兽的杂种说话的份儿了，都太给你面子了吧！吼！”希尔汗发出底气十足的吼叫声，吓得鹿群一阵骚动，吼得海瑟也警觉地靠近。

但是这样的虚张声势并没有唬住莫格里，他昂起头，不屑地靠近希尔汗，眼神毫无畏惧地迎上希尔汗闪烁的目光，一秒、两秒、三秒，希尔汗不得不移开目光，扭头离开：“人孩儿要统治丛林了，以后你们喝水都得看他的脸色了，别再纵容他了！”

“希尔汗，别信口雌黄了，公道自在人心，不会被你挑拨的！别在这儿丢人现眼了！”巴希拉识破了瘸老虎的诡计。

“我虚张声势？”希尔汗趴在河边咕咚咕咚地喝着水，“你们知道不知道，我刚刚杀了一个人！”

“人？人！他杀了人！”动物们骚动起来，他们期望野象海瑟可以对他进行裁决，但是光凭希尔汗的一面之词，海瑟不能贸然处置——证据不足，时机未到。保守，就是大象赖以生存的中庸之道。

“在这样的困苦季节，捕杀人类，你还能做比这更丢人的事情吗？”巴希拉自始至终都鄙视这只又笨又瘸的老虎。

“这有什么？我又不是临时想猎杀的，我是经过了周密的计划的。”希尔汗大言不惭地说，所有的讽刺都是对他的嘉奖，“我来这儿喝口水，漱漱口，洗洗血污，干净干净。”

海瑟不满地抬起象鼻，质问道：“希尔汗，你是说你在精心挑选捕杀对象？”

“如何？”希尔汗体察到了野象的愤怒，“这难道不是我的自由吗？海瑟大人。”他变得谦卑起来。

“你今晚喝够水了吗？”海瑟没好气地问。

“是的。”希尔汗客气地回复。

“那就离开吧。”海瑟提高嗓门儿，大吼道，“这里的水是给大家喝的，不是给你洗这些污垢的，你已经把我们的水源污染了。在这种特殊的灾难时期，人类和我们一样，都在艰苦忍受，我希望所有的丛林居民不要像希尔汗这样只顾自己的自由，请你们考虑众生的苦难。希尔汗，从我们的水源这儿滚开吧，无论是你心里的干净，还是我眼里的污秽，都将跟随你离开。滚吧，希尔汗！”

音调随情绪不断提高，振聋发聩，不愧是真正的丛林之王！他的儿子们辅佐在侧，只是压迫式地靠近了希尔汗，就把瘸老虎吓得落荒而逃。

“捕杀人类是耻辱的行为，这件事究竟是丛林法则说了算，还是海瑟说了算？”莫格里悄悄地问巴希拉。

“那重要吗？你可以亲自去问他。”巴希拉也很愤怒，“如果不是海瑟在这儿，我恨不得冲过去杀了那只瘸老虎，刚刚杀了人还觍着脸来和平岩撒野，嚣张地吹嘘，简直污染了好端端的河水！”

莫格里迟疑了一会儿，毕竟丛林里还没有谁胆敢直截了当地和海瑟说话，莫格里鼓足勇气，大声问道：“尊敬的海瑟，我想问你，希尔汗的自由是什么？”

这是一个好问题，因为瞬间就引起了所有河岸边动物的共鸣，大家都重复着这个问题，等待着野象的回答。

“哦，哈哈，这可是个老故事了。”海瑟喃喃地说道，“这个故事，比我的岁数都大，你们得有点儿耐心。”

嘶叫中的动物们纷纷停下吵闹，各兽群的首领替大家回应道：“我们愿意听，我们等着呢！”

“好吧！”海瑟大跨步地走向和平岩。借着月光，站在水中央的野象看起来异常勇猛高大，“我们丛林公民都知道，人类就是我们的天敌。”

“哈哈哈，看来，这是一个关于你的故事了。”巴希拉调侃着莫格里。

“才不是！我可是自由尊贵的狼族！”莫格里对自己的定位从来不是他看起来的样子，“我跟人类可是毫无瓜葛！”

“你们知道，为什么丛林居民那么畏惧人类吗？”海瑟说道，“曾经，丛林的大格局还未形成，所有的动物也没有相互畏惧，我们吃着植物——草木、野果和树皮。我们大部分吃着植物，活得像现在一样轻松自在。”

“我的天，幸亏我不是生在那个年代。”巴希拉耸耸肩，“我都不能想象，我嘴里嚼着鲜花，花粉都要眯了眼，在我平时磨爪子的树皮上，吃着自己的晚饭，哦，不！”

“丛林之神是我的祖先，一代传奇的象王萨，他的牙齿啃出了水沟，引河流奔流而来，滋养着丛林的绿色。他脚踩出空地，也踩出池塘。他用鼻子清理了多余的树木，打造出有序的丛林构成。我的故事就从这里开始。”他稍微停顿了一下，“那时候，没有瓜果桃李这么多物产，也没有村庄中那么多规整的房屋。人类是我知道的最懒的一拨儿生物，他们恨不得躺着吃饭。而我的祖先萨，一直忙着建造崭新的丛林新世界，他开始任命新的合作伙伴，因为他实在无暇顾及所有的细节。第一个，他任命老虎的祖先成为丛林法官，由他来判定丛林居民们的家长里短，是非曲直。”海瑟停下喝了口水，“那时，老虎和你们一样。”他用鼻子指指食草动物，“整个丛林的居民们都是吃素的，那家伙周身土黄色，没有一道斑纹，个头儿接近一头小象，高大威猛。在当时那个时期，丛林才刚开始建立，规则还不够完善，丛林法则就是那老虎的一言堂，所有百十类动物都是一族，一家亲。”

海瑟叹了口气，话锋一转，“然而不久后的一天，一切都被打破了。一天晚上，两个为争夺食物的雄鹿掐起来了，用粗壮有力的鹿角打得不可开交。于是，他们自然而然地来到老虎的法庭上评理。”老象的故事，即将进入高潮，“两头雄鹿打得太激烈，到了老虎面前也没有偃旗息鼓，结果一头相对年轻的雄鹿，一个收不住劲儿，顶到了老虎的胸口！一下子，激起了老虎的愤怒，他抛下了他法官的公证，也忘了自己是丛林的主人，气急败坏地跳到雄鹿的背部，将雄鹿压倒在地，当雄鹿还没有来得及回过神的时候，他就咬断了雄鹿的气管，要了雄鹿的命。”

野象海瑟看了看听得入迷的听众，继续代入式地讲着故事，“一瞬间，雄鹿和丛林公民傻眼了，嘴里都是血腥味儿的老虎也傻了，他抛下丛林的一切，跑到远离动物的北方，藏身于沼泽的雾气之间。而丛林的动物们，再也没有法官来主持公道，不断争执、内斗，杂乱无章。我的祖先萨被喧闹的打斗声吸引回来，他先看到了血泊中的雄鹿，有点儿蒙。这是谁干的，他质问。可是在血淋淋的案发现场，动物们都疯了，理智像是被抽空了一样，竟然谁都说不出来了，羚羊控制不住地蹦跳，野猪不停乱叫，雄鹿摇头晃脑。象王萨无奈地质问植物，谁是凶手，然后要求枯枝藤蔓来为他指明凶手。可是谁又能接管丛林法官？灰猿跳出来了，说，我愿意做丛林法官！虽然萨不满意，但是丛林不能没有领袖，他只能无可奈何地答应了。”野象海瑟摇摇头，苦笑道，“灰猿大家伙知道吧，跟现在的情形差不多，看上去有一个聪明的脑袋瓜儿，可是事实正相反。当象王萨再回来时，灰猿正和丛林居民们打着嘴仗，因为他朝令夕改的处事原则，整个丛林里到处是愚蠢的公正和判错的官司。”

野象海瑟跺跺脚，“然后就像这样，我的祖先萨，召集所有的丛林居民召开了新的会议。他总结道，也许第一个丛林法官把死亡带到了和平的丛林，但是第二位丛林法官让丛林制度成了最大的笑话。所以现在，在所有丛林参与者共同参与的大会上，制定大家都认可并发誓遵守的法则，因为现在，大家不知道被什么驱使，失去了理智。萨说这就是恐惧，而恐惧的真谛，需要大家去寻找，直到不久后，水牛把消息带了回来。”

“水牛！”水牛首领梅沙骄傲地站直身子，终于在故事里，找到了自己的影子。

“是的，梅沙，你的祖先，带回了一个关于恐惧的雏形，传言恐惧是住在山洞里的妖怪，头上、身上都光秃秃的没有毛发，用后腿走路，动物们相约一起壮胆，来到了那个洞口，看到了恐惧。和水牛描述的一样，没头发，站着走路，他看见动物们之后，不停大喊，声音里透着惶恐，但也让我们胆怯。很快，恐惧越喊越勇敢，动物越听越害怕。这种惊恐在动物间蔓延，然后不知道谁先开始逃跑，带动了所有的动物。大家找不到出路，相互踩踏，相互冲撞，都不知道为什么就吓破了胆。一切的丛林规则瞬间被打破，动物们不再睡在一起，而是分成了群族和领地，躲在一起瑟瑟发抖，不寒而栗。”

大家都听得着了迷，心情跟着故事起起伏伏。

“当然，老虎逃到了北方，再也没有跟动物们在一起。当听说住在山洞里的恐惧时，他跃跃欲试地要来会会恐惧，要来咬断恐惧的脖子！他傲慢地从沼泽坑跑回丛林，经过藤蔓的时候，被藤蔓在他周身上标记了凶手的标志，就是我们现在看到的老虎身上的黑色斑纹。他跑到山洞口大声地宣战，可当那个秃头的恐惧走出来时，老虎也被这个没毛的东西吓坏了，他哀嚎了一声就返回了自己来时的方向。”

莫格里悄悄地注视了一下水中的自己，不易察觉地笑了。

“老虎的嗥叫声很大，整个森林里的动物都被他吵醒了。象王萨走过来，怜悯地看着他，但是并没有安慰，因为萨看到了老虎身上被藤蔓烙印上的记号，那是杀死雄鹿的凶手才有的记号。老虎在树上蹭，在地上滚，在水里扑腾清洗，可惜，他始终不能把黑色的条纹从身上洗掉。‘哦萨，’他向大象求救，‘为什么这些脏东西洗不掉？！’”野象海瑟继续讲，“象王萨回答他：‘你永远不可能洗刷掉这些污点，它将永远标记出你的所作所为！是你杀了那头雄鹿，是你将鲜血涂抹在了丛林里，是你把死亡释放，是你引恐惧来临。我没法帮助你，因为动物们开始怕你，不愿再与你为伍，这一切都是你造成的。’老虎听了当然不相信，毕竟他曾经也是这个大家庭里的家长，毕竟曾经动物间和平共处没有烦恼，于是他奔跑着到动物分开的栖息地，可是只要他一吼叫，小动物们就害怕地四散奔逃了。”讲到这儿，大象和听众们都有点儿为老虎惋惜，“老虎的祖先非常绝望，他把丛林的兽民都当作自己的孩子，他参与开辟了新丛林，他就像一个家长一样维护和保护着这里的每一寸土地和生灵，他曾经是受人爱戴的丛林法官，可是现在，他已经羞愧难当。象王萨理解老虎的悲伤，他们曾经肩并肩共同创造，可是所有的功勋都毁在了雄鹿死的那一晚，再也回不到从前。‘每一年都会有一天，和你杀死雄鹿时一样。明年的那个时候，请你去山洞，杀死没有头发的恐惧，这是你作为执掌丛林的法官应该做的。到那时，他会害怕你，他也会像你一样，明白恐惧的意义。而那时，你就能战胜他。’”

“这还真是一个超级长的故事啊。”巴鲁的屁股都坐疼了，不耐烦地打着哈欠。

“于是老虎照着象王萨说的那样，回到了北方，等待属于他的夜晚再次到来。一天黄昏，老虎望见长庚星在太阳的东面出现，他觉得这就是他等待已久的时机，他兴奋地日夜兼程，跑到山洞又去呼喊没毛的家伙出来应战。这一次，老虎没有迟疑和恐惧，他蹿过去，一口咬住了对方的气管，战胜了恐惧。象王萨循着血腥味儿找到了老虎。”丛林里忽然响了一声惊雷，依然没有雨点儿，“嗯，就和这个声音差不多震撼，象王萨冲老虎吼叫，他质问老虎为什么依旧没有慈悲之心，可是老虎觉得自己是在为民除害，既然这个人就是恐惧，那么他把恐惧杀了，不就没有恐惧了吗？丛林还可以回到雄鹿死之前的和平状态，他还能再做回他的大法官。可是他无法理解，丛林、人类、兽民，都会像他一样，停不下杀戮之手。象王萨对老虎下了逐客令，这里永远不会再欢迎他的到来，兽民们也不会跟随他，不会再同他一起吃饭或者睡觉。因为他们相信，山洞里的恐惧会像影子一样跟随着老虎，会抽他的筋，扒他的皮，以血还血，以牙还牙。”

此时，故事逐渐接近了尾声。

“随后，山洞里其他没毛的人类，便开始设立机关，刺杀老虎。他们用削尖了的木头当武器，远远地刺向老虎的腹部，木头深深刺入有半截长，血顺着木棍往下淌，老虎忍着疼痛逃窜回沼泽隐秘的地方。但是关于人类这种物种的恐惧更加深入地在蔓延，他们会使用红色的花，他们会制造工具和使用工具，他们会打埋伏，他们在一些时刻惧怕老虎，在另一些时刻又被老虎惧怕。”

“这真是个恐怖的故事！”胆小的小鹿们心有余悸地表达。

“这是一个用恐惧战胜恐惧的故事。”野猪也说着自己的听后感，“谁能最先抛下自己的恐惧，谁就能赢得最后的胜利。”

“人类只有一夜是怕老虎的，大多数时间，老虎都不敢和人类对视，就像希尔汗不敢看莫格里的眼睛一样。”巴希拉汲取故事中的一些重要信息。

“噢，是的，希尔汗竟然命令我看着他的眼睛，可是他又无法控制自己的视线，我知道我不会输，不是因为我是人，而是因为我是自由的狼族！”莫格里始终不承认自己是没毛的人类。

“希尔汗知道自己继承的这种恐惧吗？”巴希拉追问。

“本来，除了大象和老虎，没有丛林兽民知道。不过今晚，你们心里都装进了一段是非，就是这个故事，我今天都毫无隐瞒地讲给大家听了。”

“请问，如果老虎再也没有吃掉其他动物，而是继续吃草，他还会像现在这么坏吗？”莫格里挠挠头，不解地看着巴鲁。

“藤蔓已经在他身上打上了永久的烙印，也就是重新给他划分了属性，老虎知道他就是吃土也回不到从前了，所以他干脆扔掉草木和果实，不顾一切地捕食其他食草动物，用热乎乎的肉，代替冷冰冰的菜。可能一切杀戮的起因，都是不被理解，但是复仇已经不能终止了。”

“你也给我讲讲这些故事吧，我知道你知道！”莫格里的故事瘾一下泛滥了，他薅住巴鲁的耳朵不松手。

“嘿！臭小子，想听故事还不老实点儿！丛林里每一个动物族群里都有这样的故事，你自己去打听打听。要是让我给你讲，能说个十年八载的，谁受得了？赶紧一边儿去！”巴鲁把莫格里从脖子上拽下来，然后独自往山丘上跑去。他既不想再听故事，也不会讲故事，他就想安安静静地睡个晚觉，谁也别来打扰！

第二章　神僧普兰达斯的传说

很久很久以前，在印度的一个半自治邦国里，有一位叫作普兰达斯的首相，他的姓氏是尊贵的婆罗门，他的父辈也曾是旧印度宫廷的重要官员。从小耳濡目染，普兰达斯对官场间的处世哲学有了自己的独到见解。他认为，若要有所作为，必须要模仿英国人的一切，以他们的价值观出发，追求他们认为有益的事情。当别的官员忙着跟自己邦主搞好关系时，孟买的高才生普兰达斯巧妙地运用纯英式的教育背景和聪明的头脑，一跃取得了国王的赏识，一步步走上首相的位置，直接超越了自己的邦主，掌握了更多的实权。

普兰达斯并没有争取老国王，他认为，老国王刚愎自用是没有发展可言的，他的主攻目标是王储，同样经过英式教育熏陶，同样认可英国行事主张，推崇英国管理的年轻人，他们的共同语言和共同进步，促成了坚不可摧的革命友谊。随着老国王的去世，新国王登基的同时，辅佐他的普兰达斯成了一人之下万人之上的首相，位高权重。

他打造的社会福利首先体现在教育和医疗上，他摒弃印度社会重男轻女的传统思想，建立了很多女子大学，以便让女孩子得到应有的受教育的机会；他提升了国家的医疗储备，在偏远的地方建立了很多小诊所，提供印度居民起码的医疗保障；还修建道路，政府因此很高兴。

每到年终，普兰达斯都会出版一本记录印度物质文明发展的蓝皮书，汇总这一年取得的经济成果和未来一年的发展规划。他相信，印度如果贯彻执行英式治国方针与理论，一定会取得像英国一样可观的经济利益。

他发展和推广了印度的旅游业，粗犷的精神文明世界和蛮荒的野外打猎，吸引着各国的旅游爱好者的关注和游历；随着受教育的人口基数的扩大，他又开设了医疗和工业方面的专项奖学金，取得了前所未有的进步。

为了顺利去英国考察，普兰达斯收买了很多祭司，虽然婆罗门是祭司中的最高姓氏，但是贸然横渡黑海，也会有丧失种姓地位的风险。抵达伦敦后，普兰达斯广交朋友，所有在专业领域享誉世界的名人都是他的座上宾。在交谈中，他卓绝的见识吸引着政府里所有的来宾，很多大学都授予他荣誉学士的称号，并请他来演讲宣传。他关于印度社会改革发展的演讲，征服了所有的英国人。报刊纷纷对这位值得褒奖的魅力男士，大力宣传和尽情赞美。

回到印度后，他的光环依旧耀眼，总督大人亲自赶来迎接，并举办庆典仪式，普兰达斯在拥护他的印度民众面前，被授予帝国二等爵士的十字勋章。那满是钻石和彩饰的勋章，让他的形象更加闪烁着光辉。

之后的一个月内，普兰达斯又干了一件前无古人的大事。他将帝国二等爵士勋章归还了政府，辞了官交出了府邸，他的所有成就和这世间万物，他都不再过问，所有的权力和财富，他都放手抛下。他换上专供神职人员的黄色长袍，拿起乞讨的讨饭钵，当起了一个与世无争的托钵僧。

如果说曾经经济和发展是他最在意的两件大事，那么如今和平与宁静占据了他所有的思绪。印度因为近年来突飞猛进的发展，已经不会再有人挨饿，这都是他曾经创造的。行走中，他谢绝了拥护他的民众为他准备的丰盛的美餐和舒适的居所，总是谦卑地宣称，自己只是苦行僧普兰。他通常都会避开人群，在村庄的外围或者荒废的庙宇里栖身。他的脚指引他一路向北，沿着干涸的顾格河一路向上，一直到能够眺望到喜马拉雅山脉的轮廓。

他想到了自己的母亲，她曾经是一个吉卜赛女郎。她常常思念自己的家乡和家乡傲人的白雪，普兰达斯觉得这片皑皑白雪，也是自己的故乡："这里，很适合我修行。"

最近一次来到这里，普兰达斯还是在护卫的护送下来的，和当地和蔼的总督交谈了很久，不过如今的落差并没有让他不安。他惬意地倚靠在路边的围栏上，眯着眼欣赏着城市的发展。这里，将是他旅行的开端，他从喜马拉雅山脉直奔中国的西藏，翻山越岭，所有的艰难在他眼中都是美丽的风景，沿途中遇到西藏的牧人，遇到砍柴的樵夫，遇到朝圣的西藏喇嘛，还有不知道名字的国家的使臣……无数旅途匆匆的过客，都被普兰达斯的禅定境界吸引，但是他没有关注到周围的眼神和渴望，只是自顾自地进行着云游。

在普兰达斯刚出发的一周里，他还没有达到摒弃尘嚣的境界，人们的目光、议论、追逐、好奇、跟随，都是他忽略不了的干扰。随着意念的不断加深，他独自在思考中解惑，走着走着，就达到了无惧纷扰、我自悠然的状态。

一天傍晚，普兰达斯越过山头，来到了绿树密集的一座废弃的神庙前。他看着周围的果树和雪松，觉得眼前的景色与此时的心境格外契合，便决定留下来。首先，他把神庙彻底打扫了一遍，又在后面砌了个做饭的炉灶。他掏出随身携带的羊皮垫铺在平平的可以睡觉的石台上，把拐杖放在身边，打起坐来。他看着焕然一新的庙宇和佛像，甜甜地笑了，心中有种说不出的踏实。

短暂休息后，他走到崖边观望。山下有小小的村落，就挨着陡峭的崖壁。村庄十分朴素大方，周围有块块梯田，有人在麦场和谷场忙忙碌碌，有鸡鸭牛马兴旺畜牧。普兰达斯觉得此处安逸祥和，十分适合他修行。

不久，山下的村民们注意到山顶荒废的庙宇起了炊烟，议论纷纷，一个好奇的农夫登上来探个究竟。

当他看到普兰达斯的时候，被其卓尔不凡的气质震慑住了。当然，普兰达斯的经历，注定了他的目光与众不同。他曾经治理过国家，他曾经取得卓越的成就，他曾经受人尊敬和爱戴，他如今平静安逸，所以当农夫和普兰达斯阅历丰富却安详的目光接触时，顿时肃然起敬。

他悄悄地捧起普兰达斯的讨饭钵就返回了村庄。

“不得了了，不得了了！山上的庙里来了一位圣人！一位大圣人啊！”农夫大声宣传，“咱们可是修了大福了，山上这一位，可是婆罗门中的婆罗门，神仙里的神仙啊。”

“你说，他会长久地留下来吗？”村子里的主妇们只关心怎么留住活佛。

可是每个人心里都有了自己的答案，他们匆匆回家翻箱倒柜，找到家里的压箱底儿的宝贝美食，做成美味佳肴，送到山上的破庙去给活神仙品尝；也有带着羊毛毯或水上山进贡的人。唯一的诉求，只是希望普兰达斯留下来。

普兰达斯没有拒绝，他先是和气地感谢施与者的分享，然后又安心地吃完带来的东西，他的表现都在表达一个意思，那就是他愿意留下来。自此之后的大部分时间里，人们每天都会将好吃的好喝的放在普兰达斯的讨饭钵里。看到这个高深的活佛吃掉自己准备的食物，大家都感到踏实又荣幸。村民们也都自觉地帮助他收拾庙宇，打扫庭院，整个荒废的庙宇又重新焕发生机。

不用为生计犯愁，普兰达斯有大把的时间闭目修行。这一段时间，他感到自己的灵魂脱离了躯体。他可以触摸彩虹，可以操控雨水，可以让树木移动，可以在空中飘啊飘。有时，他隐约发现空中有一扇未知之门，可是当他靠近时，却总是在自己身体中惊醒。他觉得，自己的灵魂被囚禁在自己的躯壳中了。

人们把普兰达斯当成了活佛，每每利用进贡食物时，偷偷许着自己的愿望。祭司希望普兰达斯可以留下来一辈子；商客希望自己的付出都能有所回报；一个三天两头上山的大婶，总是喋喋不休，希望普兰达斯能够在神灵面前，为她进言祈祷。

普兰达斯和村民并不交流，他总是虔诚地感谢，然后吃掉所有的食物，在深夜里望着家家户户的灯火，想象着他们的生活。他会欣赏人们的劳动，欣赏农作物的生长，听着村民们开心地歌唱，看着孩子们开心地玩耍。整个村庄就像普兰达斯手中一块把玩很久也修饰已久的沙盘，他真心地希望这里的人们幸福安康。

除了村民，山中的动物也对这个圣僧很感兴趣，他们想弄清这个时常一动不动的家伙，究竟是石像还是真人。猴子们经常把他的讨饭钵扔来扔去，又钻到他的被窝里取暖，他们围着庙里的火堆跳舞，或者学着他的样子打坐。这片人与动物的和谐景象，真的和普兰达斯心中的宁静异曲同工。

另一群勇敢和好奇的动物，是巴拉辛哈鹿。他们体形较大，他们到庙里找寻食物，摩擦鹿角。普兰达斯伸出手，等待小鹿自己靠近，然后轻柔地为他抚摸燥热的鹿角。然后越来越多不同品种的小鹿会聚在庙堂庭院，和普兰达斯同吃同住，称兄道弟。

连丛林里最谨慎的黑熊那索，也是普兰达斯的朋友。他从没有见过人类面对自己时毫不恐惧、冷静泰然，这让那索也放弃愤怒，平静处之。黑熊也尝试靠近普兰达斯，得到了像小鹿们一样的爱抚待遇，修行僧会分给食物，让那索感到亲切和友善。

村落中关于普兰达斯的传说又加上了新的篇章，传说中山上的神鹿会在庙宇中为他跳舞，山上的叶猴会为他呈送山神的果实，山上羽毛绚丽的野鸡会为他歌唱和表演，山上的黑熊都在他身边安静修行。他，普兰达斯就是神圣的化身。

普兰达斯只是做自己，并没有像传闻中那样成了真神，他还在不断地思考，希望能够尽快探索到自己灵魂的真谛。村里送饭的小孩儿已经长大，做了父亲，田地扩建，丰收了一季又一季，猴子们从几十只变成了上百只，而修行僧普兰达斯，一直在这里，不曾改变。

这个夏季，丛林里稀稀拉拉下了三个月的雨，树木被滋养得更加茂密。那滴滴答答的水声，就像丛林里的雨季交响乐。只不过，随着热气的升腾，浓雾聚在村落的上空，浇不灭，吹不散，让普兰达斯久久不能看见村庄的情形。

没多久，杜鹃花散发着久违的芬芳。太阳出来了，村民称这样纯净的气息为“雪的气息”。炎热感只支撑了一周，滂沱大雨就又拿起了接力棒。气温也降得很低，普兰达斯支起火堆，呼唤丛林中的动物朋友们前来取暖。可是不知为何，动物邻居们一个也没有来，这不符合逻辑，普兰达斯疑惑地想："发生了什么事？"

当天晚上，普兰达斯睡得很沉，没有听到震耳的雷鸣也没有看到耀眼的闪电，直到一个小叶猴的爪子不停地扯动他的毯子，吱吱吱地呼唤他。"怎么？想进来取暖吗？"普兰达斯睡意正浓，没有睁眼，只是拉开了毯子，"来吧，爬进来，这里暖和。"

"吱吱吱吱！"猴子提高了嗓门儿，上蹿下跳，猛地拽开了毯子，拉住他的胳膊肘死命往外拽。

"怎么了，伙计？是饿了吗？稍等我来给你取。"普兰达斯不明白猴子的意思，像往常一样，猴子们不是饿了就是冷了，总不能是谁掉到陷阱里了，因为这里的人们是不会设置陷阱的。他抬头望见院子中间的巴拉辛哈鹿，"你也来躲雨了？待在火堆旁边吧，那儿暖和。"

可是小鹿也似乎不太领情，它用粗壮的鹿角东撞西顶，甚至差点儿撞倒厅中的佛像，它焦急地又是低头晃脖子，又是用前蹄跺地，发出各种紧迫感十足的声音。

"嘿嘿嘿，乖乖，"普兰达斯拍拍巴掌，"瞧瞧你这是怎么了？"普兰达斯刚一凑近小鹿，就被它用鹿角卡住往门外顶。与此同时，地面咔嚓一声断裂开来，好像就要张开吃人的大嘴。

"哦，天哪！"普兰达斯仰头观察了一下日夜陪伴自己的大山，大片大片的地表土被雨水冲掉，泥土地这段时间先是被冲软又再被暴晒，在新一轮的疾风暴雨中已经即将崩溃，"这个山就要塌了？！谢谢你们通知我。现在，我必须去通知山下的村民们，也许都熬不到明天早上，山下那一片繁荣就会被泥石流冲毁！"

普兰达斯抄起一根火把，对巴拉辛哈鹿说："我只有两条腿，能否让我借助你的神速，快速到山下去通知大家？"

小鹿低下脖子，容普兰达斯骑到自己的背上，在泥泞湿滑的道路上跟死神赛跑。沿途，叶猴群也追上了他们，黑熊那索跑在身后保护大家。大雨为普兰达斯灰白的头发打上湿漉漉的装饰，他的僧袍湿漉漉地贴在身上，就像紧身游泳衣。这一瞬间，普兰达斯找到了自己当首相时的威风，他像当年大肆改革救印度一样，如今大步向前，是为了救山下村民的命。

狭窄湿滑的村间小道，让久未群居的普兰达斯有点儿找不到北，好在小鹿通过嗅觉，很容易找到人们的居所，它哼哼地发出声音示意普兰达斯，然后普兰达斯便使尽力气拍打着房屋外面的窗框，咆哮道："快点儿起来，山洪来了，山洪来了，山马上就要塌了，快点儿逃命吧！"

"快！是山上的神僧，赶紧带上孩子跑啊！"屋子里的女人歇斯底里地喊着，"快点儿去通知大家！快！"

人们为了生存纷纷奔走相告，消息很快传遍了小村，人们最终集中到广场中间——普兰达斯的周围。来不及惧怕吼叫的那索，也来不及顾忌恐惧的小鹿，人们清点一遍村子里的人数，开始往对面的山上奔跑。

普兰达斯此刻其实已经筋疲力尽，他依靠着巴拉辛哈鹿，艰难地跟在大家身后。小鹿感觉到了他的疲惫，扛着他在将近200米高的山坡上停下，那里有一片茂密的松林，小鹿本能地感觉到，这里已经足够安全。

普兰达斯支撑着身体，大声对前面混乱的人群喊道："清点人数，尤其是老人和孩子！"然后看到人们聚拢在一起，他无力地瘫倒在小鹿的身上，“我的兄弟，我太累了，你陪在我的身边好吗？直到我离开这个世界。”说罢，他缓缓地闭上眼睛，昏厥过去。

人们发现他们的神僧原地打坐，闭着双眼，脸色煞白，已经长久地离开了尘世。这寒冷的雨夜和玩儿命地奔跑，耗尽了他的元气，人们开始叹息和抽泣，不愿相信这样的事实。

此时此刻，山中轰隆声咆哮，他们曾经居住的地方，被漆黑的泥石流吞没。人们看到对面的森林、梯田、房屋、小路变成了一片肮脏的泥地，周围的湖水，染成了一片暗红，所有生存过的痕迹在这场灾难面前消失殆尽，什么都没有了。

村民们悲伤地来到修行僧面前祈祷，小鹿胆怯地跳到一旁，叶猴的哭声就像村里的孩子，那索的悲鸣更增加了悲伤的气氛，普兰达斯盘腿坐着，背靠大树，面朝北方。

“我们活下来真是一个奇迹，都得感谢这位伟大的托钵僧。”大祭司感慨地说道，“我提议，我们就在他坐着的这个地方修建一个庙宇，以感激他为我们所做的一切。”

年终，在人们马不停蹄的劳作下，寺庙落成了，是由石块和泥土建成的，那是人们手头上仅有的材料，他们将此命名为托钵僧之庙，供奉祭品、鲜花、香火。普兰达斯的一生，都在为这个世界奉献自己，不论是作为印度前帝国二等爵士，还是哲学家、经济学家；不论是邦国首相，还是托钵僧人，他都不断地运用自己的知识，帮助他人，改变世界。

第三章　让丛林进入

莫格里杀死瘸老虎希尔汗的当天，便在议会岩上对着所有习欧尼山的兽民宣布自立门户，将独立在丛林中捕猎，狼爸、狼妈和四个幼狼表态会辅佐他，陪伴他，这让在人类生活中四处碰壁的莫格里感到很温暖。在兽民散去后，他跟随狼爸狼妈回到伴他成长的狼穴里，踏实地睡了一天一夜。

“我和你爸一直想知道你此番回到人类中去都经历了什么，也想听听你是怎么杀死了希尔汗的。”狼妈卧在莫格里身边，这个问题，一直在她心头萦绕。

莫格里得意地扬起嘴角，跳到洞口，从腰间摸出一把锋利的匕首，任它在阳光下闪着彩虹般的光。“我就是用这把匕首扒下了他的皮！”他一字一顿，异常坚定，“关于要他命的水牛大战，让阿凯拉给你们讲吧。”

接着，故事会的主角换成了阿凯拉。老狼王绘声绘色地讲着当时的部署和计划，讲着他是如何赶水牛，怎么进峡谷，何时冲刺，如何危机四伏。听众们目光灼灼，激动不已，纷纷赞叹他们的有勇有谋。巴鲁和巴希拉更是满脸的骄傲，摇头晃脑、心花怒放。

“听完这个故事，”狼妈坐在岩石边仰起脖子，闭上眼，深深地吸了一口气，“此时此刻，我闻到议会岩上那只瘸老虎的虎皮都是香的，我的小人孩儿，真的是长本事了！”

“幸亏有阿凯拉和灰兄弟的帮忙！否则我什么也做不成，单凭一己之力，我真的还不能跟希尔汗抗衡，但是我们狼族本身就是一个团队，是一家人。”莫格里谦虚地把功劳推给老狼王和自己的兄弟，“妈妈，我真的希望你能亲眼看看牛群像泥石流一样冲溃希尔汗的场景，可惜啊可惜，哦对了，你还应该看看，人类是怎么把石头扔成雨点一般，把我驱逐回来的。”在莫格里眼中，人类虽然驱逐了他，但是他是回家了，与人类村庄相比，丛林才是他心中的家，所以他很开心可以名正言顺地回归丛林，回归家庭。

“呸！”狼妈可没有他这么好的心态，“我要是当时在场，我非得把全村扔石头的人都撕个粉碎。胆敢驱逐我的孩子，我一定会让他们付出代价！”

“有个人类女人一直保护我，说我是她的儿子，她还下跪求情，对我很照顾。”莫格里觉得，关于梅苏阿的事情，他必须要和狼妈坦白。

“哦，是吗？”狼妈的眼睛有些黯淡，但旋即又恢复神采，“那好吧，除了这个照顾过你的女人，其他人都杀掉！”

“拉卡莎！”狼爸笑了笑，他还没有从为莫格里英勇行为的骄傲中平复，“瞧你，还跟年轻时一样。冷静！我们的小人孩儿勇敢又聪明，他既然已经回家了，就别再管什么人类的恩怨了！”

大家纷纷点头。

“说得也是，我再也不想去什么人类世界了，肮脏又没有规则，以后我们都不要再提人的事了，我闻到人的味道就恶心！”莫格里也认可大家的主意。

阿凯拉面容严肃，迟疑了一下说道：“有一个信息不知道该不该说，在你去议会岩上宣布希尔汗已死，重整规则和重回丛林之后，我特意把我们回丛林的脚印整理了一遍，我来回跑了几次，又在地上打滚儿，我觉得我已经把现场搞得很复杂了，但是蝙蝠蒙给我报信，说你把那村子搅成了一锅粥，我有一种预感，人类可能会来找你！”

“找我？找我干吗？想让我吃了他们吗？”莫格里根本不以为意，“他们把我赶出来了，干吗又费力来找我？”

“我听说，人类在村头集会，拿着红色的花，还有猎枪。我觉得，人类只有在捕猎的时候才会拿起枪，难不成，他们还敢沿着脚印来山上找我们吗？你在村子里待了一段时间，对他们的行为有所了解，你觉得这些人是要干吗？他们的行进速度如何？最快什么时候能够到达丛林？”

莫格里停顿了一下，然后气愤地把手里的匕首插到土里，力道很大：“不要再把我和人类混为一谈，我是狼！”

“嘘！”巴希拉从石阶上一跃而起，歪着头，鼻子冲山底自下而上的风口使劲儿嗅着什么，身体因为紧张而绷得笔直。他不断挪动步子寻找合适的角度，闻一闻，低低头，似乎在回忆和确认，又抬起头闻一闻，“是人！看来人类已经追过来了！”他低吼一声。

灰灰也蹿到同样的位置，学着同样的姿势，使劲儿闻：“巴希拉，你已经许久没有跟人类在一起了，你有把握吗？”

“我确定！”巴希拉想起自己曾经被囚禁在人类牢笼中的往

事，那些人身上散发着贪婪的味道，再微弱也足以激活他的嗅觉！

“是比尔迪欧！”虽然莫格里的嗅觉不敌动物敏感，但他的视力和逻辑思维能力结合得非常好，他能捕捉到丛林中不属于丛林物品的反光，然后从记忆中提取可以造成这种现象的物品，那就是比尔迪欧猎枪上的金属片闪出的光。

“我猜到人类会追过来，可是他们比我想象中来得快些。”阿凯拉开始磨利爪子。

小狼们蹿到树丛中，低下身子，这是从狼爸狼妈那儿学来的围猎方式。在小狼未成年的时期，狼妈会组织大家围猎，这样成功率高，又相对安全。

“别出去冒险！”莫格里唤回他的兄弟们，比尔迪欧有枪，他不希望自己的兄弟们冒险，“不用紧张，人是不会随便杀人的，他不能把我怎么样。”

“哎哟喂，这会儿又承认自己是人了？”阿凯拉对小狼们使个眼色，小狼们便跳出草丛聚拢回来。

“我不想知道人类是怎么想的，”灰灰统领着四只小狼，“我想，当我把他的头拧下来的时候，我可以咬开看看里面究竟是怎么想的。”天生的猎手对战斗已经跃跃欲试了。

莫格里有点儿感动，他的眼里渐渐噙满泪水，他走到灰灰面前，捧起他的脸，盯得灰灰低下头，又看向后面的小狼们，“咱们几个听谁的？”

“当然是你！”小狼们异口同声地回答。

“跟我来！”莫格里带着小狼们，“我不能让你们去冒险。此次行动听我指挥，跟我来。”

巴希拉看向巴鲁，大棕熊目光中满是忧虑，“大个子，看来现在丛林里，除了你传承的丛林法则之外，又要建立新规则了。”

莫格里在丛林中的行进速度，绝对不亚于任何一只四腿走路的兽民。他沿着昨晚回来的路线，一路往下寻找，不一会儿，就在山下看见了扛着枪的比尔迪欧。

这个骄傲的人并没有看到头顶四十五度方向的那双眼睛，四周沙沙的树枝晃动也没有引起他的警惕，他只是低着头，跟着昨天留下的脚印，两眼发直地一路前进。他停留在阿凯拉破坏的那片空地上，不知道该往哪个方向走，因为老狼王把所有的路线都踩上了脚印，又在脚印分层次的交会处，用身体滚得一团糟，什么也看不清。这一下迷惑了前来追捕的比尔迪欧，以他的经验和智慧，他是不可能找到正确的方向的。

“这个人可真是傻啊！”灰灰小声嘀咕，狼族交流的频率，人类的听力是不易捕捉的，他们甚至听不出这是动物们在交流。

“我觉得我自己都可以完成这次狩猎，这个人就像丛林里刚出生的小野猪，这是一次没有一点儿技术含量的捕猎行动！”小狼们跃跃欲试，充满好奇，“他要干吗？坐在这儿等天黑吗？”

“他们要在嘴里储备一些烟，然后在嘴巴里吸啊，吐啊，能玩儿半天！”莫格里知道，人们在无所事事的时候就要抽烟，可是他不知道这个动作用什么词语来解释，他觉得玩儿嘴巴是一个好注解。

“记住这个味道！”巴希拉也走过来靠近，“这个味道的辨识度很高，闻到它就说明人类就在附近。”这就是一个捕猎高手的经验之谈。

几个烧炭人也追上了比尔迪欧的步伐，他们尊称他一声伟大的猎手，毕竟比尔迪欧虽然打猎不行，但是讲故事是个行家，尤其是围绕吹嘘自己的故事上，特别在行。他跟大家讲起了希尔汗，他说，他才是杀死希尔汗的人，莫格里是一个狼族的妖怪，变成人形潜入村庄，把他的虎皮骗走了，又把他的枪抢走了。他和莫格里拼死搏斗了一下午，才把这个妖怪制服。可是诡计多端的莫格里变幻成狼形，又唤来了自己的同伴，从比尔迪欧手里逃跑了。说狼孩儿还会让子弹拐弯的法术，比尔迪欧射出的子弹，被狼孩儿操纵打死了老猎人和自己的牛。

莫格里听这些杜撰的神力故事已经习惯了，倒是灰灰听着低吼龇牙，因为比尔迪欧的故事里，也窃取了他的勇敢。

“我们抓住了狼孩儿的父母，要不是他们用巫术制造了这个男孩儿，村里怎么会这么乱！我们把他们堵在房子里，今晚就用火刑惩罚这两个巫人！”

这句话一下刺痛了莫格里的神经，他本以为他的离开，能还给梅苏阿曾有的平静，不承想，竟是把她留在了一个万劫不复的深渊。

“什么时候举行仪式？”

这个问题也是莫格里心里最想知道的。

“当然是等我杀死那个狼孩儿以后！”比尔迪欧真的把自己想成了某个战神，他的故事不止唬了一无所知的老百姓，恐怕也让他自己蒙蔽了真相，而自我催眠地认为，他真的是个好猎人，“我们会分割他们的财产，你知道，他们家的田地最多，还有几头不错的水牛，我们通常都是这样处理这些巫师的！”

“你在这儿等着那邪童出现吧，我们先去村庄等你！”几个烧炭人想先回到村里，去看看牛和土地怎么样，好参与竞争那些战利品，“感谢福星，希望我们不要遇到那个邪童。”

“那怎么行！我可是习欧尼山中最出色的猎人了，我怎么可能让你们冒这样的险，要知道，那个狼孩儿很可能就在附近，一等你们落单了，就杀了你们！”比尔迪欧怎么可能放了这些人，他们来了刚好给他壮胆，目前的脚印线索也已经不足以让他找到狼群和狼孩儿了，他总得给自己找一个合理的理由回村里去。

“你有法子杀了那邪童？”烧炭人崇拜地看着这个猎人。

“那当然，大祭司给了我一条咒语，等那狼孩儿一出现，我就能把他制服！”比尔迪欧的牛皮真是吹上了天。

莫格里边听边给小狼们和巴希拉翻译。

“你不是说人不杀人吗？”巴希拉问莫格里。

“我得赶紧回村里去！”莫格里急于回去帮助梅苏阿，“只要这个爱吹牛的老猎人不回去，他们就不会杀了梅苏阿。你们，能不能让这些人天亮前不要回到村庄？”

“我能让他们这辈子都回不到村庄！”小狼们非常想赶紧围捕这几个像迷路的小羊一般的险恶人。

“那不必，”莫格里可没有这些人那样坏，“只要拖住他们就行，我们可不像他们那么坏！”

“好吧，你说服我了！”灰灰表示同意，“不过，我可以让他们在这个小树林，一直绕到明天。为了他们别闷得慌，我准备用我们的歌声，给这个猎人的故事，添点儿背景音乐才好。”

莫格里看看巴希拉，这家伙的眼神也因为即将到来的捕猎游戏闪闪发亮：“你陪灰灰他们玩会儿，然后到村口和我会合，行吗？”

“愿意效劳！”黑豹踩踩脚垫，准备开始了。

“嗷呜！”灰灰用一声长调，打开了狩猎的开端。

烧炭人吓得跪在地上，相互抱着，谁都想站在中间，把别人挤到外面，当人皮肉垫。而比尔迪欧也全无刚才意气风发的潇洒，他惊恐地环顾四周，枪管比画比画这儿，比画比画那儿，完全捕捉不到动物们的方位。只听到一声声此起彼伏的狩猎号子，却找不到敌人究竟在哪儿。

“嗷呜！”“嗷呜！”“嗷呜！”

莫格里惊讶地发现，此时丛林里没有参战的狼族兄弟们，都在用嗥叫声附和着这场狩猎游戏。小狼孩儿一笑，好家伙，本来就想给比尔迪欧这个坏家伙一个四重唱，谁知道，成大合唱了，嗯嗯嗯，效果应该很不错！

莫格里没有耽搁，他飞快地朝山下村庄奔去，心里满是梅苏阿泪流满面的脸，她没有考虑自己的安危，就放走了他，她是在牺牲自己保全他。所以，莫格里暗暗发誓，他一定要救出梅苏阿，和她的丈夫。如果他们吃了什么苦头，莫格里心中发誓，绝对不会轻饶那些愚昧的村民。

黄昏中，莫格里来到了杀死希尔汗的地方，想起当时村民粗暴的石头雨，他愤怒地攥紧拳头，他看到村民们今天收工格外早，他们在村子里故事会的那片空地，商量着对策。

莫格里最讨厌陷阱，他也讨厌人们这样设计圈套。

“今天我们抓了梅苏阿和她的丈夫，这对巫师夫妇一定会把狼孩儿吸引过来。希望下一次，我们能把那个狼孩儿关在屋里，烧死他！”

莫格里听着他们没有核心的空洞设想，撇撇嘴，这种智商根本不可能抓住他。他偷偷地朝梅苏阿的家走去。莫格里蹲在窗根底下，门口有几个彪形大汉在把守，他望进屋里，看到梅苏阿被捆着手脚，堵着嘴，难受地窝在床上，时不时发出一声呻吟，很可能她想要为自己申辩，所以村民才堵住了她的嘴。梅苏阿的丈夫也是同样被束缚着，但是显得很冷静，似乎也在盘算什么计策。

莫格里看看天色，还有六个小时左右的时间，人们在那里饮酒作乐，暂时是不会行动的，他们在等待比尔迪欧的好消息。不出意外，灰灰他们和巴希拉至少会把比尔迪欧拖到筋疲力尽，对这一点，他很有把握，所以他目前不用冲动，留给他的时间，是完全够用的。

莫格里爬上窗户，从相对较粗的栏杆间挤了过去。梅苏阿见到他激动得眼泪瞬间夺眶而出。莫格里捂住她的嘴，摇了摇头，示意她不要发出声音，然后用匕首解开了捆绑他们的绳子。

梅苏阿才一松绑，就搂住莫格里的脖子，“你干吗要回来，傻孩子？！你知道这里有多危险！我知道你就是我的儿子，不然你不会回来救我，可是你真不该回来，不该回来，千万不要因为我害了你啊，我的那苏！”梅苏阿被村民当巫婆虐待之后，神经都有些错乱，反反复复说些自相矛盾的话，但是莫格里心里并没有嘲笑她或者其他，反而是打心眼儿里心疼梅苏阿的遭遇。

“他们为什么要这样对你？”莫格里抚摸着梅苏阿身上的伤口，关切地询问。

“还不是因为你！”梅苏阿的丈夫没好气地说，“你是恶童、恶魔，我们是你的父母，我就是男巫，她就是女巫，人们要烧死我们。看看，我这儿也流血了啊。”

莫格里把牙齿咬得咯咯作响，他真的是动怒了，“谁这么大胆子？看我不好好收拾他！”

“你可算了吧，”男人丧气地说，“全村人都打了，都参与了，你能收拾得过来吗？他们除了要杀你，烧死我们，他们更眼馋咱们家的那点儿土地和牛羊。所有的惩罚，都因为那天，这个女人把你领回了家。”

莫格里听得有点儿糊涂，他不明白，为什么当初大家都说自己是梅苏阿的儿子，强迫梅苏阿把他领回家，现在又因为他是梅苏阿的儿子，要把梅苏阿烧死。这都是为什么？怎么可以这样无信无义？

梅苏阿拍拍他，使劲儿挤出一点儿笑容，微微地摇摇头，也是无可奈何。“他们说我是恶魔的母亲，我必须死，但是不管怎么样，”她抚摸着莫格里的头发，“你就是我的那苏，我非常爱你！”

“不用管是你儿子还是恶魔了，反正我们都得死。”男人阴阳怪气地说着风凉话，可毕竟还是放不下死亡。

“我不会让你们死的。”莫格里拉着梅苏阿来到窗口，指着丛林的方向，“那边是我的地盘，我现在就带你们离开。”

“不。”梅苏阿不愿意莫格里冒险，拒绝了他。因为他们对丛林不了解，即便跑出去了，也逃不了太远，比尔迪欧会追上他们，他有枪，那苏会有危险，梅苏阿不能让自己的儿子冒险。

“别傻了，村民骑着马很快会追上我们，到时候用绳子拖我们回来，岂不是更惨？”梅苏阿的丈夫快人快语。

“哼！”莫格里轻蔑地一笑，到了丛林的地头上，谁能动得了他莫格里的人？他想保护谁，保证他半根汗毛都不会少，“只要他们敢来，就让他们有来无回！”

“呼呼呼！”外面一阵喧嚣，像是欢呼和喝彩的声音。莫格里探到窗口，是比尔迪欧回来了，灰灰他们还是没能成功地把他拖到明天清晨。

“是比尔迪欧！”梅苏阿紧张地拽拽莫格里的衣角儿，把声音压得很低，“今天他领命出去杀你了，大祭司还跟他说了一个降服你的咒语，你碰见他了吗？”

“碰见了，”莫格里不以为然地回答。这下可好，故事大王又有玄幻故事可讲了，莫格里开始有点儿想听了，“梅苏阿，你们俩在这儿计划一下往哪里逃，我去打探一下他们的行动计划，一会儿回来跟你们碰头。”

“那苏！”

梅苏阿才喊了他的名字，莫格里整个人已经轻巧地蹿出窗外，他率先跑到菩提树下故事大会的专用场地，隐蔽好自己，等着听比尔迪欧讲故事。

老猎人也不含糊，四仰八叉地躺在广场中间，呼呼喘着粗气，显然是经历了一番辛苦逃窜。他头发凌乱，衣服都破破烂烂，手上和脚上隐约还有血迹，经过了九死一生，比尔迪欧现在只是享受着自己还有口活气儿，实在是讲不了故事。

“战神，你见到那个巫童了吗？”人们好奇地盘问。

显然，虽然比尔迪欧徒有虚名，但是在村中的待遇还是很高的。他当然明白，这回吓破胆是断然不能说的，他必须编一个能唬住众人的大故事，才能巩固自己的地位。

“你们可不知道啊，那巫童的妖法可厉害了。我才进树林，就在一层紫色的迷雾中迷失了方向。我找不到进丛林的路，也找不到回村子的路，正当我坐下研究对策的时候，周围呜呜地传出很瘆人的声音，那就是巫术，就是妖歌。那巫童想用这样的妖法把我困死，我赶紧堵住耳朵，省得在歌声中迷失神志。幸亏我走得快，路线熟，才顺利逃了出来！”

“恶心！”莫格里不屑地翻个白眼儿，比尔迪欧这个满嘴跑火车的谎话大王，没有一句实话，这群愚蠢的人都来拥护他，赞美他，却没有一个人去帮助梅苏阿！想到这儿，莫格里马上捶捶腿，“我可不能在这里跟着大骗子洗脑了，我得赶快把正事给办了！”

他返回梅苏阿的小屋，村民都去听故事了，他回来没有遇到什么阻力，刚到门口，看到了狼妈，“妈妈！”

“我听见小狼们在丛林里唱歌，我悄悄地跟过来，看看有什么可以帮你的。”狼妈温柔地说，“我也想看看，村子里照顾你的那个女人，我对她心怀感激。”

“这里的人们因为她曾经收留我而要处死她，你来得正好，我们一起想办法，把她救走吧！”莫格里微微一笑，心里有了适当的计划。

“只要你别嫌我老，我还真的想参与进来。”狼妈跃跃欲试，“我跟着你！”

莫格里带狼妈翻进窗户。狼妈的动作很轻盈，她环顾四周，略有感慨，“虽然我养育了你多年，但这里才是你将来生活的地方。”

“我和人类间的距离，可能得过渡一辈子吧。”莫格里不喜欢狼族把自己划分到人类中去，“在这里等我！”

狼妈不露痕迹地退到角落中。

莫格里冲进小屋，对梅苏阿和她的丈夫说道：“他们都在广场听比尔迪欧编故事，我觉得，应该要听一会儿呢。结束后，他们会拿着火把来烧死你们。所以，你们已经有打算了吗？”

“我们已经决定了，”梅苏阿坚定地回答，“我们要去坎西瓦拉找英国人，那些公正的白人，是不会允许他们没有理由和证据就烧死我们的，我们今晚能到的话，或许还有一线生机。”

“我保证今晚不会有人走出村口！”莫格里用拳头捶捶自己的胸口，坚定地表态，“嘿！”他发现梅苏阿的丈夫，跪在墙角，好像在挖什么东西，“他在干什么呢？”

“我的丈夫平时会把攒下来的钱，藏在墙角的青砖里。除了这些，我们也没法儿带别的东西。”梅苏阿叹了口气，尽管如此，她也已经很知足了。

“我看你真不是什么妖怪，”梅苏阿的丈夫把钱卷在布条里，系在自己的腰上，“你是人事不懂，太天真，我们得带上钱啊。我们俩靠腿脚肯定是跑不远，遇见马贩子，能从他手里买匹马，就能快速脱困了！”

“嘁，”莫格里不以为然，他骄傲地说，“只要我不想，这村里的人都出不了村，你们根本不用惊慌！”他回头瞥了梅苏阿一眼，“不过，你买马的想法也没错，她受伤了，长途奔波对她来说太辛苦了。”他扶着她，从窗户翻到了屋外。

因为没有火把，四下黑漆漆的。“知道该往哪边走吗？”莫格里关切地问。

“嗯。”两个逃命的老实人使劲儿点点头。

“好吧。”莫格里也点点头，“注意安全，不用走太急，周围有我的朋友，他们会用歌声给你们护航。”

“你放心，只要逃出来了，怎么都好，不管一路上遇到什么动物，都不用怕，总比在这里活活被烧死强！”梅苏阿的丈夫坚定地说，他扯扯梅苏阿的衣袖，“走吧走吧！”

梅苏阿不舍地望着莫格里，微微一笑。

“等一下。”莫格里变得有点儿啰唆，“丛林里没有动物会伤害你们，勇敢地逃命吧，没有猛兽阻挠你们，也没有这村里的追兵可以靠近你们，你们会平安地到达坎西瓦拉，相信我！”

“我信你！”梅苏阿拉着莫格里的手，“不论他们说你是狼还是魔童，我知道，你就是当年我们落入虎口的幼子！虽然我们暂时不能生活在一起，但是我相信，我们迟早会再见，我们迟早会一起生活，那苏……”她流着泪扑向莫格里，想最后拥抱告别一下。

“呃。”莫格里不习惯这样的表白，他有点儿硌硬地躲闪到一边，怔怔地看着梅苏阿。她跪在地上，嘴里不断念着她知道的所有神灵的尊称，祈求他们可以保佑莫格里。

“快点儿走吧！”她的丈夫又催促道，“等我们到了英国人那儿，我一定要让这些村民付出代价，我要让他们双倍地赔偿我的损失！我们可以享有绝对的公平和公正！”

“呵呵！”莫格里冷笑一下，公平和公正？人类真会造好听漂亮的词汇，他们根本不会照着去做！“好啊，我也想看看，你究竟能不能得到你想要的。”

等他们渐渐走远，狼妈从藏身的角落里走了出来。

“帮我跟着他们，妈妈，”莫格里说，“帮我照顾好梅苏阿，确保她的安全，能不能呼叫一下巴希拉？”

“嗷呜！”狼妈悠长的嗥叫划破长夜。

梅苏阿的丈夫吓得差点儿跪倒在路上，莫格里嘿嘿一笑，“别害怕，这就是我跟你们提到的护航的歌声，它会伴随你们直到目的地。这是我代表丛林送给你们的礼物，继续走，别回头，朝着你们的目的地，大胆走！”

梅苏阿相信自己的那苏，她镇静地拉着丈夫朝丛林深处走去。狼妈则保持着不让他们害怕的距离，一同消失在黑夜深处。

“需要我做点儿什么？”巴希拉蹭蹭莫格里的胳膊，他已经为即将到来的一切做好准备，战斗的热情让他兴奋至极，身体上每一寸肌肉都在颤抖。

“比尔迪欧回来得比我想象中的早，”莫格里说，“你们的歌唱得是不是太温柔了？我得去问问比尔迪欧是不是喜欢那些歌声，灰灰他们在哪儿？听着，今晚，我不想有人类走出这个村庄。”

“用得着你的狼族兄弟吗？我自己就足够了啊！”巴希拉抖擞精神，先是来了个后空翻，低吼一声，声音足以贯穿村庄，给胆怯的人们一个恐惧的理由。“凭我一个，就能让人们全都爬到树上去。当然了，你得告诉我咱们的终极目标是哪个人，我得在他身上好好发挥发挥，哈哈哈。我都已经控制不住自己的兴奋了。我是巴希拉，丛林里有名的巴希拉。我的力量、速度足以杀死所有的猎物，来吧来吧，我已经准备好了！”

“那就干！”莫格里坚定地说。这一次，他没有使用丛林的语言，而是本地村民的俗语。人类的语法让巴希拉有点儿恍惚，他后腿蹲着，抖个不停。莫格里扭头盯着他的眼睛，就像看着丛林里随便一只动物的幼崽儿，巴希拉绿宝石般的眼睛深处，亢奋的红色火焰熄灭了。他回避地低下头，舔着莫格里的脚面。

“嘿，哥们儿，没事，没事，不怪你。”莫格里环住黑豹的脖子，抚摸他的背脊，轻声安慰道。

“如果你之前是一个丛林居民，但是在这儿的经历，让你有了双重身份，不过人孩儿，不管怎样，我对你的感情不会变。”巴希拉感受到莫格里身上那浓浓的人味儿。

莫格里没有听懂巴希拉的话真正的含义，“比尔迪欧的故事应该讲得差不多了，我等不及看他们举着火把到梅苏阿家门口，看到一切都落空的样子了。”

“我有个主意，不妨让我到屋里去等他们。当人们看到我，可能在里面多逗留一些时间，他们会在我身上花上大力气。”巴希拉的斗志重新昂扬起来，说完就跳进了屋子里。

“小心点儿！”莫格里提醒黑豹。

黑豹蹿到屋子里，在家具中间显得有点儿局促，他蹬翻了桌椅，“这地方就是人的家？也太窄了吧！”他蹿到床上，转圈寻找着合适又舒坦的空间躺下。床板被他的体重压得几乎就要垮塌，而巴希拉对这嘎吱嘎吱的响声倒是很满意，“来吧，莫格里，一起吧？”

“我不想见到那些人类，你自己打猎吧！”莫格里心里还有些别的计划。

“无所谓，”巴希拉没有强迫人孩儿，他的大爪子一张一合，“我听见他们往这边来的声音了，我有点儿激动啊，哈哈哈。”

“铲除巫童！烧死巫婆！烧死巫师！”菩提树下的村民已经被故事把心中的暴躁点燃，他们喊着口号，手持各种武器棍棒，汪央汪央梅苏阿的住所走来。大家群情激愤，看起来战斗力爆表，手里的镰刀、锤子，闪烁着杀气。比尔迪欧和大祭司走在队伍前面，他手里那把没有准头的猎枪，已经上好了膛。

梅苏阿家的门闩紧锁，拦住了大家的去路。人们狂躁地用斧头砍，用铁棍撬，声势浩大。不多久，门就被拆破。人们举着火把，一拥而入。

搞笑的画面随即出现了，进到屋子里的人们，看到床上慵懒地躺着一只黑豹，那墨黑色的皮毛，此刻也许就是魔鬼颜色的代名词，人们相互推搡，彼此拥挤，都想尽快从屋子里出去，躲开这个黑煞星，而屋外不知道情形的人们，也在互相推着赶着往屋子里走，都想争做一回英雄。结果屋里的人出不去，屋外的人进不来。

巴希拉大摇大摆地站起身，伸个懒腰，打个哈欠，嘴张得大大的，舌头蜷缩着，嗓子眼儿恨不得都暴露出来，他的犬牙在月光下，光辉不亚于人们手中的镰刀，只不过，这个家伙更致命！

“往后退！屋里有只黑豹！”不知道是谁喊出了实情，人们终于统一了步调，很快，屋子腾空了，院子也空了。巴希拉轻盈地从窗户跳出来，欣赏着自己的敌人是怎样落荒而逃的。人们大呼小叫，相互推搡，个别胆小的，连跑的力气都没有，还得被其他人搀扶着；然后都跑回自己的房子里，关门上锁，关窗上锁，恨不得把自己关在一个安全的“棺材”里。

巴希拉得意地走到莫格里身旁，“瞧见没，这些鼠辈，我敢说，他们天亮前都不敢开门。接下来，你有什么计划？”

“睡觉！”莫格里对这样的结果很满意，他心无旁骛地返回丛林，找了一块平坦的岩石，舒心地睡起了觉。

当他醒来时，已经是第二天的晚上了，巴希拉卧在他身边，正在吃着新鲜的鹿肉。“你终于醒了，你竟然能睡一整天，来吧来吧，吃点儿东西。”他把血淋淋的鹿肉往莫格里身边推推。

“鸢鹰吉尔捎回信了，那个女人已经到了坎西瓦拉，他们出门没多远，就找到了马，一路上很顺利，也没受罪。”黑豹跟莫格里说了他最放心不下的事情。

“嗯，太好了。”莫格里扬扬眉，挺满意，“村里的人出来了吗？”

“出来啦，跟做贼似的。中午太阳升到最高的时候，他们出来找了点儿干粮，又都捧回家，锁紧门，捡了些大石头，听上去，都装在大箱子里顶着门。”

“有没有碰到你？”

“谁知道，反正我一直在这里。我把巴鲁也叫来了，他去找了新的马蜂窝。我在土堆里打滚儿，可能村民通过门缝儿窗缝儿观察着我们。我觉得他们都不够坦荡，走吧人孩儿，还像你小时候那样，跟着我们一起打猎吧，忘掉这里的一切，不要再跟人类有什么瓜葛了，你都不像你了。”

“我尽量，不过可能得过些时日。”莫格里诚实地回答，“海瑟呢？他今晚在哪里觅食？”

“海瑟？那家伙还不是想在哪儿吃就在哪儿吃。怎么，需要他来做什么吗？”

“能不能帮我请他和他的儿子们来一趟。”莫格里心里又有了什么计划。

“你知道，海瑟可不是招之即来的角色，他可是丛林之王。你们之前也打过交道，他也是你丛林秘诀的老师之一呢。”巴希拉想让莫格里更严谨些。

“就告诉他，为了洗劫博特波的田地就行了。”莫格里计划的这一切，都是为了复仇。当他在梅苏阿的身上闻到了让人厌恶的血腥味儿，又看到她因为他而受的那些伤，有一些什么东西刺痛了莫格里的心。也许他不明白，当他开始心疼梅苏阿的时候，恰恰证明了他早已接受了梅苏阿的爱，也早已回报给梅苏阿同样的爱，正是这样，他才会憎恨和报复这里的村民。而如今，他想动用大象的毁灭力，还是从比尔迪欧瞎编的故事里得到的启发。一想到这里，莫格里的嘴角，扬起一抹由衷的笑意。

“好的。”巴希拉把莫格里的话在心中默念几遍，就出发了。

很快，巴希拉便回来了，他凑到莫格里耳边说：“他们来了！”

海瑟带着他的三个儿子，在河边饮完水，便跟着巴希拉，摇摇晃晃地来找莫格里会合。

“我这里有一个故事，是村里的一个猎人讲给我的，故事的主人公是一头大象。”莫格里饶有兴致地盯着海瑟，继续说，“这头大象年纪很大，陷阱里的尖锐物品，在他身上留下了长长的疤。”莫格里注视着海瑟身上从脚后跟到肩膀的长疤说：“对，就像你身上的这块一样。他从人类村庄里逃走了，很久以后，他跑到了博特波田地，做了什么，你知道吗海瑟？”

“我知道，因为这里就是我和我的儿子们收割的。”海瑟没有回避，动物们似乎都要比人类坦白，“人们吓跑了，我们撕毁了屋顶，撞翻了墙壁，我们以丛林的方式占领了田地。我们花了一周的时间，从南走到北，从东走到西，人们无法再耕种和劳作，我们就是这样洗劫了博特波的田地。”

莫格里微笑地倾听着，看来，比尔迪欧嘴里，也不全是瞎编的故事。“尊敬的海瑟，我请你们来看这个村子，在这里，人们无情无义，出尔反尔。他们散漫又愚蠢，会造谣，会编故事，会恶意中伤无辜的人。他们酒足饭饱之后，会拿着火把焚烧自己的同类，我希望他们远离这片土地，我想用丛林的方式，解决这里的一切！”

“杀！”海瑟的小儿子义愤填膺地回复。

“不，不，不！”经过了希尔汗的死亡，莫格里明白，一堆尸体对他来说毫无用处，“我只想让丛林占有这里，让这里的人们自觉地离开。”

巴希拉静静地观察着莫格里，他这是在下一盘很大的棋啊，一只黑豹再勇猛，也不过是杀死几个耕田人，而想让这个村庄都消失，只能和大象家族联盟。

“我和这里的人无冤无仇，我内心的仇恨，不足以让我发动这样一场战争。”海瑟说，显然大象的斗志是需要激发的。

“怎么会？”莫格里继续说，“让野猪、牛羚、驯鹿都参与进来。”他指指村前的庄稼地，“不需要您亲自动手，就足以让丛林占领这个地方了。”

“在博特波的时候，我尝到了血。这一次，我不想再经历杀戮了。”海瑟是一头善良的大象。

“我希望不会。因为我也在帮助过我的女人身上尝到了血腥味儿，他们因为她帮助过我而要杀死她。我只是想净化这片土地，只需要赶走这些人类，让这个血腥暴戾的村庄长满野草，野草会盖住所有的血腥味儿，建造一个新世界。海瑟，让丛林占领这里吧！”

“我听明白了，小狼孩儿，你的处境就是我们的处境，让丛林占领这里吧！”海瑟同意了莫格里的说法。

黑豹震惊地盯着眼前的莫格里，他是那样的陌生，“我不太确定，你还是不是当年那个小婴儿，你变得太强大了。”

海瑟和他的儿子们返回丛林，呼唤着丛林的兽民们，他们一起进食，一起讨论，说在外面的某个山谷，有美味的食物和新鲜的水源。贪吃的野猪最先出发，后面是驯鹿和牛羚，他们以村庄为中心一路吃。食肉动物跟在他们的后面，让这些草食收割机不要因为烦躁和重复返回丛林，他们一路吃到村民的庄稼地，那新鲜的麦子是那样的诱人和美味。村民在瞭望台看到这一切，心急火燎又无可奈何。

在一个乌云遮住了月亮的漆黑的夜里，海瑟和他的儿子们闯进了村子，用象鼻子卷起房梁，就像折断花草般容易；小鹿们在田地里刨根吃着新鲜的果实；野猪不甘心地用头拱开松软的田地，把庄稼地祸害得稀烂；还有些胆子大的食草动物，睡在玉米地里，清醒的时候就吃，睡在取之不尽的食物上，是很多食草生物毕生的愿望。

当太阳升起的时候，人们看清了自己的土地，已成了一片荒芜，留给他们唯一的选择，就是离开这里，否则，就得挨饿。水牛无处吃草，纷纷跑到丛林里寻找近亲的同伴，再也没有回来。村子里剩的那几匹老马，也被巴希拉拍扁了脑袋，弃尸街道。

年轻的村民纷纷离开村庄，往其他的地方去讨生计。年纪大的村民，希望干些侍从的活儿谋求生计。虽然粮商家有储备粮，但是海瑟撞破了房屋，踢碎了他的钱箱，任珠宝财物、食物粮饷和牛粪混在一起。

大祭司说，这一定是村子激怒了丛林中的某位神仙，才会引发丛林的抵抗。他请来了冈德人，寄希望于这些印度最古老的民族，可以帮他们摆脱困境，可以帮助他了解一下丛林的神仙是不是生什么气了，又该怎么解决。

冈德人只是跳了些原始的摸不清用意的舞蹈，便返回了丛林。

看来，只能自救了。人们绝望了，他们守着夏天留下的储备，企图挨过这段日子。可是动物们早已看穿了他们的胆怯，在大白天，也会跑到人们身边，打滚儿或吼叫，把村民吓得四处逃窜。

村里与外界的商贸往来也已经萎缩，村里向外延伸的道路布满杂草。那些曾经出行的道路，因为杂物和杂草的覆盖，已经辨不清方向。虽然动物们现在很少在夜间吼叫骚扰，但是村民们已经觉悟，该去坎西瓦拉请求英国人施舍了。

村里的田地早已没了形状，果实连同地里的种子都被瓜分干净。

当雨季到来，没有屋顶的房屋无情地漏着雨，人们不得不蹚着及膝的泥水，往坎西瓦拉的方向去。因为不舍，他们三步一回头，看着已是一片废墟的家园，默默告别。

在最后一家人踏出村口的一刻，村里的房屋发出哗啦一声闷响，便坍塌了，年幼的孩子忍不住放声哭泣。像蟒蛇一样粗大有力的象鼻，一栋又一栋地掀翻屋顶。他抬起腿，就足以踢毁一面墙。野象的破坏力，不亚于一台重型挖掘机。海瑟和他的儿子们在狭窄的街道上狂奔嬉闹，所经之处都是坍塌的房屋。

“丛林和这小雨一起洗刷了这里的罪恶！”莫格里站在墙头上，满意地说。

“一切都恰到好处，没有像我在博特波那样。”海瑟继续着他的破坏，他要把这个村庄变成一个土坡，不论它之前是富饶还是罪恶。当一切重新开始的时候，当新发的植物钻出瓦砾的时候，这里才会洗清邪恶，重新洁净。

第四章　收尸者

当你对胡狼塔巴奎称兄道弟的时候，当你邀请他来吃肉的时候，你就能和加卡拉结束战斗了，因为他们都是用四条腿扛着肚子的。——丛林法则。

河面上传来浑厚并透着一丝恐惧的声音，“要尊敬年纪大的长者。”

宽广的河面上，一队孤独的船队扬着帆，载满建筑材料的驳船朝下游铁路桥驶去。舵手们用力转舵，四周响起恐怖的声音，“河上的祭司，尊敬年纪大的长者！”

坐在船舷上的一位船夫，抬起手，轻声嘀咕着一些听不清的话语。印度的这条河，宽广平滑，雨季时，小河奔流汇聚。河左岸，有一个村子，远远便可以看到村中的砖房、木棚和牛羊。

村中有条路直通河道，人们顺着石阶可以走到河道附近，洗衣，打水，这个地方，叫作泽鳄村石阶。

夜幕很快染尽河边的田野，鸟儿们边饮水边叽叽喳喳地聊天，一只鹤飞在最后，听到周围的动静，降落在桥下。

从侧面看，这只鹤后背宽厚；从正面看，他红色的头顶，没有一根羽毛。最恶心的是他脖颈处疙疙瘩瘩的囊袋，储藏着他的食物。他的腿很细长，无论是站或者坐，都像个优雅的芭蕾舞演员。

低矮的断崖上，一只饥饿的胡狼在嗥叫，因为身上长满了疥癣，在族群里地位低下。他有时胆小如鼠，有时胆大妄为，和所有胡狼一样，都是一肚子坏水。因为能力低体形小，大部分时间里，他都因没有猎获食物而挨饿，不得不在各种垃圾堆里翻找食物。

“唉，”胡狼爬上沙洲，抱怨道，“村子里的狗都疯了吗？我就是看了看牛棚里的旧皮鞋，差点儿让他们咬死！我都饿了好几天了，难道让我到这儿来吃土吗？”

鹤直立着脖子，说道：“你可别矫情了，怎么我听说的和你说的不一样呢，那只旧皮鞋里，不是藏着一只小奶狗吗？”

“并没有，并没有！”胡狼狡辩道，“眼见为实！”

“好啊，那我就找个机会，亲自去看看，那皮鞋里究竟藏了什么！”鹤还真是有刨根问底的性格，或许，他也有自己的小算盘。“如果世界上所有的仁慈都已经毁灭，那么皮鞋里的小东西，绝对是一个美味。”

“这个世界很残酷，对我们都一样公平，就连这河道的主人也不例外！”胡狼悲观地说。

鹤不以为然，他当然知道，胡狼嘴里是没有实话的。可是鹤并不厌烦，因为在危急时刻，鹤也是满嘴谎言的一种动物。

“河道建立以来，食物短缺得厉害……”

一声摩擦声打断了胡狼的抱怨，正是他刚刚谈论的河道的主人，一只成年鳄鱼，他比村子里的人都大，村落以这只泽鳄的名字命名，因为他们尊他为神兽。他是远近闻名的死神，无论是动物还是人类，当他饥饿的时候，就都是他的食物。

“尊敬的河道之神，见到您太荣幸了！”胡狼谦卑地跟鳄鱼请安，并自保地边说话边后退，后退是不知道此时鳄鱼是要休息还是捕猎，胡狼要保持足够的逃跑距离，而奉承话，则是为了拍鳄鱼马屁，奉承也是得到食物的一种手段。

“哼，”泽鳄闭着眼睛，“我什么都没听见，我的耳朵越来越背了。自从人们开始修铁路，我都失宠了。我现在要饿死了，真是伤心。”

“人类都是一个德行，喜新厌旧的！”

“不，不，不，其实他们并不坏，我活了这么久，还没有遇到过一个坏人。小胡狼，我得提醒你，不要随便鄙夷这个世界，否则你就会被这世界鄙夷！”

“哦，哦，哦，这句话绝对是真理！”鹤点点头，赞赏地说，“我得把它记到我的格言手册里。”

胡狼摇摇头，摊开手，质疑地说：“可是，看看他们现在对你的态度吧！难道这不是忘恩负义吗？”

“不，不，不，”泽鳄微笑道，是那样的温柔，毕竟他看着村子成长，对这里有着自己的感情，“人类只是没有学会为他人考虑。比如说新桥下的石阶，太高了，上岁数的老人和光着脚的孩子走起来都很困难，我真替他们难过。但愿过一段时间，我能看到人类像以往一样赤脚走过浅滩，那样，我会重新赢得尊重。”

“我不得不提醒你，中午的时候，我见有花环漂在那儿，好像是金盏花！”鹤迫不及待地插句嘴。金盏花在这里，象征着敬畏。

“弄错了！都怪糖果商的那个近视的妻子，在河道里，她完全分不清我和浮木的区别，虽然花环没有投在我的身上，但是我得肯定她的奉献精神。”泽鳄中午休息的时候，亲眼看见的这一幕，老妇人眯着眼睛在找他。还没等鳄鱼用行动表示自己的位置，老妇人已经把花环扔到了一个浮木上面了。

“都是垃圾堆，花不花环的还有什么用？”胡狼是个实用主义者，他盯着河道的保护神，不知道这些没用的东西有什么值得满足的。

“一点儿没错！我曾经历了五次河水从村庄退去，街道里建设新的道路，河堤上的建筑也是建了毁，毁了再建。我虽然不是长期驻扎在这里，但是我依旧是浅滩真正的守护神。明白吗？长久守候，必有回报。”

“不不不不，”胡狼不服气地打断了泽鳄的大道理，“我也在这个村子里守候良久了，可为什么我等来的，都是被骂、被打、被追、被咬？”

“呵呵呵呵。”鹤在一旁幸灾乐祸，只不过他似乎经常因为不安而下肢痉挛。他半张着翅膀，像是印第安人的战前舞蹈。他摇头晃脑，伴随着刺耳的尖叫，不多会儿，又站得笔直，像一块钢板一样直。

胡狼看傻了，他虽然已经是青壮年，但是看到一只高大的鹤抽风，还是有点儿胆怯。

“你们还需要多加学习，才能活得更保险。”他看着胡狼，“像你这样的孩子很常见，而我这样的老鳄鱼就相对稀有。但是你没必要自卑，我也不值得骄傲，骄傲会带来毁灭。我很信命，也安于现状。我一直运气不错，有敏锐的目光，又善于思考，所以我平安地生存了数十年，并且干了很多事！”

“我可是听说，你也犯过错哟！”胡狼不怀好意地说。这丛林里的故事，经常是日行千里，无论是飞鸟的愚蠢，还是小鱼的寂寞，无论是山脚下棕熊的勇猛，还是水边鳄鱼的精彩，所有关于动物的故事，都能在一天内传遍所有动物的耳朵。

“都是年轻惹的祸啊，小胡狼，你是从哪里听来的？”泽鳄也很好奇，莫不是这些丑事都如同沙粒里的金子一般，经过时间的洗涤，俨然一代代地传承了下来。“那是第几次饥荒的时候，我都记不清了，洪水泛滥，淹没了村庄。我兴奋极了，跑到村子里去探险，这个好奇心真是害我不浅啊。人类的生存环境充满了诱惑和新鲜，我玩得有点儿忘乎所以。我吃完东西，就在稻田里休息，可是等我再醒过来的时候，洪水退了，就剩我，光秃秃地在泥巴里打滚儿。我慌忙地想往河里跑，在经过街道的时候，人们把我围起来，一个船夫说该打死我。幸亏，来了位德高望重的婆罗门大人，他说服村民，洪水是因为我的到来才退去的。就这样，我莫名其妙地成了村子里的保护神，他们给我进贡羊……”

“羊？”胡狼的口水都快滴到土里了，整个故事，他只对这只羊感兴趣。

“对啊，羊，只不过，羊毛真的多到你想吐，但是我还是接受了。”泽鳄继续说，“更有趣的是，当初要打死我的船夫，船在河堤旁搁浅了。”

“我大概知道些，是不是旱灾那年，运石船沉没的那片长长的浅滩？”鹤还是比胡狼知道得多一些，“曾经因为一道沟把它分成了上游一条，下游一条，不过水干之后，又连在一起了。”鹤的记忆提取能力，也是很强大的。

“一点儿都没错！就是那里！”泽鳄赞许地看着鹤，他以为，没有动物会记得那个地方。“那个要杀掉我的船夫搁浅在了下游，危急关头，他跳到了水里，试图把船推上岸。我就悄悄潜在他身后……”泽鳄停顿了一下，“船夫们相继跳下水，我并没有往前，老天爷一天送给我三个肥头大耳的人。”

“这真是让人激动的场面啊，我也期待这样的捕猎场景啊，你真是太聪明了！”胡狼羡慕地说道。

“聪明不聪明其实从来不重要，关键是善于思考。我的兄弟爱吃鱼，他就把鱼研究得很透彻，什么鱼游得快，什么鱼爱扎堆儿，什么鱼爱睡觉。虽然鱼和鱼之间长得像，但是差别很大，把这些死知识研究透，那才是聪明。”

“我最爱吃的就是鱼了！”鹤也勾起了些许食欲。

“我的捕猎对象是人，他们不像鱼活在我们的眼皮底下，我必须思考他们的行为，判断他们的用意。通过思考，我看到张灯结彩，就知道该是有女孩儿要出嫁了；我看到门口挂的装饰物，就知道房子里生了男孩儿还是女孩儿。因为家里有喜事的时候，人们习惯到水边沐浴，我只需要静静地等待。就连河水改道，哪个地方出现新的土地，也逃不过老泽鳄的法眼。”

“这些个不着边际的事情，知不知道有什么用？”胡狼满不在乎。

“知识就是力量！”泽鳄肯定地说道，“对于人类来说，新的土地，会带来新的争吵，每一个人都想占据更多的田地。他们会事先在田地里划分土地，你种瓜，我种菜。种着种着，夹缝土地属于谁就开始争吵，然后斗殴，然后群殴，老少爷们光着膀子，赤着脚，拿着各种各样耕田种地的工具，在田间地头玩儿命打斗。而我，只需要潜伏在旁边的浅堤里静静地等待。最多到了入夜时分，人们便停下争斗，收拾残局。一些老年人死了，而凶手跑掉了。尸体被人们用门板抬着，他们在空地燃上火堆，从嘴里吐着烟，朝死者鞠躬。有的人说，要把凶手送到英国，他会被吊死！另一些人说就应该吊死他。他们在漫长的夜里，一遍遍地谈论着这些没用的话题，最后人们达成一致，杀人者给被杀者家人赔偿金，从此没有人再提此事。他们在死者身上象征性地点燃火焰，死者就来我这儿啦。你们说，这里的人们是不是好人？”

“你真的比我幸运。”鹤说，“这么多年，我可是什么油水也没捞着。想当年在加尔各答，人们什么东西都往外扔，我不但可以温饱，还可以挑拣一下。可你看这儿，白天晚上地打扫，街上光秃秃的，什么都没有！”

“我也听说过加尔各答，他们说那里的胡狼各个肥头大耳，日子过得清闲自在。”胡狼也酸溜溜地接话。

“别听传言胡说了，那可是英国人的地盘，他们的狗才是又肥又大。胡狼？胡狼都饿得皮包骨头！英国人的船都比这个村子要大很多！他们在船板上搬运又大又沉的白色方块，在炎热的时候，白方块越来越小，还会冒烟。我飞过去想看个究竟，船夫们就将一小块白色物体，扔向我。我们鹤的习惯是，不管什么飞过来，都张嘴接。我的天啊，你们都不知道，那东西进到嗓子里，我的整个呼吸都冻结了，一阵彻骨的寒流通抵全身，让我不由自主地就跳起舞来。船夫们没良心地哈哈大笑。等我缓口气能呼吸的时候，那个白色物体，已经消失得无影无踪了。”

其实这个白色物体，是人们从美国运来的冰，只是动物们并不知道这样的东西，也不明白它的原理，让整件事情看起来很神奇。

此时，一列快车从他们头顶的桥梁上呼啸而过，叮叮当当的噪声引起了动物们的讨论。“这个东西看上去，也比泽鳄村石阶大好几倍！”

“这个东西不奇怪，从它才只有一块砖头那么大，我就在看着它长大。有时候，上面的人会掉下来，摔死在河岸上，没有人来给死者收尸，只有我！”泽鳄凄婉地讲述这座桥上发生的悲惨事件。

“可是上面跑着的带轱辘的家伙不奇怪吗？”鹤继续说。

“说不定是什么类似公牛的家伙，你们看那速度可是不一般！万一哪天不听话，也跟人一样摔下来，我老泽鳄，可是时刻准备着！”

“呃？”胡狼和鹤都瞪大了眼睛，他们虽然也不懂火车究竟是个什么东西，但凭他俩的小脑瓜儿也想得明白。这个东西，至少不是公牛，也绝对不是吃的东西。胡狼从侧面观察过这个铁疙瘩，鹤从上空看过火车的全貌，只有泽鳄，因为所在角度的局限性，对这家伙，产生了某种误解。

“你们怎么看？是不是公牛？看那些弧线，不就是公牛们的后背吗？”泽鳄强调着他的角度，想让充满质疑的两个小动物听懂他的想法。

“啊，对，对，对，对，确实是公牛！”胡狼附和。

“就是公牛？”泽鳄忽然有点儿恼怒，因为他明明从胡狼和鹤的眼里，看到的是其他答案，“你们倒给我解释解释，哪里看出就是公牛？”

“哦，哈，我，我只是觉得，您说是什么就是什么，我就是您的仆人，您是这里的保护神，您说是什么就是什么！”胡狼赶紧给自己辩解。

“不论这是不是公牛，它都是英国人造出来的玩意儿，在我不了解它之前，我不会贸然靠近。”鹤的这句话，客观中肯。

“我还算了解英国人，在建桥的初期，我和一个英国人打过交道，因为我咬死了他的一个工人，他每晚都会划着小船，扛着枪，喊着猎杀我的口号，虚张声势。我趁他又困又疲惫的时候攻击了他，等桥建好，他的伤也好了，他逃得远远的再也没回来。英国人就是这样，我有一次还捕猎过他们。”

“你捕猎他们？”故事越来越离奇了，胡狼有些兴奋。

“那是村庄第三次重建的时候，我在这儿已是响当当的守护神了，我的兄弟听说贝纳勒斯发大水了，想让我跟着他一起去捕鱼，一开始我有点儿犹豫，直到听了人们的话，我才相信。”

“什么话？”胡狼被泽鳄故事里一个又一个的悬念吸引着。

“哦，很多，很多，很多，”泽鳄感慨地说，“听着，我不得不上岸行走。那是初夏，天气很热，我借着路面上的浅洼行走，穿过道路和山地，穿过陡峭的山岩和无水的地区，一直到恒河的一个支流，简直是一个奇迹。”

“你是怎么活下来的呢？你靠什么支撑体力？有什么吃的东西吗？”这只饥饿的胡狼，真的是每句话都离不开吃。

“呵呵，能吃什么吃什么，我的表兄弟。”泽鳄慢悠悠地回答。

古印度有一个古老的传说，泽鳄和胡狼曾经结过婚，泽鳄这时候和胡狼称兄道弟，说明他已经接受了这种血缘关系。只是，作为旁观者的鹤，此时略显不屑。

“是的，是的，爸爸。”胡狼更是厚颜无耻地开始认爹，“我们就不要严格按照辈分来说了，叫得自由点儿，我们都是吃同样的食物。”

这句话就显得多余了，因为凡是有身份地位的泽鳄，都是不吃新鲜食物的，他们会把食物储备起来，需要的时候才吃。而胡狼那种随猎随吃的行为，是被有尊严的动物所不齿的行为。

“就不要管吃的什么了，那都是老皇历了，快说说你到发大水的地方，又发生了什么故事吧！”鹤静静地把跑偏的话题拉回正轨。

泽鳄对鹤感激地点点头，继续说：“那真是史无前例的大水啊，比近年发的洪水的几倍都要大。异乡人和动物们的尸体旋转着顺流而下，我只需要张着嘴，短短一天，我的肚子就鼓得像怀了10条小鳄鱼一样。”泽鳄幸福地回忆着当初的场景。

“那是漩涡，转圈就意味着水里有漩涡！”鹤在天上飞，鸟瞰一切，在很多知识上显得见多识广。

“也许是吧，我躺在河岸下游，尸体成堆地从我身边经过，我随便捞一具，就足够一天的伙食了。这些英国人身上不会佩戴那么多零零碎碎的饰品，吃起来不会硌牙。那个时期，所有的泽鳄都胖了，而我尤其幸运。我听说英国人是被追捕赶到了河里，我相信。我沿河去了南方，经过蒙吉尔还有河边的坟墓，所以我相信那消息是真的。”

“蒙吉尔？那个地方物广人稀。”鹤准确地说出了故事的地名。

“是的，就是那里。我在那儿悠闲地过了一段日子，直到来了一船白脸人，也弄不清怎么都是女人和孩子，他们日夜号哭，吵得我耳朵都木了。有一次，我看到船边上一个白人小孩儿在玩水，我正好已经吃饱了，我就悄悄漂过去想跟他开个玩笑。我瞄准他伸进水面的小手，张开大嘴就是一口。小孩儿敏捷地躲闪到一边，因为我不是真心想要咬他。然后女人们尖叫起来，我简直像是按了噪声的开关。不过，这些女人就像传说中描述的那样，可以在水生植物上行走！”

“发生了什么？”胡狼真的是越发着迷了。

“其中一个女人拿出了一把微型枪，朝我连开了五枪！”泽鳄难以置信地描述，“你知道速度有多快？就像我甩尾巴这么快！”泽鳄用自己镰刀般锋利的尾巴，给大家演示当时的速度。“其实在第五枪还没射的时候，我就沉到水里了，再不跑可能真的要交代了。我偷听到他们觉得我已经死了，因为有一枪好像在我颈骨附近。你们要不要看看这里有没有镶嵌子弹，就知道我的故事是真是假了！”

“完全不必，当这么尊贵的你，选择告诉我你这样的经历的时候，我没有一刻怀疑过它的真实性，我会把这个故事讲给我的孩子们听，不需要什么证据来证明！”胡狼肯定地回答。

“有礼貌总是讨人喜欢，我可不希望你的孩子知道，这泽鳄村石阶的保护神身上，有一块来自女人的伤疤！”泽鳄可不希望这样狼狈的故事在丛林中流传。

“那不会，那不会，我什么都没听见，我已经都忘光了。”胡狼赶忙讨好说。

“我很快离开了那个地方，重回上游方向，赶上阿拉河道回流，河道里没有一具英国人的尸体，到处都是印度人的尸体，一具具并排漂着，所有的村庄都被洪水淹没，尸体就像平时河道里的木头。在北行的晚上，不时能听到枪响，而到了白天，周围都是脚步声，随着水波荡漾，漂来更多的尸体。坦白说，当时我真的有点儿害怕了，人类尚且如此，那等待泽鳄的又会是什么悲惨遭遇呢？一艘没有支帆的小船，一直尾随我向上游前进。”

“那是加尔各答来的船，船夫们黝黑高大，而且……”

“比我的村庄的三倍都大！”泽鳄打断鹤的话，“其实并没有，虽然很大，但是没有那么邪乎。我白天躲起来夜晚赶路，回到了这个小村庄，本以为这里一定是生灵涂炭、尸横遍野，可是我看到大家像往常一样在田间地头耕种、穿梭，我觉得内心平静又幸福。”

“那河里还有好吃的吗？”这样的一个问题，只能来自贪吃的胡狼。

“当然，而且相当丰富。”泽鳄肯定地回答，“沿着河流一直漂下来尸体，村民起初议论是英国人，可是当他们发现，尸体并不是白人时，他们沉默了，什么都不再说，假装什么都没发生。很久很久以后，河水才重新干净，虽然没那么容易填饱肚子了，但是我很满足。”

“真是一个精彩的故事！”胡狼拍拍手，“一听到这么多食物，听着都能让我胖两斤。之后，你又做了什么？”

“我发誓再也不远游了，我就在石阶下安身，哪里也不去了。我看护着这些村民，他们也爱护着我。每当我的头浮出水面，他们就会朝我的头上扔花环，只不过……”

“没有谁能一直顺利下去，”鹤接话道，“包括泽鳄村石阶的守护神。”

“那个逃出我锋利牙齿的白人小男孩儿，时刻在我的梦中骚扰我。”泽鳄疲惫地打了个哈欠，“现在我有点儿困了，让我静静，尊重一下老年人。”

胡狼和鹤退到沙洲边一处树荫下，“这老家伙生活可真优越，他从来不说河岸上是不是留着食物，而我还在一直提醒他，好东西会沿着水流漂落下来。”

“你们的阶级太悬殊了，只不过，你想讨点儿不义之财，一点儿都不难。”鹤揶揄胡狼一句，但是话糙理不糙。

胡狼扭过头，到树干下依偎着小草。忽然，他的身子颤抖了一下，一抬头，那座巨大的桥仿佛就在他的头顶。

“那边有人！”胡狼警惕地说道。

“我不用担心自己的安危，因为在这里，鹤可是一种圣物，我们从不用在人类面前畏畏缩缩。”

“听！这叮叮当当的声音！这金属碰撞的声音就是枪发出的！”胡狼脸都绿了，“还有靴子走路的咔咔响的声音，这些人可不是普通的村民，他们是白人，他们是来找泽鳄复仇的吗？”

“那还不快去提醒你尊贵的守护神！”鹤阴阳怪气地说。

“哼，我才不去呢。”胡狼六亲不认地说，“他不是口口声声说人没有坏人吗？那就让他自己看管好身上的那层盔甲吧，反正他的村子就在他身后压阵，他的运气也一直不错，我就只管在这里等着。不论哪一方赢，我觉得，我都能美餐一顿。老家伙睡得正香，不要去打扰他！”

老泽鳄耳朵背，他是当真没有听到危险正在靠近。

“就这么直上直下地打！”桥上一个声音小声说道，“看准他脖子后面的区域，打准点儿！越快解决战斗越好，别让村民出来捣乱，他们把这个畜生当成自己的守护神！”

“管那么多干吗？”另一个声音回答道，“建桥的时候，你忘了他是怎么吃了咱们十几个苦力的？是时候跟他算账了！我开完枪，你继续！”

一声洪亮的枪声响起，伴着两道火光，接着是连发枪突突突的子弹声。其实，一般的子弹对鳄鱼坚硬的皮肤是不起任何作用的，先发的双管猎枪，才是致命的。一颗子弹，准准地打进了老泽鳄的后脖子，另一颗把他的尾巴炸开了花。这只老泽鳄被炸成了几截，当场毙命。

“他已经死了，”鹤肯定地说道，“白人来了。”

“成功了！”两个英国人从桥上跳下来，“这家伙可真长！”

一个本地同行者割下了泽鳄的头颅，他们拖着战利品，走过沙洲口。

“你们知道吗？我五岁在蒙吉尔的时候，一只泽鳄险些咬断了我的手。”其中一个男人说道，“我的妈妈当时就告诉我，怎么用猎枪朝这个家伙开火！”

“这就是完美的复仇！”大家拍拍他的肩膀，“这一宿蹲守值得吧？一会儿咱们就把他的头煮了。现在可以休息了，大功告成！”

胡狼和鹤异口同声地说：“真是完美的复仇！”

第五章　驯象刺棒的诅咒

有四个东西永远不会放弃贪婪地索取，它们是胡狼的嘴巴、鸢鹰的胃、猿猴的手和人类的眼睛。——丛林俗语。

卡奥在经历半年一度的蜕皮，这个时期，他通常性情暴躁，喜怒无常，直到新皮长成，闪闪发亮，他的愤怒才会停止。自从救了莫格里，卡奥从心底接纳了这个丛林异类，特别是当他杀死希尔汗之后，卡奥更是拿这孩子当丛林的主人，经常把自己的生存经验和各种消息分享给人孩儿。

莫格里没心没肺地跑去祝贺卡奥蜕皮，他把岩蟒的旧鳞片从岩石缝里拽出来在手里摆弄，卡奥温顺地盘在他身边，像一张舒适的皮沙发。

“这种感觉太奇怪了，看着这些皮在自己身下，”莫格里拿起一块蛇皮，“这是哪儿？眼皮吗？还很完整呢。”

“大惊小怪，”卡奥翻个白眼儿，“你就没有皮肤干燥的时候吗？你就没有天太热想把皮扒掉的时候吗？”

莫格里情不自禁地摸了摸自己的胳膊和腿，“哦，干燥的时候我就会跳到河里去洗澡。不过说真的，夏天最热的那两个月，我每天都想把皮扔了降降温。”

“嘿，兄弟，帮我看看，我的新皮长得怎么样？”卡奥不想再谈论那些已经脱落的皮屑了，“我自己看不到上面。”

莫格里翻了个个儿，认真地看着卡奥身上的鳞片，那些花纹和线条，目前还不算太明显，他用手戳戳硬度，说：“嗯，硬度七分，色彩七分。”

“那就快陪我去洗澡吧，这些新皮洗一次澡就会显现出更完美的光泽和手感。”卡奥直起身子，迫不及待地要去洗蜕皮后的第一次澡。

“一起去！”莫格里有力地抬起卡奥围住自己的身体，可是卡奥却悄悄缩紧了自己的包围，两个人纠缠着，一个想出来，一个想困住，像蒙古摔跤的姿势一样。随着莫格里渐渐长大，他的力量、速度和意识都在增强，已经足够抗衡卡奥十分之一的力气了。

一只成年岩蟒的绝对力量，是足以要一个成年人的命的。所以卡奥在和莫格里的角力中，一直控制着自己的力量，他可不想把这个小孩子给误伤了。卡奥缠住莫格里的上半身，不让他动弹。而莫格里侧着身子，硬生生把手从缝隙中抽出来，他掐住卡奥的后脖子，使足身上的全部力气。然后卡奥会假装松开捆绑，用尾巴从身后卷起树枝或石块儿；莫格里飞扑按住岩蟒的尾巴，不让他得逞。

扭打在一起的过程，就像是人和蛇在跳着华尔兹，随着莫格里体力的下降，卡奥捕捉到更多出击的破绽，“嘿，人孩儿，你没劲儿了？”说着，啄一下他的头，啄一下他的腰，啄一下他的胸口。最后，以他标志性的头部俯冲结束战斗。

莫格里被撞出几米远，他一边揉着肚子，一边开心地笑，“我迟早会把你的闪电撞破解!”他拍拍身上的杂草和浮土，不去理会那些细微的挫伤，跑在卡奥的身后，到了一个黑漆漆的池塘。这是卡奥专用的池塘，隐藏在岩石的中央，黑漆漆的池水看上去深不见底。莫格里从一旁滑进池中，游了几圈，就双臂当枕躺着休息。卡奥从水里浮出来，靠在人孩儿的肩膀上，惬意地休息。

“我属于这里！卡奥，丛林让我放松，这才是我的家！”经过短暂的人类社会中的生活，莫格里更觉得丛林的自由和有序。

“丛林给了你一切？”卡奥若有所思地反问。

“嗯，”莫格里卖起了乖，“也不是全部，我还有那么多没有捕猎过的猎物，还有很多新篇章等待我去开启。我还希望猎杀老虎，现在我徒手就能杀死他们，还有很多事情等着我去做！”

“当然，当然，”卡奥点点头，“你有没有什么其他的愿望？”他的小眼睛滴溜溜地转着，显然是有悬念。

“你快说你快说！”莫格里掐着卡奥的脖子往水里按，“你到底想说什么，别说一半折磨人。”

“好啦，好啦！”卡奥笑着求饶，“还记得冷巢吗？”

“那个鬼地方一辈子都忘不了！”莫格里咬着牙说道。

“几个月前我在那里捕猎，一直追着猎物到地洞里，我追了很远，捕猎成功就地休息。可是当我醒过来的时候，我看到了一个长着白兜帽的眼镜蛇！他说的话我从来没有听过，也不知道具体意思，那里还有很多闪着光亮的东西，硬邦邦的。可那眼镜蛇说，那些东西，是人类求之不得的东西。”

“什么东西？是猎物吗？”莫格里皱着眉，“你带我去看看，我也想看看什么东西是求之不得的。”

“嘿——小伙子，不要急，急是要出错的！听我说完。我当时就跟那个老眼镜蛇提到了你，说你是个人，他说，你可以去，他那里随便一件小东西都值得人送命。”

“嘿，卡奥，我敢保证，那就是毒民们的猎物。他们的猎物从来不分享，这群小气鬼！”莫格里斩钉截铁地说。在丛林里，还没有什么比猎物更吸引他的注意呢！

卡奥的头摇得像个拨浪鼓，他知道那东西绝对不是猎物，可是他又不能明说究竟是什么。

“咱们去吧！快点儿，快点儿，我都等不及了，我还没有见过白眼镜蛇。这可是个稀罕物，他已经把那些猎物杀死了吗？”莫格里慌忙爬上岸边的岩石，“快走啊，卡奥，快点儿！”

“那些东西原本就是死的，那家伙也只是那些东西的守护者。”卡奥也顺利地攀上岩石。

“那就对啦，狼族都是守护在猎物身边的！所以白眼镜蛇守护的，一定是难得一见的好猎物！”莫格里不知道丛林兽族除了为了争夺食物，还有什么事是要紧的。

他和卡奥一起，朝猴子们的圣地冷巢进发。自从上次从冷巢得胜归来，莫格里已经不再惧怕猴子，甚至有种翻身做主的劲头。他们径直穿过猴群聚集的广场，猴子们看见他，纷纷背过身回避。莫格里走到哪儿，猴群便将哪里让给他享用。

卡奥带路娴熟地穿过废墟和花园，往地下的方向走去。黑洞洞的地下室，只有微弱的折射光，“你好，我们流着同样的血，我的兄弟！”莫格里率先用蛇类的语言打招呼，他扶着墙面往里走，“这个洞穴可真隐蔽啊，没有你带路可真不好找，不过，你没带错地方吧，我看这儿什么都没有啊？”

“你要找的在这儿！”一个深沉的声音从暗处响起，听上去有点儿令人毛骨悚然。莫格里看向那里，一个巨型的乳白色的粗壮物体正在移动，他越来越近，然后扬高了身子，露出闪亮的红眼睛。他身上的鳞片颜色，比蜕皮中的卡奥还要模糊，看上去年纪不小了。

“祝你捕猎顺利！”莫格里礼貌地行礼。

“欢迎你们来到我们伟大的城市，这里金碧辉煌，物产富饶，兵富国强，有百十头大象和千余匹战马！每到庆典期间就会燃放礼炮。”白眼镜蛇骄傲地介绍着自己的国家，“唉，只是我年纪大了，耳朵不好使，已经听不到那些热闹的声音了。”

卡奥同情地看了看白眼镜蛇，“事实上，你的城市早已不复存在了。”

“怎么可能？！”白眼镜蛇提高嗓门儿，这个他心中最伟岸和坚不可摧的地方，怎么可能没有了？“这座城市比我还要年长，永远不会消失！你们是从哪个小地方来的，没见过世面，别想骗我，我不会上你们的当！”

“他胡说些什么呢？我完全听不懂。”莫格里耸耸肩，不置可否。

“你是谁！你这个两条腿站着的动物，你怎么会说我们的语言？你是人类吗？人类看到我都是跪着走路的，你怎么不怕我？”白眼镜蛇注意到莫格里的特殊性，这样的人类，他自出生到现在，未曾见过。

“我叫莫格里，我是跟着我的兄弟卡奥来这里的，他说他跟你提起过我，是你让他带我来的。我不属于人类，我是狼族的一员！”莫格里简单地介绍自己，“你也介绍一下你自己，我也不知道你究竟是干吗的。”

“我是尊贵的国王膝下最勇猛的卫士，我守候着这个国家最宝贵的金银珠宝。这许多年来，从未有谁从我的手里拿走过一件值钱的东西，因为他们刚一伸手，就被我喷射出的毒液要了性命。只有听到我的主人大祭司唱起歌，我才会安分下来。”

“大祭司？！”自从在人类村庄被轰走后，莫格里对这个经常编造妖魔鬼怪的所谓的大祭司，心怀鄙视，“我比你要了解大祭司，他们只会带来灾难。”

“看看我身后的珠宝吧，这里大概收藏了几百位国王积累的财富，人们只是不断地往这里收藏着财宝，却不曾拿一件到外面去，我是一个身价很高的看门人。只是，已经很久没有人来过这里了，既不存，也不取，这满仓的珠宝，恐怕已经被人们遗忘了。”白眼镜蛇左右晃着身子，看起来非常不耐烦，“你们两个，满嘴跑火车。你们企图让我相信这个国家没有了，然后抢走我的珠宝。知道吗？我能让你们有来无回！”

“这家伙是不是疯了？！”莫格里对这白眼镜蛇突如其来的敌意感到莫名其妙，他根本没有惦记白眼镜蛇身后的什么珠宝，而且他们说的也都是实话。

“你才疯了呢，臭小子！”白眼镜蛇霸气地回骂，“在你死之前，我恩赐你来欣赏一下我的宝贝们！”

“虽然明知你不怀好意，可是我不介意看看你后面的那些破玩意儿！”莫格里根本不怕这条老蛇，他翻了个白眼儿，摇头晃脑地到他身后的箱子里翻找。

“嗯，这片金树叶我也玩过，人类村子里的都是灰棕色的，你这里的倒是闪亮。”莫格里稀松平常地丢下那片金树叶，继续往里走。大箱大箱的金币和银币，多得都不值钱了，还有金银酒具，珠宝项链，珐琅饰品，珍珠琥珀，玉雕像，金盔甲，有镶着宝石的武器、腰带……莫格里有点儿眼花缭乱。

看来这白眼镜蛇还真没吹牛，莫格里简单清点着这里的细软，这些财宝恰恰证明了人类社会的纷争与战火，掠夺与赋税。人类一直在积累财富，却不知欲望是永无止境的，他们自然是需要有个怪物来看管这些，直到他们都已相继离世，唯有这条白眼镜蛇自己，在独享这绝世的财富。

莫格里对金银珠宝不感兴趣，也不了解它们的价值。当他看到装武器的箱子时，多停留了一下，那么多镶着钻石的宝剑和刀棍，都不及他手里的那把杀了希尔汗的匕首称手，他拿起来掂一掂，就嫌弃地放下了。

“哎？”莫格里一眼看中珠宝箱里的一根驯象棒，它的长短大概是莫格里小臂的长度，前端弯曲似钩，刀柄顶端闪亮的红宝石就像鲜血般殷红润滑，点缀的绿宝石密集得像夜晚的萤火虫，刀柄图案是玉石花朵和珠宝叶子，看起来富贵得不行。

“怎么？看上什么了？为了这些，是不是死了都值？”白眼镜蛇像监考老师一样，严厉地跟在莫格里后面。

“这里的东西又不是美味的食物，其实我并不感兴趣。”莫格里实话实说，“可是这个东西，我喜欢。我能不能拿走？我想到阳光下看看它的光泽。如果你同意，我可以给你带食物，一整年的食物，行吗？”

“哈哈哈哈，”白眼镜蛇发出一长串轻蔑的笑声，他自诩非常了解人类的贪婪，“自负的臭小子，你看上的都可以拿走，前提是，你能活着从这里走出去。”

“哦，那谢谢啦！”莫格里把驯象棒夹在腋下，准备离开。

“看看你脚下的东西吧，”白眼镜蛇示意莫格里看看地上的白色骷髅头，“许多年前，他们也想从这里把珠宝拿走，可是他们没能成功，就躺那儿了。”

“我又不要你的珠宝，我就想要这个刺棒而已。”莫格里不懂这东西值钱在哪儿，“你给或者不给，我们都可以有一场君子对决！”人孩儿才不会被骷髅唬住。

“你得守信用，是你让我把人孩儿带来的！你不能伤害我的朋友！”卡奥不想莫格里有什么危险。

“是我叫他来的，因为我已经许久没见过人类了。况且，你还说，这小家伙能说我们的语言，我更想看看他有什么特别的，只可惜，贪婪的人类都是一样的，这小子也一样！”白眼镜蛇凶狠地说道，“从来没有人类能够活着从我眼皮底下带走任何财宝，我是这个王国里最称职的守卫者！”

“别做梦了！你的王国早就消失了，外面都是废墟和猴子，丛林已经接管了你所谓的王国，你不要再执迷不悟了。”卡奥狂暴地喊道，“我要带莫格里平安地走出去，你阻挡不了我们！”

“别担心，”莫格里从容地拍拍卡奥的头，“他已经太久没有出去过了，他不了解我的能力；他太久没有战斗过了，他也不了解自己的退化，”人孩儿掂掂刺棒，“这不，我有了如意的武器，你放心好了！”说罢，莫格里抡圆了胳膊，突然腾空一跃，借着墙壁的力量，越过白眼镜蛇的头顶，用驯象棒牢牢地砸中了他的兜帽，棒子上坚硬锋利的刺，牢牢把对方钉死在地上。

卡奥哪管什么观战不参与的原则，他跳上白眼镜蛇的腹部，狠狠地压着使他不能动弹。“杀了他！”

“不，我不想胜之不武！”莫格里撬开白眼镜蛇的嘴，摆弄着毒牙说，“他已经老得毫无战斗力了，连毒牙都退化了，什么能力都没有了！除非在争抢食物，不然，我不会杀他。”

莫格里放开白眼镜蛇，讽刺地说道：“国王需要一个新守卫了，老家伙，你现在，和肉虫子没什么差别。”看着白眼镜蛇生无可恋的样子，莫格里继续说，“现在我要走了哟，我赢了！”

“你不明白，孩子，这里的东西都代表着死亡，他们是被诅咒的，不论什么人拿到了这里的东西，都会被人追杀。人们为了各种各样的理由，抢来抢去，杀来杀去，虽然我已经不中用了，但是这些带诅咒的财宝，会完成我的工作，杀光这世界上所有的贪婪之人！”白眼镜蛇悲凉地说着。

莫格里又掂了掂手里的驯象棒，自信地别在腰间，爬出洞穴。

“你真的不怕死吗？”白眼镜蛇威胁道，“拿出去就得死，拿出去就会血流成河！”

“卡奥，我都等不及把这玩意儿给巴希拉看看了。”莫格里把红宝石冲向阳光，“真亮，就像巴希拉的眼睛，只不过，比那更亮。我还得给他讲讲，那些关于死亡的诅咒！”

“我可不关心那么多，我只想知道，咱们什么时候可以捕获个动物，填饱肚子！”卡奥折腾了一天，早已饥肠辘辘。

“非常抱歉，恕不奉陪！我真的非常想尽快把这东西给巴希拉看看！”莫格里是由衷地喜欢这个东西，“亲爱的卡奥，祝你捕猎顺利！”

莫格里跑到黑豹的领地，看到他已经吃饱后在休息，狼孩儿神神秘秘地从背后抽出那根漂亮的驯象刺棒，绘声绘色地讲着在冷巢的经历，特别提到了白眼镜蛇最后的诅咒：“他还说这就代表着死亡，什么意思？！”

“我曾经在乌代国的皇宫出生和生活，我亲眼见到过人们为了这个红色石头，相互砍杀。”巴希拉也认可这东西有点儿不祥。

“我还是不明白，”莫格里始终不理解，人们为一个不能吃、不能喝的东西，争个什么劲儿，“嘿，巴希拉，你看，这个尖尖的刺是干什么的？”

“喝血用的。”巴希拉微微睁着眼睛，回避着那闪烁的红光，“这东西可以轻松地刺穿海瑟的脑袋，这是在驯服大象时用到的，强迫动物学习人类的规则，人类没有锋利的牙齿和残暴的利爪，他们就制造不同的工具，伤害我们！”

“我厌恶这种说法，我厌恶这个东西！”莫格里毫不迟疑地把驯象棒扔到树丛中，“当我看到梅苏阿身上的血，你又跟我说到海瑟的血，这一刻，我真恶心这东西了！”

“休息吧，”巴希拉对莫格里的选择很满意，他回到自己的洞穴，莫格里则就地在树间用藤条编成吊床，舒坦地睡觉。整整一个下午，驯象棒上闪烁的宝石，一直出现在莫格里的梦中。

“巴希拉，我还想再看一眼那东西。”莫格里从吊床上跳下来，迫不及待地朝他丢弃驯象棒的方向寻找。

“东西已经不在那儿了，”巴希拉率先抵达那里，他用鼻子嗅了嗅，又刨了刨地上的痕迹，“你看，这儿有脚印。”

“我们跟上他，”莫格里摩拳擦掌，“那白眼镜蛇说这东西会带来死亡，我倒要看看，是不是真的。”

“吃完就去！”巴希拉领着莫格里先把肚子填饱。

“嘿，巴希拉，你说这东西，是不是会在人手里变形？然后杀死它的持有者？白眼镜蛇说这就是死亡，怎么个死法？”莫格里边追边问，这个问题在当下这个时段里，特别折磨莫格里的智商，

“看这儿的脚印，赤脚的，嗯，怎么还换方向了？”

“等一下！”巴希拉蹿到前面一米，避免打乱这里的脚印线索，“在这里换脚印了，他们还进行了接力？这边的脚印小一些。”

“小脚印像是冈德猎人，他在这里攻击了第一个人！”莫格里指着地上的脚印分析。

“你说得没错！”巴希拉扭着头研究，“好，莫格里，我们兵分两路，我追大脚印，你追小脚印！”

他们沿两条脚印线路分开跟踪。

“我的脚印又转向了！你的呢？”巴希拉隐藏在一块石头后面，向莫格里报告，“我的脚印藏在这儿不动了。”

“我也在岩石边，这里的脚印很深，显然，小脚家伙在这里埋伏了很久，他还拿着弓箭。”莫格里根据脚印的形态，推理出当时发生的情况。

“我这里石头上有擦痕，可能驯象刺棒从这里滑下去了，你还有什么线索？”巴希拉站在原地，继续分析着他看到的可疑现象。

“小脚印在这里踩折了很多树枝，应该是为了引起大脚印的注意，然后，脚印走到远处的瀑布边，用噪声隐藏起来，在这里等待。你还有什么信息？”

“大脚印又开始跑了，拉着沉重的刺棒！我要继续追踪了！”

说罢，两人沿着各自追踪的脚印继续前进。

“他们越来越靠近了！”莫格里和巴希拉，同时发现双方正在慢慢靠近，“他们在这里开战了！”

“在那儿！”巴希拉瞬间发现不远处的一具尸体。他们靠近查看，是大脚印的村民，因为他的胸口正中，插着一支装饰着动物羽毛的冈德箭。

“你还怀疑白眼镜蛇的话吗？这里已经夺走了一条人命了！”巴希拉提醒莫格里，他捡回来的宝贝，是多么的危险。

“是小脚印拿走的！你看巴希拉，又只剩一串脚印了。我们继续追踪，看看那嗜血的刺棒到底去哪儿了！”两个猎手追踪这样的脚印，易如反掌。

结果让他们有点儿惊诧，因为在峡谷的灰烬边，他们找到了冈德人的尸体。

“第二具尸体，第二条命！”巴希拉查验尸体。

“是用竹子杀死的！”莫格里熟悉这种方式，他在村中放牧时也接触和使用过这个东西，“我不该嘲笑那只白眼镜蛇，他比我更了解人类的贪婪。”

“这里有了新脚印，八个穿着鞋的脚印。”莫格里分析着脚印的归属，然后他有点儿灰心，“咱们走吧，回去吧。”

“放走猎物可不是好猎人，”巴希拉了解莫格里的灰心，“我们看看这八只鞋活了多久。”

莫格里机械性地跟着，凭的只是猎手的敏感，而非本人的意愿。从黑夜追到黎明，他们没有再沟通什么。

“有烟味儿！”巴希拉的嗅觉特别敏锐。他们在树丛间寻找，因为巴希拉闻到了血腥味儿，“在这儿，看样子跟吃有关。”

“又是竹子，”莫格里看着尸体，同情地摇摇头，“看这里，这些面粉，这个家伙可能正在给大家做饭，被无情地杀死了。”莫格里站起来，抖擞精神，“这么快已经三个了。我要拿无数的青蛙和老鼠去供养那条白眼镜蛇，这东西就是死亡，就是死亡！”

“啊——啊——”不远处，传来乌鸦的死亡之歌。那里齐刷刷地躺着三具尸体，火堆上有一块被烤焦的面包，而那柄嗜血的驯象刺棒也躺在一旁，闪烁着被诅咒的光辉。

“这是怎么回事？”巴希拉也遇到他解决不了的难题了，“这些人没有伤痕，他们为什么死了？什么杀死了他们？”

莫格里看了看死者黝黑的嘴唇，又闻了闻那个焦黑的面包，掰下一小块塞进嘴里。“呸，呸，呸！这面包被人下毒了！”莫格里看了看眼前的局面，“我推测，这四个人杀死了冈德人，那边那个给这三个人下了毒，可是却先被杀了，而这三个人，又被对方下的毒毒死了。”

“死亡离得这么近，真是难得一见的经典捕猎啊。”黑豹对这场密集的杀戮也很感慨，“你我，不会为它自相残杀吧？”

“我们不会，我们对人类垂涎的东西不感兴趣，也许我今天做错了，”莫格里低头看着手里的刺棒，若有所思，“这东西不属于丛林。人们为它疯狂直到燃尽生命，我会把它送回冷巢，到那个阴暗避世的地下空洞，那里更适合它。来，巴希拉，先把它埋起来，我想睡一会儿，别再让我看见它了。”

白眼镜蛇始终不能从自责中解脱，他整日哀鸣，为自己的无用，也为宝物的遗失，“我太失职了，我不如去死啊！”

“哐当！”一个坚硬的金属扔进来，砸进宝藏的中间。白眼镜蛇定睛一看，正是那根让他牵肠挂肚的驯象棒。

“眼镜蛇的祖先！”莫格里开始对他尊敬起来，“建议你在眼镜蛇中找一个合适的传承人，继续帮你守护这些宝藏吧，你的经验加上他的体力，一定能完美地完成任务！”

“我的宝贝回来了！”白眼镜蛇把刺棒卷进自己的身体，疼惜地检查着物品上的伤痕，然后得意地说，“你怎么还没死？这件死亡神器没有要了你的命吗？”

“有六个替死鬼为它送了命。这种鬼东西一定要看住了，拿你的生命起誓，不要让它再走出你的地盘！”莫格里留下这句话，便匆匆离开了冷巢，从此关于这根刺棒的一切，都与他无关。

第六章　巨狗幽灵

在遥远的北极因纽特，那是一个极其寒冷的地方，一年中的大多数时间都是冬天，冰层绵延数十里。那里的人们靠捕食海豹为生，初春时，还有鸟类和狐狸。趁天渐暖，要去南边的巴芬岛捕获和储备三文鱼，然后就是迎接漫长的冬季，那可怕的长达半年的黑暗，没有足够的储备粮是万万不能的。

这天，卡德鲁一家的雪橇犬下了一只幼崽儿，卡德鲁抱着幼犬进屋，放在灯下保暖。

“瞧，这小家伙体格不错，以后能有大用途！”

“叫什么好呢？”妻子阿莫拉克问道。

“柯特科不错！”他们的儿子柯特科一边把玩手里的纽扣，一边假装满不在乎地开口。对于一个靠狗拉雪橇生存的民族，一只用自己名字命名的狗，意味很多，“迟早我得接管那些橇，我也需要条好狗。”

卡德鲁歪歪嘴，犹豫了一下，然后笑了。阿莫拉克则对儿子竖竖大拇指，点点头。

卡德鲁整理好自己的装备，然后坐在椅子上，踏实地收拾一块海豹肉，直到傍晚，阿莫拉克才把晚餐准备好。卡德鲁从清晨出发去捣海豹窝，到现在才吃顿正经饭。

“呜呜，汪汪！”雪橇犬们劳累了一天，在狗舍里呜咽地抗议。卡德鲁冲柯特科努努嘴，孩子放下手里的扣子，起身拽了条鞭子，往狗舍去了。

随着他经过狗舍外的走廊，里面的嗥叫声更大了，外人听起来，以为这些狗要生吞活剥了这个孩子。可当他推开狗舍的栅栏，一群毛茸茸的脑袋都凑过来寻求安慰。狗们前呼后拥地追随着他，一直到挂着狗食的墙边，小狗们站着、跪着、趴着，各种姿势示好，只求能早点儿吃上口肉食。

柯特科喊着每一只狗的名字，由弱到强，手里那柄鞭子，是专门抽打抢食者的，谁要是胆敢抢夺别人的食物，一鞭子下去，必是皮开肉绽。男孩儿公平地扔给每一条狗食物，最后才轮到领头狗大黑。他身体灵活强壮，能带领群狗准确地找到海豹呼吸的洞口，也能给后面的狗维持秩序，所以，柯特科给了大黑双份的肉食，但也抽了他两鞭子，所谓恩威并施。

“大黑，今天我也有我自己的狗了，他还在屋里灯底下挂着呢，等我把他驯好了，看看谁才是头犬！”柯特科挂好狗粮，穿过这群雪橇犬，抖抖身上的雪花，返回屋子。柯特科看到小狗崽儿躺在灯下，睡得很安逸，狗妈妈操心地躺在他旁边，牢牢地守护自己的狗宝宝。

卡德鲁一家是因纽特人，整个部落也不过30余人，都属于图纳尼尔米尤特。他是当地有名的猎手，也是这里的部落首领，擅长发明和使用各种渔叉、鸟镖等捕猎工具，也会在恰当的时候，提醒同伴们更换猎场。他是个奉行实践出真知的经验型领袖，同时，也是个没有架子的朋友型领袖。

每逢冬天，他会跟踪海豹直到冰川的边界。当海豹从厚厚的冰层下面浮出来呼吸时，他会用毛刺扎穿他们的身躯。春天时，他则带领大家在内陆上抓捕海鸟，捕杀晒太阳的小海豹。然后，当驯鹿南迁到巴芬岛时，他们再去湖泊中捕获足够数量的三文鱼。因为大部分捕猎过程都是坐在雪橇上进行的，所以一条好狗对于卡德鲁的家庭来说，比金钱还要宝贵。

每年，他会带领几十人的船出海进行贸易，本地所有的生活必需品都来自南方，比如铁杆、钢刀、镜子、厨房器具，而相对比较稀有的麝牛牙等物，则卖给其他因纽特人。

柯特科很不喜欢大人们出去围猎时，他像个傻子一样在家里嚼皮子。在因纽特人群居的地方，跟他一般大的孩子已经按照成年人的标准做事了，而他还得做补猎笼子这样的打杂活儿。他很向往跟猎手们一起商量打猎的部署，也想看看巫师是如何变戏法儿的，他想跟叔叔大伯们打打牌、聊聊天儿，想像爸爸那样回来把身上的零碎往地板上一扔。可是大家都在劝他："打猎这种活儿，你还是再修炼两年吧！"

所以，柯特科所有的赌注都压在以他名字命名的小狗身上了，他给小狗做了个挽带，每天陪狗熟悉自己的指令"向左，停下"并且聪明地给予鼓励，"好狗，做得好，真棒！"他用小鱼做鼓励。小狗每次训练课都很配合，这让柯特科信心倍增。

没多久，他尝试给小狗套上雪橇，训练拉车。可惜，小狗太小，他的关注点更多地集中在挽带、绳子、大皮带上。柯特科挥动鞭子，让幼犬集中精力，硬拉雪橇，幼犬因为不熟悉雪橇和自己的安全距离，经常回头咬，然后失去重心摔倒。也是初次尝试驾橇的柯特科，被逗得笑个不停。

接下来的日子里，柯特科每天都会带小狗跟其他的雪橇犬练习。狗群很不喜欢这个找不好自己位置的小狗，经常撕咬和排挤他，腹背受敌的小狗难免被皮轭勒破皮肤。为了尽快让他和狗群熟悉起来，柯特科让小狗和大家一起睡在狗舍里。

好在，小狗学得很快，柯特科也一样。从简单的驾驶狗车到现在，他已经开始学习怎么控制雪橇了。他给每只狗套上皮轭，再用系好的挽带固定皮带，再用长绳系在车前的圆环上，大黑在最前面领路，最后是最弱的小狗。每只狗的皮绳都是单独并可以随意放开的，这样可以避免他们因为配合不当而受伤，也可以预防绳子打结。

最难的是使用鞭子，虽然每一个男孩儿在很小的时候就拥有属于自己的鞭子，他们也会通过抽打地面上的记号练习鞭子的准确性，但是，在一个长途奔跑的雪橇队中，抽准某一只狗的后背，简直是天方夜谭。好几次他都因为抽错了狗，导致两只狗相互撕咬，让雪橇被迫停止。在熟练掌握驾驶雪橇的过程中，他已经抽断了好几条鞭子。

渐渐地，柯特科凭借敏捷的身手和娴熟的技巧，可以把雪橇驾驶得跟雪狼一样的速度，无论是在平滑、还是在起伏的冰面上都游刃有余。

他可以开始参与成年人的捕猎了，他总是驾雪橇到稍远一些的冰面，然后放开大黑先去冰面寻找海豹的呼吸孔。大黑聪明有经验，嗅觉也是一等一的。他一旦发现猎物，柯特科会把雪橇翻倒在一旁，然后贴在冰面上悄悄移动靠近，等到海豹露出头来，迅速地用雪橇后的鹿角手柄，刺向海豹。大功告成后，大黑就跟他一起，拉着战利品返回雪橇上。其余的狗看到肥美的海豹肉也会兴奋地吼叫，通常只需要抽几鞭子，就能让他们冷静下来。

黑夜中，柯特科总是唱着歌往回走，给自己鼓励，也给自己壮胆。记得在驾雪橇初期，父亲曾经说过，不要唱歌，狗们会停下听你唱歌，以为驾驶者要发出某个指令，但是柯特科年轻气盛，他就是忍不住想唱歌，一天中十几个小时在黑暗中度过，不自己鼓励自己，怎么熬？现在，他的狗们已经很了解他的喜好，当然这种了解，也是鞭子底下强迫出来的了解，但起码，他捕猎成功后，可以幸福地伴着歌声回家。

那只以他名字命名的小狗柯特科，也已经长大，他聪明又好动，喜欢和狗队里的其他狗打架，似乎是为了小时候受到的那些排挤复仇。这天，他找到最后一个对手，领头犬大黑，并且不负众望，赢得了胜利。从此，小狗柯特科成了雪橇车的领头犬。柯特科把领头犬的黄铜圈带到了他的脖子上，“你可真是好斗，你知道吗？以后，你就是跑动距离最长最远的那一只了，你要确保狗队和平共处！走吧，为了奖励你，也为了保护你，还为了给你树立威信，这段时间，你到屋子里陪我吃和睡好不好？”柯特科爱这只小狗，从他的名字和自己名字相同的那一天开始，他就坚信这只狗会有所成就，而现在，一切跟他的设想不谋而合。

小柯特科狗是个天生的猎犬，他寻找海豹呼吸孔的效率不亚于大黑，他还可以参与围捕麝牛，把这个大家伙堵到无路可逃。甚至，他的胆量也是无犬能及，连对付雪橇犬的天敌北极狼，也有胆量龇牙抗衡。柯特科和小狗柯特科几乎形影不离，他已经把这只幼犬当作了自己的家人，而不简简单单是一只工作犬。

因纽特人是一群食量很惊人的族群，他们白天捕猎，夜晚吃到撑，这样才有足够的体力耐寒和行动。女人们缝缝补补，除了特殊时期参与捕获小猎物，大部分时间都是靠男人们获取食物，毕竟在这个天寒地冻的地方，没处去乞讨食物，必须自给自足！

柯特科和父母、新生的小弟弟，每天过得其乐融融。父母很少发脾气，更少迁怒于自己的孩子。他们每日在跟寒冷抗争，但却乐观积极，经常在冻得黑红油亮的脸上，挂着慈悲的笑容。傍晚酒足饭饱后，男人们喜欢分享捕猎故事和神话，女人们则缝补衣裳，维护器具，唱着歌谣。

这一年的冬天，不同寻常，图纳尼尔米尤特人猎捕三文鱼归来，按经验提前在拜洛特岛建起捕猎海豹用的临时住房。可是，天气恶劣得很快，秋天提前来了，大风呼啸，卷着冰层直接拍到了陆地，又结成了连绵起伏、凹凸不平的新冰面。这种路面，是无法驾驶雪橇的。三十多千米之外，是海豹们的捕鱼场所，可是这些捕豹人却鞭长莫及。

十二月的时候，人们在皮帐篷里，发现了三个奄奄一息的女人，卡德鲁让大家救下了她们，并带回了村庄。因纽特人是乐于助人的民族，因为生存环境恶劣的他们，在帮助人的同时，也希望当自己遇到困难时能得到相同的帮助。女人们很快苏醒了，她们是从北方来的，她们的男人们在追捕长角鲸的过程中，都被压死在翻船之下。

阿莫拉克把其中一个十四岁的女孩儿带回了自己的家，分配她做一些帮工的手工活儿。根据女孩儿的穿衣打扮，他们猜测这三个女人，可能来自埃尔斯米尔岛。柯特科和同名的小狗对小女孩儿照顾有加，看得出，他俩都很喜欢她。

不幸的是，一些好猎捕的小猎物，如狐狸和狼獾今年都提前南迁了，陷阱里每天都空空如也。部落里两只有名的领头犬，在猎捕麝牛的战役中也受了伤，一下子，猎人们每天的猎捕任务都无形中加重了。柯特科每天都会出去捕猎，在方圆十千米的小冰面上寻找海豹的呼吸孔，有时瞪得眼睛又酸又胀。小狗柯特科有鼻子做辅助，很快就找到了线索，他发出呜呜呜的叫声，兴奋异常。

柯特科立刻建立一个临时避风港，躲在里面，等海豹出现。这种守株待兔式的等待，常常需要十小时以上，在天寒地冻的天气下，他需要用皮带扎紧自己的双腿，增加热量也防止抽筋，坐在海豹皮垫子上，在零下四十度的极寒条件下，专注地等待。他的目光始终集中在自己的下叉记号上，确保海豹一露头就能准确地扎下去，也确保自己的漫长等待没有白费。

小狗柯特科非常灵敏，当扎到海豹时，他会从侧面叼住挽带向前一跃，正好把海豹从冰洞里拔出来，再和柯特科一起，扛着海豹返回雪橇车。

通常一只海豹等不到第二天，就被村民们瓜分了，好在海豹身上没有多余的零件，从肉到骨都是可以食用的。但今年即便这样也是一个荒年，阿莫拉克把给雪橇犬的那一份也用来分给村民们充饥了，而狗们，只能啃食旧海豹皮垫子填肚子了，狗舍里经常听见雪橇犬饥饿不满的嗥叫声。

就连家中鲸脂充足的皂石灯，也不像往年那样灯火通明，现在它微弱的光预示着今年的物资短缺。阿莫拉克不断地调整灯芯，以便火焰能够多亮一会儿，全家人围坐在微弱的烛光下，好让自己不被寒冷和黑暗逼疯。

可是，狗呢?

这一晚，小狗柯特科半夜跳起来，呜呜地叫着，就像他发现了海豹洞般兴奋。柯特科以为小狗在做梦，只是伸手拍拍他的头，示意他安静。可是，狗不停地踱步，并用头拱柯特科的膝盖，表达自己是多么的认真。忍无可忍的卡德鲁抓住小狗的后脖子，强迫狗和自己对视，小狗呜咽地求饶，毛都竖起来了。

“他怎么了？”柯特科好奇地看着小狗打滚儿、叫闹，啃食自己的靴子，有点儿害怕。

“可能，是狗病！”卡德鲁两眼发直地说道。在这样的饥荒年，暴发狗病，是要命的！他穿上衣服，从屋子里拿来了自己的捕鱼叉，小狗柯特科立刻停止嗥叫，溜到走廊外去，他站在雪地里兴奋地朝暗处继续嗥叫，好像那里藏着什么猎物的样子，然后噌一下，蹿到里面不见了踪影。

这就是狗们在饥荒条件下常常发生的疯狗病，因为过度饥饿而产生了幻觉。这是一种很可怕的传染病，会在狗舍中蔓延。随后出现的是大黑，在一次捕猎中，他突然狂叫不止，冲断了挽带，带着护具就疯了似的跑掉了。

从那以后，柯特科不再出猎了，因为村民们需要留住雪橇犬以备不时之需。狗们被拴在狗舍里，嗷嗷惨叫。女人们对这件事有自己的看法，她们认为是曾经死去的老猎人，回来召唤这些猎犬了。

整件事对柯特科的打击很大，也影响了他的捕猎心情和判断力。他不断出现在一个海豹洞等候十余个小时一无所获的情况，过度的饥饿和虚弱，让他头晕目眩。他就近想靠在圆石上休息，又差点儿让滚落的石头砸死。

父亲曾经说过，圆石里住着自己的主人，是一个叫作托尔纳克的女人，她就隐身在石头里面，跟在村子里强壮的男人背后。石头滚落下来，就是托尔纳克过来询问，是否可以做他的守护者。

柯特科把今天的经历告诉了父母，他觉得，自己已经和托尔纳克交心谈判了一整天，“她说，明天我出去捕猎，她愿意做我的向导。”

卡德鲁和阿莫拉克没有打断柯特科的叙述，而是相信了他的话，他们请来了巫师，请他为此事做个公正的判断。

“就随托尔纳克去打猎吧，她将引领你为族群带回富饶的财富。”巫师鼓励柯特科。

于是次日，卡德鲁和阿莫拉克给儿子准备了一个轻便的雪橇车，装满了各种捕猎工具和食物。那个他们解救回来的北方女孩儿，拉着绳索，走了过来。

“从你们救了我的那天起，我就把你们当作了自己的家人！”女孩儿说道。

“那么，我们可以一起出发去塞德娜！”柯特科挤出一点儿笑容。塞德娜就是因纽特人口中的极乐世界，每个人死后都会去那里，一个没有冰川寒冷，没有极地黑暗的美丽新世纪，肥美的驯鹿在身边奔跑。

整个村庄都在传说：“托尔纳克和柯特科说话了，她将带领男孩儿寻找到足够的海豹。”柯特科和女孩儿并排坐在雪橇上，沿着大熊星座的指引，一路向北。

沿路都是冰块和冰尖，柯特科娴熟地抖动手腕，控制雪橇自由地在冰丘上闪躲，有时通过猛拉让雪橇从缝隙中腾空飞起，有时在看似没有路的地方，巧妙地用矛枪划出一条开阔地。

时不时地，北极光在镜子一样的冰面上涂抹出各种鲜艳的颜色，给一成不变的灰色冰面增添了几分情趣。柯特科兴奋地看向女孩儿，可对方只是默不作声地低着头。

沿途的冰面经过寒冬的几次变化，呈现出不同的形态，对于饥饿的人们，那些形态都像极了各种猎物，只不过，靠近后，都是一场虚梦。

疲惫来袭时，柯特科就建起半屋，和女孩儿依偎在一起，他们用带来的解冻海豹肉充饥，简单休息片刻，就继续出发。一天赶八十多千米路，沉默的女孩儿不出声，而柯特科会哼唱各种捕猎歌曲，他时不时说自己又听见了托尔纳克对他呼喊，然后疯狂地奔跑在冰川上嘶吼。

在正常人眼里，这种行为，跟小狗柯特科有点儿像，同样都是近乎疯狂，可是在女孩儿眼中，这一切的反常都是受到了托尔纳克的指引，是很正常的事情。

“托尔纳克对我说，她会化身双头狗来为我们引路！”柯特科对小女孩儿说道。在村里的传说中，托尔纳克更多的是变幻成熊或者海豹为人们指引方向。“看那里！”

女孩儿顺从地点点头，配合地沿着柯特科手指的方向看去，你说邪不邪，那里就有个什么东西滑下了雪沟。

两人惊讶地看着那东西，因为过度饥饿，两个年轻人的眼睛，已经分不清是实物还是幻觉了。出来四天，他们一无所获，连猎物的影子都没有看到，而且随身携带的食物，也不足一周的供给了。柯特科搭建了临时的雪屋，足够把雪橇车一同放进屋里。

正当他用雪块儿密封的时候，从缝隙里，他看到一个东西正朝这个方向走来。“快来看！”他招呼女孩儿一起窥看不断靠近的怪物。

这家伙大概两米长，一米宽、半米长的两条尾巴，一颠一颠地靠近，“是奎昆，巨狗幽灵，他来这里干什么？”女孩儿显得很冷静。

“他是来给我指引方向的。”柯特科喃喃自语。传说中奎昆没有牙齿和毛发，生存在北方某地，哪里不吉利，他们就出现在哪里，他会让雪橇犬发狂，他有很多对足，可以蹿跳和飞快地奔跑。巫师都不屑于提起这个动物，认为他不祥。

两个年轻人躲到雪屋的角落，毕竟这里把他们和不祥的奎昆阻隔开来。狂风肆虐了三天三夜，两个人在屋子里没有出去，他们相对坐在石油灯前，吃着不冷不热的海豹肉。

“照这样下去，食物补给不足两天的量了，我们很快就能去见塞德娜了。”女孩儿以为自己又要经历一次饥饿带来的死亡了，“你的托尔纳克还是没有指示吗？或许你可以哼唱一首歌谣，引她到这里来？”

柯特科于是高声歌唱，那是因纽特族巫师的颂歌，唱着唱着，风由小到停，竟得到了神奇的效果。两个人跪在地上，把耳朵贴近冰面，彼此对视，仔细地听着。柯特科赶忙拿来一条鲸须片，竖在地面上的一个小孔里，见它微微一抖，指出了一个方向。

“外面有浮冰要裂了！”柯特科读懂了工具的语言。

“太好了，”女孩儿也很兴奋，“一定是巨大的裂缝，我刚刚听见我们脚下都在咔咔作响。”

柯特科俯身又去听脚下的动静，那声音变化多端，时长时短，时大时小，“是冰裂了，但是这种处境，我们更危险！”

他说得没有错，冰一旦开始苏醒，谁也不知道接下来是怎样的地质变迁，浮冰的起伏变幻莫测，是福是祸无从判别。

两个年轻人携手走出雪屋，一出来，便看到三天前那只怪物，那家伙在冰丘上等待，这一次看得很明确，是两个头、八只腿的怪物。

“我们跟上奎昆，也许他知道躲避塞德娜的路！”女孩儿因为饥饿有点儿虚弱，柯特科驾雪橇跟着那东西，朝西方的陆地挺进。身后，地质变化浮冰炸裂，到处是可怕的轰隆声。女孩儿回头望去，见到很多从地面喷薄而出的水柱，以及拱得摇摇欲坠的冰面。那瘆人的撕裂和爆炸的声音，让她心有余悸。

柯特科被隆隆的轰鸣声吸引，回头望去，“还不到时间啊，今年怎么都是怪事？”

女孩儿扳过他的脸，指着前方幽灵狗的方向，“别回头，跟紧他！”两个人驾雪橇一路尾随，直到周围的冰原炸裂得四分五裂。奎昆在一块高丘上停下，两个年轻人，也奋力地扑向高丘底部，尽管周围冰块咔咔作响，但是这里相对稳固和安全。

巨狗幽灵引领他们到了一个小岛，他们今年第一次，双脚踩到了坚固结实的土地，小块儿的碎浮冰被小岛的边缘弹开，显示这个地方，相对安全。柯特科搭好雪屋，和女孩儿一起在里面吃饭，“一定是我们的勇敢战胜了塞德娜，现在我们安全了！为咱们的死里逃生庆祝一下吧！”

女孩儿难得开怀地笑着，而她身后，挤进来两个毛茸茸的脑袋，一个是大黑，一个是小狗柯特科。两只狗吃得肥头大耳，那因为饥饿而丧失的神志又恢复了。两只狗被大黑身上的挽带缠在了一起，彼此关联相互制约，这正是那只引领他们走出困境的巨狗幽灵。“你看，这就是带我们走出困境的奎昆。”不错，两个头，八条腿，巨狗幽灵。

柯特科用匕首挑断了狗之间纠缠的挽带，两只狗飞扑到他身上，表达着思念之情。柯特科搂着两只狗的脖子，发现他们都肥硕了不少，他开心地说：“他们告诉我已经找到了食物，他们挨饿的疯病已经好了，我的托尔纳克让他们来为我们带路！太好了！我们有食物的线索了，咱们可以好好睡一觉，然后让他们带我们去找海豹！”

两个年轻人平静地睡了很久，直到海平面上的一片红光将他们叫醒。季节更替，春天到来，浮冰拍岸，一切都预示着美好的生活即将到来。

身后，两只雪橇犬为争夺一只死去的海豹相互撕咬，那是为追赶浮冰激起的鱼群而上岸捕猎的小海豹，而这，绝不是唯一的海豹。这一天，有三十只海豹相继登岛，之后，还会有百余个迫切的黑脑袋涌进浅湾捕鱼，丰收的前景，让两个年轻人心潮澎湃。

“好久没有吃到这么新鲜的海豹肝了！”柯特科舔着嘴角肥美的肝油感慨地说。在冰层形成的时候，两个人装满了一车的食物，把一部分埋在冰层里待用，驾着两只最好的领航狗，以前所未有的速度，返回村子。

天气和离开时没有太大的变化，依旧是天寒地冻。两只狗不用领路，不用路标，也不知道目的地，但是凭借曾经的记忆和优秀的道路识别能力，很快便返回了卡德鲁的屋外。只有可怜的三只狗回应了他们的吼叫，其他的狗已经被饥饿的人们吃掉了。家家户户都黑着灯，早就没有多余的鲸脂点灯。柯特科大声吆喝着：“吃肉喽！”挨家挨户，没有落下一个村民。

一个小时之后，卡德鲁的屋内燃起了明亮的火光，雪水早已在锅内融化沸腾，阿莫拉克无私地为全村人准备晚餐，柯特科的弟弟在襁褓中嚼着一块肥硕的鲸脂。猎人们津津有味地吃着新鲜的海豹肉，直到把饿瘪的肚子重新撑满。饭后，他们听着年轻人的传奇经历，那两只功勋卓著的英雄犬也在人们中间保有一席之地。这两只发过疯又重新清醒和振作的雪橇犬，将不会被任何灾难打败。

“所以说，伟大的托尔纳克没有抛弃我们！”柯特科说道，“冰面粉碎，鱼群疯狂，贪婪的海豹追逐着它们。哪些优秀的猎手愿意和我一起，去海豹的新呼吸孔，把他们叉回到我们的领地？我在那里储备了二十多只海豹，足够我们充饥，这样，我们就有机会抓住更多更肥的海豹了！”

“你还有什么计划？”巫师尊敬地问道。

卡德鲁看着历经风险回来的一对年轻人，微笑着说：“看来，我们家要重新建一所房子了，新婚的子女们，需要自己独立的住房。”

那女孩儿谦卑地摇摇头，她觉得自己是一个外来人，在饥荒时这家人救了自己一命，自己又没能力为大家做些什么贡献，所以现在，她不应该索取更多的东西。

阿莫拉克会意地开始往女孩儿身前堆放生活必需品，像一个娘家妈那样为姑娘准备丰厚的嫁妆，女孩儿感动地给他们鞠了深深的一躬，表达自己的感谢。

“还有他俩。”柯特科的两只雪橇犬立刻蹿到女孩儿腿上，对着她的脸又亲又舔。

巫师自己吃了一大块煮熟的海豹肉，在喜庆的灯光下，给即将睡去的人们说着他的贡献：“其实柯特科一离开，我就一直在歌唱祈福的歌曲。在那黑暗的一周，我的歌声唤醒了沉睡的驯鹿精。我的歌声让风狂冰裂，又指引那两条离家的狗去救他们。我的歌声吸引了成百上千只自由的海豹，扑到冰面上追捕小鱼。其实，这一切，都是我的功劳啊！”

柯特科习惯将日常的捕猎经历和冒险故事刻在海象牙上保存，

并定期带给父亲分享。有一年，卡德鲁在沙滩上翻了雪橇，遗失了一部分作品。一位有心的因纽特人捡到了，并卖给了一个航行翻译，又辗转来到了一个大船舵手汉斯手中，换到了两枚人造宝石。最后，我在一个垃圾堆中有幸捡到了这个宝贵的作品，并将它翻译出来呈现给大家。

第七章　红杀手

自打莫格里率领动物们吞并了村庄，莫格里人生中最快乐自在的时光就开始了。他为丛林居民讨回了公道，整个兽族都是他的朋友和亲信，他在不同的族群里串门，身后经常跟着忠诚的灰灰和四兄弟。

没多久，狼爸狼妈相继去世了，莫格里用大石头挡住了他们的洞口，并哀伤地献唱了死亡之歌。棕熊巴鲁也老了，腿脚不如以前灵活了，难免有点儿僵硬，视力也退化得几乎看不清东西。就连身手和智慧俱佳的黑豹巴希拉，也没有从前矫健了。但最悲哀的，是狼王阿凯拉，他身上的毛发已经退化成了乳白色，一点儿光泽都没有，牙齿松动，目光呆滞，眼袋耷拉得老长，这个丛林里注定要进入新的纪元，莫格里时代。

阿凯拉鼓励狼族尽快选举自己的新领袖，在新狼王的带领下，遵循丛林法则，成为崭新的自由的狼族。尽管有的幼狼希望莫格里可以领导大家，但是人孩儿并没有考虑这些。后来，法奥纳的儿子法奥经过激烈的竞争，当选了新一任狼王。

那久违的古老歌谣再一次高亢地响起，莫格里和狼族成员们一起到议会岩参加每一次狼族会议。莫格里坐在法奥头上的那块岩石上，和德高望重的阿凯拉并排，包括新狼王在内的所有狼族成员，给了他至高无上的尊重。小狼们像当年的莫格里一样，被带到议会岩供狼族成员们过目。每到这个时候，莫格里总会想起十几年前的自己，巴希拉用一头公牛换来了他的位置。

“看吧，看清楚！自由的狼族成员们！”随着这吆喝声，莫格里心潮澎湃。日复一日，在没有集会的日子里，莫格里和他的四兄弟，在远离丛林的地方捕猎。

这一天，莫格里扛着新猎回的半只驯鹿，准备到阿凯拉的地盘给他品尝，四兄弟尾随在他身后。他们一路上嬉笑打闹，异常轻松。忽然，一声嚣张的嗥叫划破长空，一下激起了他们的警觉。自从希尔汗被杀死，再没有这样可怕的尖叫声在丛林中回荡，这种夹杂着仇恨、报复、逍遥、恶意的长啸，让四兄弟的毛发竖立，龇牙吼叫，而莫格里也不自觉地摸了摸自己携带的匕首，微皱眉头。

“希尔汗之后，谁这么大胆敢来这里捕猎？”莫格里不满地低吼。

灰灰摇摇头，竖起耳朵，“这并不是某种大型动物单枪匹马的吼叫，这是一群猎手的嗥叫，更像是某种大型的猎杀行为，你听！”

紧接着，一声洪亮尖锐的吼叫声再度响起，声音中有嬉笑、有侵略。这种宽广的音域，是某种他们不熟悉的动物在彰显自己的社会地位。莫格里紧绷神经，快速往议会岩赶去。阿凯拉和法奥已经在那里了，并且聚集了很多同样紧绷神经的年轻公狼。在这种不明来路的侵略嗥叫声下，母狼和小狼最好在兽穴里保全自己。

四周变得安静，不明所以的狼族们聚在一起等待。忽然，从河面方向传来了一声孤独绝望的吼叫。“野狗！野狗！”一只身负重伤的公狼爬到议会岩中间，摔倒在莫格里的脚下。他的身上都是血，肋部两侧都是黏糊糊的血污，他的前足伤势严重，几乎废了，经过长途奔跑，他已经筋疲力尽。

“祝捕猎顺利！”法奥按照丛林的规矩先问候道，“你的首领是谁？”

“同祝捕猎顺利，我是独狼万托拉！”很多生存在南方的狼，都是自己养活妻儿老小，他们独立于狼族之外，俗称族外兽。这家伙费力地呼吸，整个瘦弱的身躯都随着强烈的呼吸一晃一晃。

“你知道刚才的动静是怎么回事吗？”法奥问道，一个伴随新嗥叫而出现的受伤的狼，一定和这叫声有着密不可分的关系。

“是野狗！德坎的红杀手！他们迁徙到北方来了，扬言要一路猎杀，直到寸草不生！”万托拉悲哀地说，“本来我一家五口生活得很安逸，结果傍晚我打猎回来，我的妻子和三个孩子都直挺挺地死在了草坪上。我愤怒地沿着血迹一直追踪着这些畜生！他们看到我就疯狂地攻击我，看看我的腿！”

那是一条血肉模糊的狼腿，莫格里看到心里也咯噔一下，这些野狗下嘴太狠了，现在他看清了，这条腿肯定是保不住了。

“一起吃吧！”阿凯拉把莫格里新背回来的驯鹿肉无私地分给了这只族外兽。

万托拉埋头就吃，丝毫没有客气，因为他心中怀有复仇的信念。他说：“我不会白吃白喝的，我的家人没有了，我要让这些野狗血债血偿！”

法奥很欣赏他的斗志，赞许地点点头，“我们需要你的加入，需要你因仇恨打磨锋利的牙齿和利爪，这些野狗带着母狗或小狗吗？”

“并没有，都是些成年的红杀手，在德坎吃得肥头大耳，身强力壮！”

狼族们对来犯的野狗逐渐了解，当野狗扫荡丛林的时候，独行的老虎都要奉献出自己的美餐，他们到了哪里，就要扫平哪里的生物。虽然他们的个头小，但是他们是整体行动的族群，数量至少在一百只以上。

莫格里曾经到过德坎，在丘陵上看见过那些无所畏惧的野狗。但是莫格里鄙视这样的种族，没有自己的兽洞，就在光天化日之下共同生活。特别是那脚趾缝中间的毛发，莫格里觉得他们就是没有进化完全的低等生物。他曾经听野象海瑟提起过这些异类，当野狗整体出洞开始捕猎的时候，野象也要为他们腾出一条干净的适合奔跑追逐的大路。没有什么能够阻止他们前进，除非他们死了。

“宁可死在狼群里，也不要孤身一人，这也许是我最后一场大战了。”阿凯拉对莫格里说，“你去北方躲避一阵，如果野狗走后还有幸存的动物，你会知道这里的战况的。”

“我不可能放任你们面对强敌，而自己去睡觉，你把我当什么了？”莫格里有点儿恼怒，他严肃地拒绝了阿凯拉的提议。

“我是认真的！”老狼王坚定地说，“那可是会死的！”

“阿凯拉，你忘了我的出身吗？你忘了我的父母也都是你狼族的一员吗？我一直也把你当作我的父亲，所以——”他肯定地停顿，并且故意提高了嗓门儿，“莫格里和所有的狼族兄弟同根同源，我将和你们一起面对这场捕猎，我手中的匕首就是我的牙齿，我发誓，我会和你们一起战斗，直到分出胜负，直到把这些狂妄的野狗崽子们，赶出我们的丛林！”

“不，不，不，”万托拉抬起头，“你又不是狼，你也不了解野狗，今天你们对我的恩惠，我不能让你们受到伤害。祝福你们这些慈悲的狼族，安逸地去北方休息，待我血洗了这些野狗！不要参与到这个血腥中来，这场捕猎，注定没有简单的肉等着大家填饱肚子。”

“听听这个外行在这儿说的什么话？”莫格里放肆地笑了，“你把我们自由的狼族，想成了去北方苟延残喘，靠吃老鼠、蜥蜴过活的孬种了吗？野狗跑到我们的丛林撒野，我们还要给他们腾地方？太小瞧我们的实力了吧！我们才不会回避，我们狼族一贯的做法都是迎敌！杀敌！胜利！”

“嗷呜！”狼族群情激愤，大吼应战，阿凯拉和法奥也都不再阻止。

“你们真的要去送死吗？”万托拉勉强支撑着身子，诧异地看着莫格里，“这个毛都没有的家伙怎么迎敌啊？连老虎都不敢这么勇敢！”

“我就是一只没毛的老虎。”莫格里自信地回答。他让四兄弟和灰灰留在狼族，而自己，则准备偷偷地去打探野狗的数量和虚实。

莫格里兴奋地行走在黑夜中，已经很久没有因为某个敌人，而让这孩子兴奋和激动了，一不留神，他踩在卡奥巨大的身子上，一个踉跄，翻了个滚儿。

“咝！”卡奥龇牙咧嘴地反抗，“嘿，小家伙，你为什么事儿发狂了吗？又是跺又是踩，你知道你搅黄了我的捕猎行动吗？”

“好卡奥，聪明的卡奥，我正准备去找你！你是丛林里的智慧担当，我太爱你了！”

“太阳从西边升起来了？”卡奥嫌弃地瞥着莫格里，“也不知道谁一个月前还冲我扔石头呢？怎么了，今天良心发现了？”卡奥总是把自己的身子，摆成一张吊床的形状，然后疼惜地托举着莫格里躺在里面休息。男孩儿搂着大蛇那冰凉的脖子，把刚刚发生的一切和盘托出。

“难怪刚刚食草动物们那么不安，只不过，我真的什么也没有听见。野狗大概有多少只？”卡奥随着年龄的增长，听觉退化严重。

“这正是我来找你的目的啊，卡奥，你这聪明的脑袋瓜儿，你要是不帮我，我可能真看不到明天的月亮了啊！”莫格里撒娇地说，“我正准备去会会这些野崽子们！”

“你能不能别再惹事了？”卡奥厉声呵斥，“你是个人，是个人！这种大猎杀，还是交给狼族去办吧，你忘了他们曾经把你驱逐到人类中去吗？如今你还要为他们去送死吗？你疯了吗？”

“我刚刚在狼族里已经发过誓了，我属于狼族，直到我们战胜野狗，夺回丛林！”莫格里郑重地说道，“你愿不愿意帮我？”

“唉，这真是要命的死结！”卡奥哀嚎一下，“我还打算带你去北方沼泽溜达溜达呢，可我也得尊重你这个没毛孩子的承诺。”

“你可小心点儿啊，”莫格里心中兴奋异常，表面上又故作镇静，“当心你也给自己许下一个重誓，结下一个死结哟。”

岩蟒迟疑了一下，圆滑地说：“你说得对，那我……”他故意停顿一下，偷偷地瞥眼满脸期待的莫格里，“我就不发什么重誓了，等野狗来的时候，我配合你就是了。你有什么计划了吗，人孩儿？”

“威冈加河是他们的必经之路，我准备带着刀在那里埋伏，狼族会做第二梯队埋伏在我身后，我们就这样明枪白刃地厮杀一场！”莫格里的计划，满是江湖中的快意恩仇。

“你还没有见识过野狗的疯狂，他们不会停下脚步，也不会畏惧前方是象是虎，更别提只是一小撮儿狼族和一个光秃秃的孩子，不出一个时辰，你们就只剩下白骨了，傻小子！”卡奥否决了莫格里单纯冲动的作战计划，讽刺了一番。

“我不怕死，我还真想尝尝死亡是个什么滋味！”莫格里嘴硬地饶一句便宜话，然后恭敬地询问，“我向来不聪明又没经验，你是否愿意给我些指点？”

“你应该收起傲气和激动，听我细说丛林的往事，我活得太久了，见得也太多了，不要觉得我没有经过这些战斗，这不过是历史的重演罢了。”卡奥慢慢地把自己从有记忆起所有发生过的大事小情给莫格里一一细说，小男孩儿没有反感，而是认真地听着每一个故事的起因、经过和结果。渐渐地，陷入沉沉的梦里。

“嗯？”莫格里被身下卡奥体形的变化惊醒，他从一个圆圈的造型，变得越来越长，嗖的一下，蹿出去老远。

“卡奥的斗志和智慧已经进入了最佳阶段，我们可以出发去河边了，我向你展示一下怎么正确地对抗野狗吧。”说完一头扎进水里，他对身旁的莫格里说，“爬到我背上来，别耽搁我的行进速度。”

卡奥像一条水龙一般，在河里行进，莫格里搂着他的脖子，尽量控制自己的身子贴在他的身上，以减少行进的阻力。威冈加河河水汹涌快速，但是莫格里并不恐惧，他闻到周围散发的酸甜味道，而岩蟒则围成一圈，把他环在中间，任河水从自己身子的两侧喷薄而过。

“来这里干吗？”莫格里认出这就是藏着无数黑野蜂的死亡之地。

“别担心，他们现在都在睡觉。这些丛林的小居民，也不会为谁让路，你说呢？”卡奥心中有一个狡猾的计划，“放心，我在你手臂那么长的时候，这些小家伙就住在这里了。我保证，稳定期，他们不会乱动或者攻击。”

丛林形成伊始，这些凶猛的印度野蜂就在岩石的缝隙中定居了，动物们在距离他们很远的地方就会转向绕行。长久以来，这些黑野蜂不断繁衍扩张，整个花岗岩上都是陈旧的蜂蜜，他们的巢穴非常高，人、兽、水、火都不能靠近。莫格里注视着那数不清的黑压压的蜂巢，打了个冷战。

“看，那边的沙洲上，应该是他们最近猎杀的猎物！”卡奥指着上游的方向，那里有一头水牛和一只小鹿的尸体，没有任何丛林兽族碰触过这些尸体，他们自然风干，变成一堆白骨。

“我们不要做同样的蠢事了，快点儿走吧。”莫格里压低声音，虽然说话声不会吵醒那些黑野蜂，但是人孩儿还是小心翼翼地和岩蟒交流。

“别害怕，天不亮，响亮的炸雷也不会吵醒他们。现在，我给你讲一个故事，怎么样？”卡奥不等莫格里回答，就开始讲了，“很久很久以前，一群兽族追赶一头雄鹿到了这里，雄鹿被恐惧冲昏了头脑，他不了解这里的地形，就鲁莽地从悬崖上跳了下去。”

莫格里恍然大悟地看着岩蟒，他这个故事，似乎包含了一些制敌对策。

“雄鹿不停地奔跑，兽群阵容庞大，正值中午，小居民们数量更多，他们腾空而起进入战斗模式。那些追得紧的兽族猎手，刚跳进威冈加河就已经成了一具具尸体，那些发现情况不对而停在岩石上的兽族，也死去了。”卡奥隐晦地指出，“可那头雄鹿，却活着。”

莫格里怔怔地看着卡奥，不明所以，却也有所盘算，“黑野蜂是怎么进行判断的？”

卡奥微笑着，这娃终于开窍了，“雄鹿是最先跳下来的，我们当然知道，就是他惊动了蜂群，可是蜂群没那么快反应，当然他们的应对速度也很惊人，只是没有那么直观。他们倾巢而出，只看到野兽们一只只蹿下山崖，顺理成章地把这群凶恶的兽族当成了打扰自己的凶手。所以，小居民们杀死了所有的野兽，但是放了惹事儿的那头雄鹿。”

“雄鹿！”莫格里重复着这个故事里的幸运儿，“雄鹿！”

“其实他也受伤了，从悬崖上跌进河里，不死也得残废。不过小家伙，有个有点儿老还有点儿耳背，但速度和意识俱佳的扁头叔叔，会在这儿等着接住他的宝贝儿，无论后面是不是跟着什么红野狗！你觉得怎么样？”

“这简直是在死神眼皮上跳舞啊！”莫格里攥紧拳头，跃跃欲试，“你真是丛林里的智多星！”

“别忘了确认野狗们是不是跟在你身后！”卡奥提醒莫格里最重要的一个环节。

“那必须的！我会激怒他们，让他们别无选择！”莫格里自信地仰仰头。

“威冈加河现在缺水，没有老卡奥接住他们，恐怕也得摔个重伤，小居民们会将他们团团包围，那些侥幸活下来的小野狗，会在习欧尼兽穴的浅滩上，遇到新的噩梦，丧生到狼族的牙齿中去。”岩蟒细致地给莫格里指点，“从陆地那边延伸到山顶的石头已经松动，只是些浮土，千万不要忘乎所以地跑到那上面去，不然你陷下去，一切就都完了。只有你活着，我才会做狼族的传话筒，因为我不属于任何族群，这一切都是为了你！”

说完，卡奥往习欧尼山行进，去寻找正在开着集体战前会的阿凯拉和法奥。“嘿，小狗们，”他管所有犬科动物都叫作狗，“我替莫格里来传个话，要是你们有胆量，就到浅滩去等，在那里可以杀死他们！”

“什么时候？”法奥问道。

“莫格里在哪儿？别让他出危险！”阿凯拉关切地说。

“野狗们该出现的时候自然会出现，”卡奥冲着阿凯拉回答，并不是他更喜欢和尊重这只老狼，而是因为他们都关心着同一个人的安危。“你还关心莫格里吗？你们都把他推到死神身边了。你放心，我卡奥接手了这孩子，一定确保他的安危。掉色的老狗，你该庆幸他和我，都是你的队友而不是对手！”老岩蟒因为长期独立生活，早已不知道怎么和集体相处，他的话说得很难听，即使是对战友也毫不留情。

说完自己该说的话，卡奥没等狼族再发问，就转身回到了峡谷上游。他看到莫格里的影子在月光下跳跃，轻快娴熟。接着，这影子朝自己一跃，落在自己身边。

“嘿，卡奥，我刚刚试跳了两次，太有意思了，很有挑战啊！”莫格里额头都是晶莹的汗水，“上面有个很隐蔽的灌木丛，我在上面垒一些石头，可以提前激怒那些野蜂，让他们跟在我身后！”

卡奥想了想，说道：“人类真是狡猾！但是小居民的脾气也不小。”

“我已经计算好了，野狗们正跟着万托拉的血迹前进，他们的战斗力在白天最强，所以我晚上引他们追我，那时野蜂们刚刚开始休息。嘿，卡奥，我已经卡好点儿了，我一定会成功的！”

“你说得对，野狗离不开腥臊的血迹！”卡奥附和道。

“如果我能够按照我的计划进行，我会让他们追逐自己的血液，到那时，卡奥，你可要在这里等我啊！”莫格里心中又有了一套完整周详的计划了。

“千万不要大意，看准了脚下的路，不要摔倒，否则野狗在你没到来的时候就会咬死你，或者这些黑野蜂在你没爬起来前就会蜇死你，小心为妙，安全第一啊！”卡奥简直比自己捕猎还要紧张。

“为了明天而战！与其坐着死，不如站着亡。如果我回不来，你就唱一首死亡之歌为我超度。不要悲观了，祝狩猎顺利，我的卡奥！”

莫格里给了卡奥一个大大的拥抱，然后头也不回地下了峡谷，朝野狗的行进方向追踪。他找了一捆野大蒜，因为从前帮巴鲁掏蜂窝的时候，巴鲁总是用野大蒜涂抹他的全身，因为马蜂厌恶这股味道，他把野大蒜用绳子捆在腰上，信心满满，所有能做的准备，他已经做足了。

莫格里率先到了野蜂岩和丛林相交的一片开阔地，这里也还有万托拉的血迹，也就是说，这里，将是莫格里和野狗们正面碰撞的地方。莫格里环顾四周，看到树林，邪恶地笑了。“莫格里，做一只猴子也不错。”他学着灰猿的样子，在树上悠来荡去。他找到合适的起点树，开始在上面磨刀等候，一边等一边哼唱起了歌谣。

转眼到了中午，太阳暴晒着地面，他听见了野狗们匆忙的脚步声，又闻到难闻的臭味。那些野狗足有两百只，都凶狠地跟着万托拉那已经干枯泛黑的血迹，正在专注地前进。莫格里打量着那个领头的野狗，挑衅地说道：“祝打猎顺利！”

野狗们被这突如其来的轻蔑语气喊愣了。他们四下寻找，直到抬起头，才看见光着身子的莫格里大摇大摆地靠在树干上。领头的野狗不想被一只灰猿误了正事，迅速低头，继续嗅着万托拉的血迹。莫格里需要把野狗群拖到黄昏后，所以，他必须让这群野狗把注意力集中到自己身上来。

“领头的！谁让你们跑到这里来放肆的？”

“我们到哪里，就是哪里的主人！”一只野狗嚣张地回答。

莫格里轻蔑地回以一笑，然后学着老鼠吱吱叫，这种行为的丛林解释就是莫格里瞧不起这些无能的野狗。他把光滑又没毛的小腿垂下树枝，在野狗首领的脑袋上扭来扭去，“臭红狗，滚回你们的德坎去吧！你们这群只配吃蜥蜴的臭虫！老鼠才是你们的兄弟，别来这里丢人现眼了，你们脚趾间那些没退化的毛，就是你们低级的象征！”

野狗群发出愤怒的低吼和骚动，“趁我们困死你之前，赶紧滚下来求饶，我们还能给你个全尸！你这个无理的猴子！”

野狗们越是怒不可遏，莫格里心里越是心花怒放，这正是他要达到的效果。他翻个身，头朝下趴着，轻蔑尖刻地诉说了丛林居民对野狗群的蔑视和仇恨，引得野狗头领愤怒地在树下跳跃，想咬住莫格里的腿，把他拖到树下。

莫格里等的就是这样的机会，他摸着藏在肚皮下的匕首，用脚固定了身子，几次想出击抓住野狗头领，都因为机会不是太好而放弃。直到那野狗不知哪里来的一股爆发力，他蹿得比哪次都高，而莫格里及时出击，用手紧紧地抓住了他的后脖颈。尽管野狗奋力地扭动身躯，想让莫格里松手或者跌落树下，可这男孩儿惊人的腕力不但渐渐控制了平衡，而且在将这头野狗往树上拉。

这家伙像一条死狗一样毫无还手之力，莫格里拔出刀，飞快地削下了他的尾巴，又把他抛弃到地上。有了新的战利品，野狗们自然不会再去跟踪万托拉的血迹，因为他们已经被莫格里激怒，不撕碎这个孩子，野狗们不会再进军到任何地方。

只不过，不会爬树又蹦不高的野狗们，只能靠推挤树干来达到对莫格里的威胁，可是这微小的幅度实在对他造不成任何威胁。莫格里提拉着野狗的断尾，往更高的树枝上休息去了。

几个小时过去了，莫格里醒的时候已经是傍晚了，太阳西沉，野蜂们该结束一天的劳作回巢休息了。他瞥了眼树下怒气冲冲的野狗，清点了一下大概数量，一只不少。这个时刻开始，野狗们的战斗力就会逐渐下降。

“你们守得可真严，知道吗，在丛林只有最下等的捕食者才会用蹲守这一招，而往往蹲守的结果，都是让猎物跑掉！”莫格里继续讥讽对手，以便他们保持对他全部的憎恨，“看在你这么忠诚的份儿上，就让你断尾做狗好了。你觉得怎么样？红毛狗？”

“我恨不得此刻就把你撕碎，祭奠我的尾巴！”领头狗丝毫不在意伤口的疼痛，就是一味地想咬死莫格里。

“你们现在有两条路，一条路，是滚回你们的德坎，告诉大自然的伙伴，你们是如何被猴子打败的，从此只能吃一些老鼠、蜥蜴，你们只配得上这样的食物。另一条路，”莫格里站起身，“你们可以跟着我，看看能不能追上我，看看是你们聪明，还是我更聪明！”

接着，莫格里用猴子的方式在树间悠荡，野狗群则仰着脖子，疯狂地跟在他脚下跑。只不过野狗奔跑的速度实在不敢恭维，莫格里不得不经常假意摔倒，好给这些笨狗一点儿鼓励和诱惑。当他跳到最后一棵树的时候，人孩儿把系在身上的野蒜涂抹在身上，准备开始那挑战死神的一跳。

“别以为你可以遮挡住自己的气味！我的眼睛一直伴随着你的

每一步，你跑不掉的！满嘴狼调的灰猿！今天就是你的死期！”野狗头目双眼充满了怒火，只有死亡能将它熄灭。

莫格里把他的尾巴抛向空中，当野狗群去寻找尾巴的一个时间差，他跳到树下，坚定地朝野蜂岩跑去，“快点儿跟上来啊，跟紧点儿！一直跟到死亡将我们分开！”

野狗们干嚎一声，反身继续追撵莫格里。人孩儿对他们的速度有绝对的自信，野狗群对这个男孩儿势在必得，于是他们追赶。莫格里无须回头，他完全可以用听觉判断追击的距离和速度。他没有用过多的体力，一直给野狗首领一个一蹿就能咬住的兴奋距离，所有的体能都准备在野蜂岩冲刺使用。

黑野蜂早早就睡了，但是在莫格里和野狗如此大规模的跑动震颤下，也已经被噪声吵醒，嗡嗡声席卷整个山谷。

天助我也！莫格里开始加速冲刺，他将提前堆砌好的石头堆径直踢下那散发着蜜香但是黝黑深邃的山谷。随即，他听见嗡嗡声在耳边回响，余光瞥见身后的天空已经被气愤的野蜂填充得黑压压一片，脚下的威冈加河里，露出卡奥那扁平的三角脑袋。

就是此时！莫格里果断地跳下悬崖，那只野狗首领准确地扑跃咬住了他的肩膀，但是莫格里非但没有泄气，还有点儿扬扬自得，他身上浓重的蒜味像一层护体罩衣，确保他没有被尾随的小居民蜇到。卡奥准确地接住了他，他们一起看到成群的野狗从悬崖跌落，而数量更庞大的野蜂包裹着他们的躯体一同跌落，随即就是一具具野狗尸体，还有一些慌不择路的野狗，直接掉到了山谷的深沟里。野狗疯狂地扑咬飞行中的野蜂，但是那小小的野蜂，轻而易举地就逃脱了野狗空洞的大嘴，继而给他们致命的攻击。

野蜂越聚越多，就像是延绵的波浪，野狗的尸体也越来越多，有的被蜇到发狂的野狗，直接摔死在干涸的威冈加河里。

卡奥挽住得意的莫格里，“快点儿游，人孩儿，小居民马上就会追过来！”

莫格里翻身下水，潜在水下，手里握着匕首，朝下游游去，他忠诚的狼族兄弟，应该正在那里等待他的消息，而他也想尽快将这里的战况汇报给大家。

“慢点儿，慢点儿！”卡奥追随着莫格里一起。许多野狗也学着莫格里的方式，跳到了河水里。黑野蜂压迫在河面上，攻击一切露出头来的动物。

卡奥在莫格里上方游着，以确保他换气时的安全，毕竟野蜂们是无法刺透蛇皮上坚硬的鳞片的。

跑得相对较慢的野狗，得到了更多的喘息机会，他们知道停顿就是死，所以冒险跳到河里，那只断尾的野狗首领也是命大，他鼓励着野狗群坚持住，并许诺他们将取代习欧尼狼族接管整片丛林。

莫格里潜伏在更深的河水里，他悄悄拽下途经这里的野狗，随后就是一刀，野狗的尸体漂上河面，吓得其余同伴想快速离开，可身后又是穷追猛打的黑野蜂。

岸边的浅滩上，习欧尼狼族的嗥叫声鬼魅般响起，越来越大，也越来越毛骨悚然。

莫格里在水下给野狗捅黑刀上瘾，野狗尸体不断地浮出水面，野狗群第一次产生了分歧，有的想前进，有的想后退，有的则毫无头绪地叫嚣。

“小兄弟，野蜂已经离去，我也得走了，我不属于你的族群，出现在这里有违丛林法则，祝你捕猎顺利！”卡奥不得不离开，他跟莫格里道了别，就在河水中消失了。

岸堤上，万托拉瘸着腿，蹦跳着在野狗面前跳跃，就好像在和小狼崽儿玩耍。那群历尽艰难游泳到达的野狗根本没有体力去理会他的挑衅，他们的身子沉得像吸满水的海绵，自己支撑自己都很勉强，更别说挑起战斗了。

“祝捕猎顺利！”莫格里从水中浮起，顺势又扎死一只近在咫尺的野狗。

“是你吗，莫格里？”万托拉隔着一片水汽，看不真切。

“来问问这些死狗吧！”莫格里一脚踢开野狗的尸体，“我已经戏弄够了他们，割了那领头狗的尾巴，又把他们带到野蜂谷历劫，现在，还有几只给你带回来报仇。你等会儿，他们这就过去了！”

万托拉激动得两眼发酸，“我等着，我等着呢！”。

“迎战！”习欧尼狼族爆发出雷鸣般的战斗号子，他们冲到浅滩，和落魄的野狗群面对面。

野狗们恐惧地注视着这些讨债的狼群，那一只只冒火的眼睛，使他们畏惧得不敢前行。

“冲啊！”野狗首领一声号令，野狗们摇摇晃晃地往河岸上扑，毕竟在河岸上厮杀，比在水里厮杀要容易得多。野狗们体力不支，在冲锋的过程中东摇西晃，莫格里像一个影子杀手一样，冲上去对着摔倒的野狗一通砍杀。

当野狗们踏上河堤，战斗就宣告开始。双方竭尽所能，或单打独斗，或团队围攻，即便是在野蜂谷死了很多野狗，在这里打斗仍然足够以二打一的比例，只不过这些拼命顽抗的野狗面对的，是保卫家园的英勇狼族。

狼族的攻击重点是对手的脖子，而野狗则多袭击对手的肚子，四兄弟围在莫格里身边，灰灰则屈膝挡住人孩儿的肚子。莫格里勇猛地一路捅杀，整个手臂都被野狗血涂染成红色。厮杀的场面一团糟，完全没有章法。狼族和野狗相互咬着对方，从左到右，不到死不松口。参与打斗的母狼为了幼崽儿疯狂撕咬，忘却了周围的一切。

莫格里经过阿凯拉身边，他身边围着两只野狗，而他牙齿松动的嘴里，还死咬着一只野狗的腰部，英勇得好像自己还是当年的孤胆狼王。

而新狼王法奥，也同样骁勇。他叼着一只野狗的脖子，将奄奄一息的野狗拖到小狼们的身边，以便新一代的幼狼，从一岁时就开始参与到狼族至关重要的战役中来。

激起野狗的愤怒，又把野狗带入死亡圈套的莫格里，受到了野狗群最密集的攻击。也许每只野狗都在盘算，即便最后一刻，他们输了，也要了结了这个人孩儿的性命。嗥叫、攻击、跌倒、撕咬、死亡，莫格里在灰灰和四兄弟的帮衬下，一直不断地上演着杀狗的戏码。

当黎明悄悄在山边闪光，厮杀也还在继续，莫格里明显感觉到野狗群的胆怯，反观那些一岁大的幼狼，则越杀越起劲儿，他知道，战斗就快结束了，于是继续砍杀，一刀一只，把胆小的野狗捅翻。

莫格里血红的匕首在狗群中伸缩，直到被一只瘸腿的狼挡住，他一看，是万托拉猩红的眼睛。

“把他留给我！”万托拉虽然也是伤痕累累，但是心中始终惦念着妻儿的血海深仇。

“杀死人家的妻儿就是你最大的错误！”莫格里礼貌地把这个无尾的野狗首领让给了万托拉，“你更大的错误，是留下了这只族外兽的性命，让他有机会把他的仇恨加倍地返还给你！”

一只野狗从一旁跑过来援助自己的首领，可惜他还没有靠近，就被莫格里敏捷的匕首刺穿了喉咙。

万托拉一言不发，那坚定的牙齿死死咬住野狗首领的后背，也许此刻他的心里，回闪的都是妻儿曾经的音容笑貌。所以，他的犬牙咔咔作响，直到野狗首领浑身抽搐，垂着头。成功报仇的万托拉，也满足地垂下了自己的头。

“血债血偿了，万托拉，你可以歌唱了。”尽管万托拉永远不可能再抬起自己的头，他也许就是靠着复仇的信念，才支撑了这么长时间。在狼族的传统里，这样的死法，是值得歌颂的。

“莫格里，去看看阿凯拉，他恐怕是不行了。”灰灰找到莫格里，他知道，如果莫格里和阿凯拉没来得及说上最后的话，两个人都会悔憾终生的。

野狗群开始疯狂地逃跑，法奥大声地招呼同伴，“杀啊！勇猛的狼族战士们，不要让我们的猎物跑掉！”

莫格里看到奄奄一息的阿凯拉，胸中涌起如万托拉一般的仇恨，他咬牙狠狠地喊道：“这群野狗杀了阿凯拉，不要让他们跑掉，一只野狗都不要放掉！赶尽杀绝！”

他犹如孤胆英雄般冲向河里，又如不死战神般围堵砍杀逃命的野狗。待一切归于平静，莫格里跪在独狼的身边，眼里都是泪水。

“真是一场酣畅淋漓的战斗啊，我能够有幸参与其中，死而无憾了。”阿凯拉骄傲地评价着这场战役，“你还好吗？”

“活得好好的！”莫格里有点儿哽咽。

“我要死了，人孩儿，靠近点儿。”

莫格里心疼地抚摩着他无力的脑袋和血肉模糊的脖子，“希尔汗作威作福的日子已经过去了，想想初次见你，你还是一个棕色光溜溜的人娃娃。”

“我是你的狼娃娃，我不想做人，我就想做狼。”莫格里的眼泪终于夺眶而出。

“不，你是人，你首先是个人，然后也是我们共同成长的狼伙伴。如果你不是人，没有人类的智慧，今天不会有这一仗，也不会有这场胜利，因为狼族早就在野狗到来前逃跑了。今天你救了大家，就像当初我救你一样，你和丛林的债已经两清了，回到你的种族中去吧，我最最亲爱的孩子，回到你的种族中去吧！”阿凯拉吃力地说着。

“我不走！谁也不能把我赶走！我属于丛林，我可以自己打猎，自己生活，但是我不要离开！”

阿凯拉摇摇头：“没人会赶你走，但是莫格里会带莫格里走，这就是你的宿命，回到你的族群中去，你属于那里！”

“我不懂！”莫格里不愿意接受这些，“等到那个时刻来临，我再走。但是我相信，永远不会有那样的时刻。”

“唉，”阿凯拉没有再坚持，他说，“能不能扶我起来？我不想这么丢脸地躺着，我怎么也是骄傲的狼族首领，扶我站起来吧。”

莫格里把压在阿凯拉身上的野狗尸体搬开，轻柔地扶起阿凯拉，用手臂当支撑，让老狼王能够轻松地站立。独狼唱起了歌颂狼族首领死亡的颂歌，声音越来越高亢，仿佛神明赐予了无上的力量，让他的歌声响彻山谷和丛林。一曲歌罢，阿凯拉低下头，用仅剩的一丝体力蹿向空中，倒在了那些被他杀死的野狗尸体上。

莫格里跪在他面前，全无胜利后的喜悦，他不再关心周围的战况和战友。

法奥凑过来顶顶他的手掌，鼓励他坚强，然后对阿凯拉的尸体恭敬地说：“祝打猎顺利。”他对着山谷、丛林和狼群大喊：“嗥叫吧，群狼们，我们的狼王勇敢地战死了！嗥叫吧，野狗们，有只伟大的狼王今晚离开了我们。”

那些吹嘘着要占领丛林的野狗们，再也不能嚣张地扫荡丛林了，他们没有一只活着离开习欧尼山。

第八章　回归

莫格里在丛林中不断成长，每天在丛林里捕猎就是超强度的健身，每天吃着蛋白质丰富又新鲜的食物，这让莫格里的体型和意识，远超过同龄的人类男孩儿。他有时会单臂在树枝上荡秋千，有时会和奔跑的雄鹿赛跑，丛林兽民们见到他都会主动回避。他的目光很温柔，但是他的战斗力越来越强大。

“要变天了。”巴希拉还是像小时候那样陪伴在他身边，“丛林要茂密起来了，新的谈话时间就要到了。”

“我可不这么认为，树叶还黄着，早春的花儿也没开。”莫格里躺在巴希拉旁边，“这里唯一发春的家伙就是你吧，很少见你这样用爪子抓挠，完全不像丛林的主人。”

“确实！”黑豹认可地说，“你才是丛林的主人，你有不可撼动的力量和无与伦比的智慧，你才是丛林之王。”莫格里从地上翻坐起来，盯着黑豹的眼睛，以为他在开玩笑，“怎么？”黑豹继续说，“我说错了吗？莫格里已经不能躺在草坪上了吗？不会是要起飞了吧？”

一只红色的啄木鸟在树林中唱响了细微的音符，巴希拉说：“你看，新的谈话时间到了。这一刻，我也想唱自己的歌。”只是太久没有歌唱的巴希拉，总是找不到合适的演唱节奏。

“别唱了，巴希拉，”莫格里捂住耳朵，“这里又没有猎物！”

“小家伙，这可不是捕猎的歌唱，”巴希拉酸酸地抱怨，“这是需求之歌。”

“你说的新的谈话时间，就是准备离开我不是吗？把我一个人孤苦地留在丛林里，你们都走！”莫格里歪着嘴，愤愤不平地说道。

“不是你想的那样……”巴希拉试图解释。

“你们就是这么想的！你总说我是丛林之王，可是你们却总是找机会留下我一个人！”莫格里的愤怒难以平复，“上次我让你去找海瑟，可是他一直没有来。我看见他在人类的领土奔跑跳舞，用象鼻子吹奏着歌曲，连跑带嚎。我召唤他，他却不来，还说什么丛林的主人！都是骗小孩子的把戏！”莫格里枕着自己的双臂，忽然又轻松起来，“不过呢，我才不在乎，巴希拉，陪我睡一觉，我想休息一下。”

黑豹顺从地躺在男孩儿身边，在啄木鸟唱起的春天的歌谣里，慢慢入睡。

在丛林里，是没有分明的四季的，这里只有旱季和雨季。但你如果能耐心细致地观察，就会发现春天的痕迹。温柔的暖流让绿色的植物重新焕发生机，无数稚嫩的小花装点着荒芜的大地。兽民们开始脱落御寒时长出的厚重毛发，苔藓、灌木等植物悄悄地生长，丛林在绿意盎然的变迁中，焕发勃勃生机。

从前，莫格里总是最先察觉到季节的变化，他有大把的时间欣赏变化的云和发芽的小草，他会在温暖的空气里尽情奔跑，流着汗水，却挂着微笑。

在阿凯拉死后的第二年春天，莫格里的心情渐渐变化。他不再能感受到愉悦，曾经取悦过他的事物不再令他兴奋和欢快，他周身感受到一种拔不出来的拧巴和不快。

“祝捕猎顺利！”雄孔雀摩尔在他下面展开了美丽的羽毛。

“祝捕猎顺利！”鸢鹰吉尔在空中发来问候。

莫格里默不作声，没有回答。他看着自己的每一寸皮肤，皱着眉研究，“我是不是太幸福了？吃得好睡得好，也许我该来一场春季奔跑了，我已经开始浑身不自在了，我怎么提不起兴致？我怎么动不动就发火？我的身体忽冷忽热，这就是闲出来的病。我得叫上四兄弟一起，他们胖得已经像野猪一样了。”

他吹了声口哨儿，但是四兄弟没有回答也没有出现。春天里的兽民们，更喜欢聚集在月亮下歌唱，所以莫格里发出的小小哨声，没有悬念地淹没在部落的歌声中。

莫格里莫名其妙地又生气了，他攥紧拳头，甚至按在了锋利的刀柄上，“曾经德坎的红杀手和人类的红花，让整个丛林记住了莫格里的名字，大家拥护我，尊敬我，可是我不明白，仅仅是一个春天，大家就都发狂了吗？我才是丛林的主人啊！”他看见远处的两只决斗的小狼，又情不自禁地多管闲事起来。“嘿，你们俩在干吗？”

能干吗？两只小狼在一片开阔的地里面对面，除了打架，难道还谈恋爱吗？他们竖立着鬃毛，愤怒地咆哮。

莫格里过去，不由分说地拎起两只狼的后脖子，阻止他们继续彼此伤害。

可是小狼们可不领情，此刻战斗是高于一切的信念，他们往前一跃，把莫格里掀到一边。

莫格里龇牙吼叫，拔出了刀，他可以在小狼们打斗过程中一只来一刀，理由就是当他要他们安静停战，他们却依然撕咬扭打。可是渐渐地，莫格里的愤怒又消失了，他把刀插回刀鞘，静静观战。

莫格里厌恶自己的突然暴怒，同样也厌恶自己的无故平静，“我是不是中毒了？我的力量在削弱，我可能要死了！”两只小狼不知何时分出胜负，并相继离开，现场只留下狼藉的血迹和呆滞的莫格里，那种从未有过的无力和不快，再次席卷了他全身。

当晚，莫格里只吃了一点点晚餐，他是一个人孤单地用餐的，丛林里传来各种歌声和打斗声。这一晚是难得的白夜，植物在这个时候疯狂地生长，莫格里也选择在这一晚，开始春天的长跑。一路上，树叶带走了他的彷徨，藤蔓卸下了他的不悦，莫格里也不自觉地哼唱起来。湿润的地面就像柔软的地毯，在他脚下温柔地服务着。跑累了，莫格里就像灰猿那样，用有力的手臂代替下肢前进，他不曾停歇，直到花香提醒他已经远离猎场。

眼前是隐藏的沼泽群，莫格里娴熟地躲过所有沼泽植物和颤抖的土地，就好像他的脚带有探测功能。莫格里坚信自己已经远离丛林，远离不快，他坐在一块平滑的大岩石上，准备庆祝。可当他张嘴刚要歌唱，那种无力和不悦，再度席卷他身上的每一寸皮肤。

“这鬼东西追我到这儿了？！”莫格里警觉地四下寻找，可惜一无所获，一种挫败感带来的苦恼，又加入他的感受中来。

“我怎么了？我一定是中毒了！”莫格里绝望地捂着眼睛，“我就要死了，巴希拉，你为什么不在我身边？如果你不来保护我，我就会被鸢鹰吉尔吃得只剩一堆白骨，就像阿凯拉一样。阿凯拉临死前曾经对我说，丛林不属于我，要我回到人类世界中去！”

芦苇中沙沙作响，莫格里扒开草丛，和一头水牛碰个正着，那母牛瞪大眼睛，高喊：“是人！”

“那不是人！是个狼孩儿！”芦苇下另一只公水牛米萨没有丝毫的恐惧，因为在曾经的村庄，他就是莫格里手下管理的一头水牛。

莫格里走到米萨身边，挑衅地用刀尖戳戳他厚厚的皮肤，把大水牛吓得撒腿就跑，狼孩儿开心地跌坐在地上，“说说你们的故事吧，我想听一听。”

“是你！”米萨愤怒地喘息着，巨大的牛蹄在泥地里踩踏，“居然在母牛面前羞辱我？你也不看看自己原来的样子，一个光溜溜的放牛娃，你也并不比我怎么高尚，有种就来一场公平的决斗啊！”

莫格里耸耸肩，丝毫没有把他的愤怒放在眼里，“这附近是人类的村庄，还是简单的丛林？我对这里不熟悉，你来介绍一下。”

“沼泽的尽头就是村庄！”米萨没好气地回答。

“我准备去那个村庄逛一逛，丛林的主人有点儿好奇，你最好老实点儿，否则我今晚要好好教训教训你！”说完，莫格里蹿出草丛，一跃跳到米萨的面前。米萨喘着粗气，显然是在控制自己的情绪，他永远不可能和莫格里发生冲突，即便他是个坏脾气的公牛，他也不是头没脑子的傻牛。

莫格里也知道这一点，想想刚刚米萨的狂语，他边跑边笑，“看来我的力量还在，也许我中的毒在减弱，也许我就要好了。”

沼泽的尽头是一片灯光和火把，莫格里像被磁力吸引的磁铁一般，就那样着了魔似的往村庄靠近。

“我只是过来看看，人类是不是跟从前一样贪婪又愚蠢。”他自言自语地安慰自己。

“汪汪汪！”住户家的猎狗称职地吠叫起来，保护自己的主家不被陌生人打扰。村庄中的狗可不认识什么丛林的主人，他们只知道自己的主人。

“呜！”莫格里龇着牙发出一声吼叫，狗们呜呜地伏在地上，人孩儿看着这里若有所思，他怎么又回到了这儿？这儿有什么值得他留恋的？曾经人们朝他疯狂地扔石头，他又回到这儿，是想等人们再来轰他吗？

“谁在外面？”一个抱孩子的女人开门出来。黑暗中看不清她的脸，怀里的孩子哭哭啼啼。女人轻声安慰，“别怕，别怕，什么也没有，乖。”

“梅苏阿？！”莫格里的血液在沸腾，整个人像一个开水壶冒着气儿。这个女人的出现，唤醒了莫格里所有的人类技能和语言，他大喊：“梅苏阿！”

那女人朝着声音的方向张望，半天没有出声，她的眼里满是希望，她的嘴里又担心失望，“是谁？”这是一个明知故问的问题，因为只那一声，她早已听出了这个声音，就像这个声音的主人，也只听了一句话就认出了她。“如果是你，请告诉我你的名字，我给你取的，你的名字。”

“那苏啊，那苏！”莫格里不假思索地回答。

“我的儿子那苏？真的是你？过来，到灯下，让我看看你……”

莫格里缓缓地走过来，他打量这个冥冥中跟他有千丝万缕关系的女人，她的两鬓有点儿花白，人也显得老了些，但是那目光中的温柔没有变，爱没有变，这是救过他也被他救过的梅苏阿，他的人类妈妈。

梅苏阿轻抚莫格里的面庞，十七岁的狼孩儿看上去挺拔英俊，有一种原始的野性。当妈的看儿子，都是着迷和认可，她温柔地触摸着莫格里身上新添的伤疤，满脸写着疼惜。

她跪在莫格里身前，脸贴在他的脚面上说："那苏，我的孩子，哦不，你是丛林之王。"

莫格里跟着梅苏阿进了屋，关于这个丛林人的传说，一直在村子里流传，这也是梅苏阿在这里定居的主要原因。她相信，有故事的地方，就一定和自己的儿子不会太远。

"还要不要喝你最爱的牛奶？"梅苏阿让莫格里坐在餐桌前，像多年前他们共同生活时一样，"别客气，这就是你的家。没有你就没有家，你想吃什么喝什么都可以。我实在不敢确定，你现在究竟是我的那苏，还是丛林传说里的小神。"

莫格里害羞地胡噜胡噜头发，"我离丛林已经很远了，现在我就是你的那苏，我鬼使神差地来到了这里，我真的不知道你在这儿。"

梅苏阿把婴孩儿放在摇篮里，走过来靠在莫格里身边，"你想知道后来发生的事情？"

莫格里点点头。

"我们很快找到了一匹马，顺利地到了坎西瓦拉。那里的英国人听了我们的叙述，愿意帮我们讨回公道。我们带着法官、警察一起回到了村子，可是村庄已经被毁了。我的丈夫是一个能干的人，他选择留下，重新开辟自己的家园。他是个强壮坚强的人，他每日劳作，终于我们的田地越来越多。虽然不及原来富有，但是我们很满足。"

"他现在在哪儿？"莫格里随口一问，"他又是谁？"他指着那个小孩儿。

梅苏阿微微一笑，“那是你的弟弟，两岁了。至于我的丈夫，他一年前去世了。”梅苏阿很坚强，这个不幸的故事，她全程都是面带笑容地讲述。“如果你是丛林之王，就赐予这孩子力量，让他在你的地盘上平安。”

莫格里看着那个孩子，那孩子也同样看着莫格里。那孩子伸手想够到他脖子上的匕首，但是莫格里没有靠近。

“他就是你的弟弟，不用怀疑，赐给他祝福吧。”梅苏阿拍拍拘谨的莫格里。

莫格里打了个冷战，后背冒出一层冷汗，“我不知道怎么给他祝福，我不擅长这个。我是你的儿子，但我不想当他的哥哥。妈妈，我很难受。”

梅苏阿赶忙上前摸了摸莫格里的额头，“一定是你在霜重的晚上拼命奔跑得了风寒，快点儿坐在火堆边，我把火添得热一些，你喝点儿热牛奶就能恢复体力了。”

莫格里有一点儿恍惚，有很多他不熟悉的情感在侵蚀他，他迅速喝掉了杯中的牛奶，好压制住目前的头晕目眩。梅苏阿轻轻地抚摩他的后背，这让他感到很舒服。

“孩子，有没有人告诉你，你是多么的英俊？”梅苏阿一直在观察莫格里，他长长的飘逸长发，他健硕的肌肉，他高大的身躯，真的是太英俊了。

“没有，丛林里没有这样的评价。”莫格里黝黑的面颊上，涂上了一层绯红。

梅苏阿捕捉着他的每一个细微的表情，经常保持和莫格里的情绪一致，这让她觉得两个人的相处更贴心。“你是我见过的最漂亮的人！”

两岁的小孩儿跑来伏在莫格里的膝盖上，仰着头，也陪着哥哥在笑。

莫格里歪在床上，只是想休息一下，可是才一闭上眼，就沉沉地睡着了。梅苏阿怜爱地把他的头发理顺，又为他盖好毯子。也许是因为太疲惫，也许是因为太温暖，也许是因为太安全，莫格里一睡，一直睡到了第二天晚上才醒来。

“来吧，吃点儿东西！”梅苏阿笑眯眯地看着莫格里，已经给他准备了很多干粮和菜肴。小男孩儿非要钻到他怀里，梅苏阿心满意足地看着孩子们的手足亲情，唱着愉快的童谣。

忽然大门的缝隙里伸进来一只灰色的狼爪，莫格里率先发现了这个家伙，他知道，是灰灰来找他了。他用手拍拍梅苏阿的肩膀，示意她不用紧张。

“别把你的仆人带进屋子里来！”梅苏阿请求道。

“不要怕，你忘了正是他们护送你到坎西瓦拉吗？”莫格里希望消除她的紧张，“我耽搁得太久了，是时候该离开了。”

梅苏阿的眼神中闪过惶恐，而这种惶恐，不是怕狼冲进家门的惶恐，而是担心莫格里离开的惶恐，她从背后搂住莫格里的脖子，“不要走，那苏，不要离开我们，我们需要你，我们爱你啊！”

“哇！”小男孩儿也察觉到了这种离别的情绪，冲着莫格里咧着嘴哭。

“早点儿回来，我的儿子，这扇门永远等着它的主人开启。”

莫格里哽咽，说不出来话，只是点点头，然后就径直走出了门。

看到灰灰，莫格里气不打一处来，他厉声道：“我叫了你们那么久，你们在哪儿？”

“我们在唱歌啊，已经到了新的谈话时间，难道你不知道吗？”灰灰坦白地回答，“唱完一首歌，我就追着你的足迹来了。可是，你糊涂了吗？你怎么在人类的房子里吃饭睡觉？”

“别大惊小怪的，这还不都怪你！如果我叫你的时候你能来，哪儿还有这么多节外生枝的事儿！”莫格里矫情地责怪灰灰。

“除了那一分钟没出现，我可是一直跟着你呢！”灰灰回答，“无论你去哪儿，我这不都跟着你吗？”

莫格里斜瞟一眼灰灰，试探地开口：“如果我去人类那里，你会跟我一起吗？”

“他们赶你出来的时候，不是我跟你一起吗？”灰灰说道。

“如果，我又去人类村庄了呢？”

“今晚，我不是也陪你一起来了？”

“如果以后还有这种事，一直有一直有，你还会陪我一起吗？”

灰灰停下来看着莫格里，他之前一直在故意回避莫格里的问题，可是他终究还是把问题挑明了，“黑豹说得对！人类最终会回到自己的地方。”

莫格里沉默地低下头，“阿凯拉也是这么说的。”

“还有卡奥，他可是丛林里最聪明的人。”灰灰沮丧地补充，“还有咱们的妈妈，也说过同样的话。”

“你怎么想？”莫格里问道。

“人类曾经伤害了你，你忘了吗？他们派猎人跟踪你，想用猎枪伤害你，他们要把救了你的男人和女人扔进红花。你曾经说过你不是人类，你不想回去，你让丛林吞没村庄，你展现了你的仇恨，可是为什么，你现在又要回到人类中去？难道你疯了吗？”灰灰一股脑儿把经历的一切关于人类的丑陋记忆都说了出来，他想让莫格里明白，他不适合人类，人类社会也不适合他。

“我只想知道，你会不会陪在我身边。”莫格里其实心里早已有了答案，他不过更关心自己的亲人。

“我？”灰灰伤心地呜咽，他也已经感觉到了莫格里的决绝。“从我们一母同胞的那一天开始，我将伴你一生！”

莫格里蹿上一块平滑的岩石，坚定地说：“帮我把大家叫来议会岩，我要把我的决定告诉所有人！”

灰灰扭头，跑遍丛林的所有角落，那些正忙着厮杀、争夺和唱歌的兽民们都得到了一个惊人的消息：“丛林主人在议会岩召开会议，他要回到人类社会了！”

很快，议会岩周围密密麻麻站满了兽民们，他们交头接耳，纷纷议论莫格里为什么要去人类社会，然后打赌，他去不了一季就得厌烦地回到丛林。巴鲁和卡奥坐在阿凯拉的位置上一言不发，他们对莫格里的了解，和对眼前情况的分析，都比小动物们要准确得多。

“所以，你终于决定要离开了吗？”卡奥看着莫格里，直白地问道。而人孩儿看着他们，又感慨起来。他仰头望天，希望控制住自己不争气的眼泪。“不用克制，孩子，想哭就哭吧，我们是同一血脉，我们是永远的朋友！”

“我所认识的一切都变了，我不再有力量，也找不到快乐，我以为我是中了某种毒草的毒，我开始出现幻觉，我觉得有什么人一直在跟踪我，我的疲倦和烦恼洗都洗不掉，拔也拔不出来，所有的一切都不一样了。”莫格里哀伤地说，“还不如让我死在那场野狗的战役中，也好过此刻我矛盾的痛苦。”

“孩子，这就是阿凯拉说的，莫格里会赶莫格里回家。”巴鲁亲切地抚摩莫格里的头发。

“从我在冷巢看见救的人是你，我就知道，丛林留不住你，你终究要离开，可是你身上又散发着某种魔力，吸引着我。”卡奥移动他长长的庞大身躯，也靠了过来。

“丛林会不会赶我走？”莫格里抬起满是眼泪的脸，痴痴地看着大家。

“只要我活着，就……”

巴鲁打断了灰灰的话，他慈祥地说：“孩子，我的孩子，我的学生，虽然我的视力已经退化，但是我的心灵依然明亮，你有权选择自己的路，选择和谁一起生活，我们永远与你同在，丛林也永远听你的召唤。”

“还有我的地盘！”卡奥代表丛林中心和地下发言。

莫格里崩溃地抱着巴鲁，泪水已经决堤，“我真的不想走，可是我又控制不住自己的手脚，我该怎么办？我真想用刀把手脚砍断！”

“不，不，不，”巴鲁安慰他，“离开并不可耻，在周围没有食物的时候，我们都会抛弃自己原来的巢穴，寻找新的物产富足的地方，重新安营扎寨，重新结交朋友，重新开始生活，你现在做的，也是同样的事情，这不可耻，这是正确的选择！”巴鲁捧着莫格里的小脸，“看着你长大的，只剩下老巴鲁和巴希拉，那些你爱的和你恨的人，都已经死了，在野狗攻击的那个晚上，你救了丛林和狼族。丛林不会阻碍一个坚持自己选择的人，动物们也不会责备一个选择自己方向的朋友！”

“巴希拉曾经在议会岩，用公牛发誓……”

莫格里的话，被一声低沉的吼叫打断，是巴希拉矫健黑色的身躯。“我必须得捕获一只新的公牛，才能把你从曾经的公牛誓言中救赎。”他抛下一只两岁大的公牛到议会岩中间，然后用舌头清洁自己身上的血污，“如今，在大家和这头公牛的见证下，我宣布你自由了，你和丛林的债两清了，巴鲁把我的台词都说光了，可是我还要说，孩子，我也爱你。”然后扭头蹿进丛林，一边大喊“祝捕猎顺利”，一边大喊“巴希拉爱你”，所有人都听出了黑豹的悲伤，他只是不想在大家面前表露。

“再拥抱一下！”巴鲁不舍地搂着哭泣的莫格里，这孩子需要的已不再是保护和安慰，他需要勇敢和鼓励。“离别都是痛苦的，哭完了赶紧上路！”棕熊亲吻了莫格里的脚面，“从今往后，我将追随这新的足迹了，再见了，我的人孩儿。”

到此，莫格里的丛林故事就全部结束了。

约瑟夫·鲁德亚德·吉卜林作品年表

1865年　12月30日，出生于印度孟买。

1884年　发表第一部短篇小说《百愁门》。

1885年　凭借《歌曲类纂》中犀利大胆的讽刺手法，在文坛崭露头角。

1886年　出版诗集《机关打油诗》。

1888年　出版《山中的平凡故事》《三个士兵》《盖茨比一家的故事》等七部短篇小说集。

1889年　吉卜林乘船开始了一次环球旅行，出版了《从大海到大海》，成为知名的散文作家。

1891年　出版了短篇小说《生活的阻碍》和长篇小说《消失的光芒》。

1892年　出版叙说士兵生活的诗集《军营歌谣》。

1894年　吉卜林创作了他最有影响力也最受欢迎的作品《丛林之书》，并于次年继续出版了《丛林之书续篇》，成为世界范围内儿童读物的范本。

1896年　出版以讴歌英国军队在异国征战的诗集《七海》，被称为“帝国主义诗人”称号。

1897年　移居英国后的吉卜林发表了长篇小说《勇敢的船长们》。

1898年　出版《工作的一天》。

1899年　出版《斯托基公司》，描绘了部分吉卜林在培养英国海外军事人员的“联合服务学院”的艰苦经历。

1901年　出版长篇小说《吉姆》，是吉卜林最后一部以印度为题材的小说，也是被公认的最优秀的作品。

1906年　创作了历史故事集《普克山的帕克》。

1910年　吉卜林以英国的萨塞克斯郡为地理背景，创作了短篇小说《奖赏和仙女》。

1917年　《各种各样的人》出版。

1926年　出版《借方和贷方》，涉及战争、疾病和死亡。

1932年　出版《限期和展期》。

1936年　1月突发疾病于伦敦去世。